东篱高士图 ｜ 南宋 ｜ 梁楷 ｜ 台北故宫博物院藏

桃花源图 ｜ 明 ｜ 仇英（传）｜ 美国弗利尔美术馆藏

辋川十景图（局部）｜明｜仇英

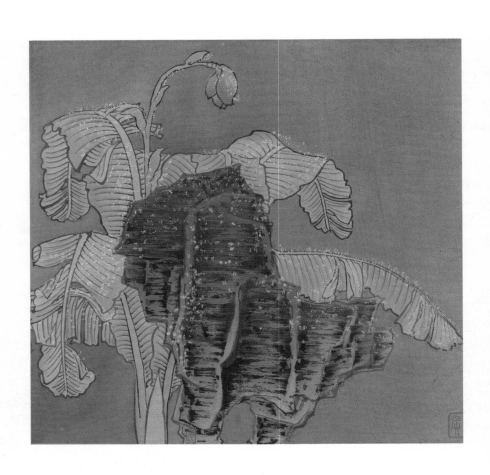

雪蕉图页 ｜ 明 ｜ 陈洪绶

陋室铭图 ｜ 清 ｜ 黄应谌 ｜ 台北故宫博物院藏

贵妃上马图 ｜ 元 ｜ 钱选 ｜ 美国弗利尔美术馆藏

李白一斗詩百篇
長安市上酒家眠
天子呼來不上船
自稱臣是酒中仙

饮中八仙图卷之李白 ｜ 元 ｜ 任仁发 ｜ 台北故宫博物院藏

饮中八仙图卷之贺知章 | 元 | 任仁发 | 台北故宫博物院藏

韩熙载夜宴图 ｜ 五代十国 ｜ 顾闳中 ｜ 故宫博物院藏

赤壁图 ｜ 南宋 ｜ 佚名 ｜ 台北故宫博物院藏

举杯邀月图 ｜ 南宋 ｜ 马远 ｜ 美国克利夫兰艺术博物馆藏

西园雅集图—明—仇英（传）—台北故宫博物院藏

古诗词里的
快意人生

2

大老振 — 著

中国出版集团　现代出版社

图书在版编目（CIP）数据

古诗词里的快意人生 . 2 / 大老振著 . -- 北京：现
代出版社，2023.7

ISBN 978-7-5231-0340-1

Ⅰ . ①古⋯ Ⅱ . ①大⋯ Ⅲ . ①古典诗歌－诗歌欣赏－
中国 Ⅳ . ① I207.2

中国国家版本馆 CIP 数据核字 (2023) 第 083835 号

古诗词里的快意人生 . 2

作　　者：大老振
责任编辑：窦艳秋　姚冬霞
出版发行：现代出版社
通信地址：北京市安定门外安华里 504 号
邮政编码：100011
电　　话：010-64267325　64245264（传真）
网　　址：www.1980xd.com
电子邮箱：xiandai@vip.sina.com
印　　刷：三河市国英印务有限公司

开　　本：880mm×1230mm　1/32
印　　张：11.625　　　　　　字　　数：238 千
版　　次：2023 年 7 月第 1 版　印　　次：2023 年 7 月第 1 次印刷
书　　号：ISBN 978-7-5231-0340-1
定　　价：52.00 元

刘 序

诗国同游

　　清人廖燕尝云："山南之南，山北之北，有诗国焉。自周初受封，遂成巨族。孔子尝称之，教门弟子习其语言，谓可以兴观群怨。后亦稍稍衰。至唐复中兴，自庶人以至天子，莫不宾礼之。闻其风俗尚古。逮唐以来，始有趋时者，然人多风雅，出口皆叶律吕，或借鸟兽草木，以发其草野悲歌之情。若其大者，则虽奏之清庙明堂不让也。世之高人韵士，闻其风尝往游焉，至有乐而忘返者，予将执此而问之。"文中立一诗国，可谓奇情幻想，别具洞天。于是乎，全世界都知道我们华夏民族是泱泱诗词大国，华夏子孙则是这一诗词大国中的受惠者，又怎能不互相切磋砥砺，吟诗作对，附庸风雅，并引以为荣呢？

　　是的，作为华夏民族的一员，我们真的要感恩我们脚下的这片土地，感恩远古的先民，感恩先圣先贤。是他们，让我们这个国度，自始至终充满着鸿蒙的诗意。

　　不要说李白杜甫，比李白杜甫更早的年代，比如说，在诸子百家正在黄河流域奔忙的时候，无论他们是坐在马车上、牛车上乃至是步行，那时笼罩在他们身上的都是《诗三百》里边的句子。不是说他们对诗歌有怎样的特殊爱好，而是当时整个社会都流行着这种风尚，而且这种风尚延续了很久很久。由此可见，我们远祖的精神起点是很高的，他们在当时生产力水平比较低下的生存环境里，就已经沐浴在一种鸿蒙的诗意之中。一个人自幼及长，一接触就是这么高级的诗情画意，"以诗为经"，耳濡目染，浸润其间，人们很难不变得纯粹、优雅，自信、坚毅。

荀子在《劝学篇》里有一句话，非常有意思，他说：

"西方有木焉，名曰射干，茎长四寸，生于高山之上，而临百仞之渊。"

这是说，别小看射干草，虽然它的茎只有四寸那么高，却能够俯瞰万里之遥，不是因为它长得有多高，而是因为它生长在高山之巅。

——其实，荀子是在揭示个人成长、成材与教育氛围之间的关系。我每常想，我们不就是那株生长在高山之巅上的射干草吗？能够生活在有着悠久的历史、光辉灿烂的优秀文化、富于文化浓度和文化高度的诗词国度，我们何其荣幸！

——如果我们每个从事文化、从事艺术的人，都能以《诗经》等历朝历代的优秀诗文、圣贤经典为底，为文为艺、做人做事就可获得最深厚又最朴素的定力，我们的审美就会变得更加纯正、目光就会变得更加锐利、心智就会变得更加灵敏、理想就会变得更加崇高。

《千字文》开篇云，"天地玄黄，宇宙洪荒"，这是何等的大美、何等的大智、何等的崇高！我们每一位读书人的最高理想、终极修身之道，不就是以圣人为圭臬，把自己修炼成大人君子吗？从这个意义上说，我们从事古典诗文的写作也好，学习传统文化也好，都应该是带着"向传统回归和向圣贤致敬之心"——这样，我们就能像生长在高山之巅的射干草一样，其势自高，目光自远，气量自大。

——以诗为基，既是我们的起点，又是我们的终点。在诗的国度里，我们每一位读书人都要用诗词来对自身进行一场终生的修炼。但在传统离我们渐行渐远、兴灭续绝之际，谁来引领我们走进幽深又峥嵘的诗词国度呢？其实，自20世纪以来，许多有识之士已经展开了一系列卓有成效的行动，特别是进入21世纪，国家提出继承和弘扬中华民族优秀传统文化、增强文化自信的号召，更加鼓舞了千千万万中华儿女深入学习、挖掘、弘扬传统优秀文化，并在各个领域均取得了丰硕的成果。饶宗颐先生更在生前乐观地预言道："21世纪将是中华民族文化伟大复兴的世纪。"

大老振，不期然也汇入这支振兴传统文化洪流中。她一直从事语文教育，对中国传统古诗词抱有深深的敬意和热爱，她乐意从自身的阅读体验和审美体验出发，不吝向我们分享她的学习心得。她富于激情，敏感又多情，她的文字透着灵性，有着孩子般的纯洁和天真。她的语言生动活泼，幽默谐趣，甚至有点"扮鬼扮马"，让人忍俊不禁；而一些篇章的说理，则又条理清晰，文采摇曳，对之如"绮霞满天"，令人赏心悦目。她俨然一位优秀的导游，引领着大家一起穿越时空，她把陶渊明、王维、李白、杜甫、白居易、韩愈、刘禹锡、李商隐、李煜、柳永、晏殊、范仲淹、苏轼、李清照、辛弃疾、陆游、文天祥……一个个隆而重之地请出来，并一一解说。她如数家珍，抑扬顿挫，声情并茂。她为他们的高尚灵魂而歌，为他们的生平遭遇而哭。她甚至和他们一起把臂同游，将他们视为父亲、兄长、姐妹、夫君、知己，她毫无保留地将生命托付给他们，为的是求得心灵上的共振、精神上的相通……

感谢大老振，透过她生动而富于时代气息的文字，我们从中领略到传统古诗词的独特魅力，获得别样的审美体验——轻松、自然、逍遥、谐趣，并由此而不知不觉汲取传统古诗词的力量，获得深厚而朴素的人生定力，增强文化自信——这，正是大老振此书的意义所在罢。

权作序。

刘释之

2023 年 3 月 8 日于羊城闻蛙草堂

刘释之，翁源人，诗书画家，艺术评论家，国子监官韵吟诵传承人。多年来从事诗文书画、古诗文吟诵的研究和创作。师从刘国玉、卢延光、周国城等。现系广东省文艺批评家协会会员，广东中华诗词学会常务理事，广东人文艺术研究会会员，广东省中国画学会会员，广东省书法家协会会员，广州市书法家协会会员，广州市美术家协会会员，翁山诗书画院副院长，广东岭南诗书画研究院副院长，《羊城晚报》艺术研究院特聘书法导师，《新快报·收藏周刊》专栏作者等。主张"诗贵孤，画贵静，人贵在做事"。出版有《砚田蛙唱——岭南书画名家品鉴录》《邵谒诗注译赏析》等几种。

前　言

诗词的力量

　　经常有人问我：现代人为什么要读诗词？这真是一个好问题。其实一般提问的人心中都会有一个预设的答案，我此时便会反问一句：你觉得呢？

　　答案很多，大致可以分为三种。

　　其一，诗词美，读起来很享受。

　　这是从感官感受上来感知的。谁都喜欢美的东西，天下人莫不如此。用句俗话来表达就是："爱美之心，人皆有之。"

　　其二，可以显得自己很有学问。

　　网上有个段子，河上飞过一群鸟，没学问的会说："咦，快看，一群鸟！"有学问的会说："落霞与孤鹜齐飞，秋水共长天一色。"但是生活中谁真这么说，倒显得格格不入了——除非一群诗词爱好者在一起，有那个氛围。

　　其三，考试要考哇，不仅要读，还要背诵默写呢！

　　这一听就是学生说的话。我做老师时间久了，忍不住想提醒一句：好好背，诗词的作用不仅仅表现在分数上，总有一天你会从中得到力量。

那么，现代人为什么要读诗词呢？

我会通过五对辩证词来告诉你，我读诗词感悟出来的答案，因为诗词具有强大的力量。

什么叫作辩证词？简单来说，就是具有辩证关系的词。它既不是近义词，也不是反义词，它是具有辩证思维的词。

什么叫作"辩证思维"？辩证思维最基本的特点是将对象作为一个整体，从其内在的矛盾运动、变化及各个方面的相互联系中进行考察，以便从本质上系统地、完整地认识对象。

这太抽象了，我还是举例子来阐述我想表达什么吧。

第一对辩证词：无聊与？

比如"无聊"，它的近义词是什么？苦闷、乏味、枯燥、百无聊赖，等等。有个书友说，闲得发慌。嗯，很有画面感。"无聊"的反义词呢？有趣、好玩、有意思，等等。

那么，辩证词呢？先给大家讲个南宋版的"放鸽子"的故事来感受一下。

有个诗人，他约了朋友来下棋，结果那天下雨，他等啊等，等到半夜朋友都没有来。你说他是不是很苦闷？你说他是不是很乏味？你说他是不是闲得发慌？

如果这件事换作你，你会怎么做？脾气再好的人，也会埋怨两句吧？可是我们的主人公没有。他写了一首诗，记录下了朋友放鸽子的故事，而且，这首诗还被选入了部编本初中语文教材，他，青史留名了。这首诗是这样写的：

黄梅时节家家雨，青草池塘处处蛙。

有约不来过夜半，闲敲棋子落灯花。

对，这就是南宋赵师秀的《约客》。看看前面这两句，又是雨声，又是蛙声，多热闹啊！

没有对比就没有伤害，再看看后面这两句，只有棋子敲在棋盘上的"梆、梆、梆"单调的声音，只能盯着眼前的蜡烛，无聊地拿起剪刀来剪灯花。

他无聊吗？无聊死了。可是，又充满了诗意。

没有一颗诗意的心，怎么能写出"家家雨""处处蛙"这样的诗句？怎么能关注"雨声"和"蛙声"，还能使用像"家家""处处"这样充满音乐美感的叠音词？

没有一颗诗意的心，他估计会说："这是什么朋友，不来也不说一声，绝交！"

所以，"无聊"的辩证词，就是"诗意"。

我教学生写作文时，听到最多的"灵魂三问"就是：又写作文啊？写什么啊？怎么写啊？

我发现，其实教作文的难点，根本不是"怎么写"，而是"写什么"。生活中处处都是素材，可是孩子们看不见。古代有一本关于文学理论的书《文心雕龙》，叶圣陶、夏丏^(miǎn)尊两位老前辈也写了一本《文心》。

写文章，技巧是次要的，关键是要有一颗热爱生活的"心"。一个人的内心是否有力量，不是看你忙的时候做什么，而是看你闲的时候做什么。你可以观察，从小写日记长大的孩子，更善于将触角伸到生活的细微之处，思想也会更深刻一些。

看看白居易的这篇"日记"：

池上

小娃撑小艇，偷采白莲回。

不解藏踪迹，浮萍一道开。

夏日的午后，这几个小娃娃，不睡午觉，而是偷偷撑着一只小船，跑到河里摘莲子去了。这被白居易发现了，他没有呵斥他们赶紧回家，而是咧着嘴笑："嘿，小娃娃，扭头瞧瞧你们身后，那一道被小船冲开的浮萍，可是暴露了你们的行踪啊，小心被你爹发现打屁股哦！"

我们似乎能通过这区区二十个字，看到白居易那种"无意中窥见别人做了坏事"的得意小表情。多么有趣、多么有童心的一个人啊，你觉得这样的人，会觉得生活无聊吗？

拥有一颗诗意的心，就是诗词给每个人面对无聊单调生活的力量。

第二对辩证词：孤独与？

接下来说说"孤独"这个词，别看现代人生活丰富，可是很多人容易陷入孤独的情绪里。越热闹，越孤独。

你会想到关于孤独的哪些诗词呢？当我问这个问题的时候，不少朋友首先想到的是柳宗元的《江雪》：

千山鸟飞绝，万径人踪灭。

孤舟蓑笠翁，独钓寒江雪。

这首藏头诗的"千""万""孤""独"四字，可谓把"孤独"写到了极致。"千山""万径"，如此广袤的天地里，只有一个老翁，在冰天雪地里独钓。他钓的不是鱼，是寂寞和孤独。

然而还有一首诗，把"孤独"写到了"极点"。"极点"比"极致"更"极端"。这首诗写的是在无限长的时间和无限大的空间里，只有一个人的孤独。

对，这就是陈子昂写的《登幽州台歌》。

前不见古人，后不见来者。
念天地之悠悠，独怆然而涕下。

前不见古人，"前"到什么时候？盘古开天辟地之时。后不见来者，"后"到什么时候？地球毁灭之日。整个天地之间，只有他一个人在默默流泪，是不是孤独到了极点？

你知道"无限长的时间和无限大的空间"可以用哪个词概括吗？就是"宇"和"宙"。宇，表示空间；宙，表示时间。

陈子昂写这首诗，绝不是我们普通人陷入的那种无力、渺小、被架空的无奈，他就像一个巨人，凛然站在那里，一个人来对抗苍苍茫茫、无尽时空的荒凉，这是英雄式的孤独。

我在看完《流浪地球》这部科幻小说之后，脑子里冒出来的，就是这首诗。当人类无处安身，只能带着自己的家园去流浪，这是怎样的一种孤独啊。

"孤独"的辩证词是什么呢？是"豪迈"。

还有谁的孤独可以用豪迈来形容？是鲁迅。鲁迅在《呐喊》自序里说：

假如一间铁屋子，是绝无窗户而万难破毁的，里面有许多熟睡的人们，不久都要闷死了，然而是从昏睡入死灭，并不感到就死的悲哀。现在你大嚷起来，惊起了较为清醒的几个人，使这不幸的少数者来受无可挽救的临终的苦楚，你倒以为对得起他们么？

是啊，让他们浑浑噩噩地死去，难道不比清醒着受苦更好？鲁迅先生，很温暖。可是他接着写：

但毕竟还是有希望，所以有时候仍不免呐喊几声，聊以慰藉那在寂寞里奔驰的猛士，使他不惮于前驱。至于我的喊声是勇猛或是悲哀，是可憎或是可笑，那倒是不暇顾及的。

在鲁迅先生心里，至少这呐喊声，会使那些在寂寞里奔驰的猛士可以知道，原来他们不是一个人在战斗。

这是孤独者对孤独者的声援。这样的孤独者，在历史上有很多，屈原、岳飞、文天祥……他们这些人，哪一个不是豪迈的孤独者，在历史的节点踽踽独行？

也许你会说：我们就是普通人啊，难道独自一个人关在屋子里听听音乐或者出去唱唱歌、约朋友出去喝个酒不行吗？一定要和他们比吗？

当然不是，李白还"花间一壶酒，独酌无相亲"呢，何况我们普通人？

我只是想说，读诗词，它还可以给你另一种视角，让你的眼界更开阔。

鲁迅先生说过："猛兽总是独行，只有牛羊才成群结队。"做猛兽还是做牛羊，都没有错，只是个人的选择。

当你孤独的时候，能够想到陈子昂的《登幽州台歌》，能够想到原来孤独还可以豪迈，能够想到面对茫茫时空，一个人的孤独真的不算什么，这就够了。读诗词，提升格局，这就是诗词的力量。

第三对辩证词：悲伤与？

下面我们再来聊一个词——悲伤。是的，是悲伤，比"悲哀"程度要深，已经受伤了。它的辩证词是什么？

还是先来欣赏一首词吧，辛弃疾的《丑奴儿》：

> 少年不识愁滋味，爱上层楼。爱上层楼，为赋新词强^{（qiǎng）}说愁。　　如今识得愁滋味，欲说还休。欲说还休，却道天凉好个秋。

我上初中的时候第一次看到这首词，被它的"为赋新词强说愁"打动，就在那时候疯狂地爱上了诗词。少男少女的时代，你说哪来那么多愁呢？可偏偏就爱听感伤的歌，看悲剧的小说，写把自己感动得一塌糊涂的小诗。

辛弃疾经历了人生的大风大浪，经历了从希望到绝望，才写出了"少年不识愁滋味"，少年那些所谓的愁，不过是天地间一粒小小的草籽罢了。

如今，终于知道"愁"是何滋味了，那刻骨的悲伤、心如死灰的绝望，再也不用"强说"了吧？奇怪的是，他说了两遍"欲说还休"，脱口而出的竟然是：秋天好凉啊，该穿秋裤了吧？

诗词能打动人的一个原因是，它所包含的情感，是人类所共通的。朋友们可以好好想想，我们生活中是不是也有这种现象？明明有一肚子话，可是脱口而出的，根本不是你真正想说的。

那么，是什么造成了"欲说还休"呢？

我曾经教过一个初中的孩子，她妈妈有一次来找我，说那个孩子四个月都把自己锁在屋子里，不去上学，也不和爸妈说一句话。吃饭也是半夜爬起来去冰箱里翻，连面都不见他们。妈妈快要崩溃了，问我怎么办。

我说，那一定是孩子原来想和你们说话的时候，你们把沟通的大门给堵上了啊。

孩子和你说学校发生的趣事，你说"快去写作业"；孩子和你说遇到的小烦恼，你说"天天净瞎想些没用的干什么"；孩子考试成绩不理想，你说"连这么简单的题都能做错"。还有，你听孩子说话两分钟不到，就开始接过话题，"我小时候啊""我那会儿啊"……开始诉说你的故事，之后一通大道理讲下来，结束。

孩子就像是一个溺水的人，原本指望你能拉他（她）一把，结果你不是无视就是指责，他（她）还会有说话的欲望吗？

这个妈妈说，老师，你说的这些情况，在我家经常发生。更糟糕的是，孩子想和他们说话的时候，夫妻俩正在忙着为生活中的鸡毛蒜皮吵架。

我叹了一口气说，冰冻三尺非一日之寒，你们慢慢暖回来吧，最重要的是先改变你们自己。

那个孩子，若不是"悲伤"到了绝望，怎么会连"欲说还休"的想法都没有？这种悲伤，不是缺少你在生活上对他（她）的照顾，也不是缺少你所谓的陪伴。很多陪伴是没有什么质量的，你以为你让孩子读书你在客厅划拉手机叫陪伴吗？你以为孩子写作业你坐在旁边指指点点叫陪伴吗？

有个孩子亲口告诉我，她的爸爸以陪伴她为由辞了工作，然后天天带她去打麻将，她小时候有很长一段时间是在几张椅子拼成的"小床"上睡觉的。

我至今记得那个十三岁孩子的表情，她脸上带着微笑说："老师，你说我爸爸是不是很搞笑？哈哈！"说这话的时候，她的眼神里有着深深的落寞和哀伤。

欲说还休，欲说还休！

真正的陪伴，是心灵在同一个频道上。亲密的人心灵不在一个频道上，就会形成一种悲伤，这种悲伤叫作无人能懂。

为什么一定是亲密的人呢？因为只有亲密的人之间才会有期待啊，或者至少内心希望是可以发展成亲密关系的。比如家人、朋友、恋人、同事、邻居……

那么，悲伤的辩证词到底是什么？看辛弃疾怎么说的，"却道天凉好个秋"。小时候看不明白，现在再来看这句诗，被这个豪放派词人深深地震撼了。这轻描淡写的七个字，是辛弃疾看透了生活的本质之后的豁达啊。

但向己求，莫从他觅，觅即不得，得亦不真。为什么一定要别人来理解我、懂我呢？还是云淡风轻地聊聊天气吧。人性如此，生活的本质如此，不要对别人抱有太多期待。多一分对别人的理解、多一分对人性的慈悲，不就多了一分生活的希望吗？

所以，悲伤的辩证词是——希望。跌落谷底的时候，还能够抬头仰望高邈的天空，这就是诗词赋予我们的力量。

第四对辩证词：恐惧与？

下面聊的这个词——恐惧。恐惧是镌刻在人类基因里的，人人都会有，只不过有些人的恐惧感特别强烈。它的辩证词是什么呢？

先分享一则孔子"绝笔获麟"的故事。

据史书《春秋》记载，鲁哀公十四年的时候，他出去打猎。随从看到一只怪兽，长着牛尾、马蹄、鹿身，头上长一肉角，不知为何物。他们感到十分恐惧，害怕这只怪兽伤害自己，于是把它猎杀了。

孔子闻讯赶来，见到那头怪兽已死，大哭道："仁兽，麟也！麟出而死，吾道穷也！"

麒麟是稀世的吉祥动物，只有在太平盛世才会出现，但现在天下纷争，文明不兴，孔子一生奔波，周游列国，就是想恢复周礼，而如今礼崩乐坏，麒麟死就是不祥之兆，所以孔子说他追求的"道"到头了。孔子此时正在编写《春秋》，从此封笔，不久即郁郁而死。

这里且不论孔子，只是关注一下这只麒麟。那些随从就算不认识麒麟，难道不能先抓住它关起来，等到弄清楚这是什么动物之后再来处置吗？

那么有这样疑问的人，可以回想一下自己，如果特别害怕蟑螂，你见到它的第一反应是什么？你会大叫一声，扭头就跑，如果门刚好在蟑螂后面，你跑不掉，于是想都没想，抬起脚，狠狠落下，啪的一声把它踩死。

所以，恐惧的结果，往往是伤害。

我看过一本小说《将死未死的青》。主人公是一个叫作正雄的五年级小学生，他性格内向，不敢在众人面前说话。刚毕业的班主任羽田，经常利用正雄的恐惧心，把正雄树立为全班的公敌。

比如老师布置的作业多了，同学们很不满，老师会说："要不是正雄昨天没写好作业，我今天怎么会布置这么多呢？"

就这样，长时间作为全班同学情绪出气筒的正雄，分裂出了和自己平时性格截然相反的另一重人格，也就是青。那是一个全身青色皮肤、相貌吓人、穿着约束衣的神秘男孩儿，别人都看不到他，唯有正雄可以。

最终，在青的怂恿下，正雄竟然偷偷溜进了羽田老师家，准备实施疯狂的报复。然而，你猜怎么着？羽田老师竟然也是因为恐惧，出于自我保护，才拉正雄当挡箭牌的。过于恐惧，要么伤害自己，要么伤害别人。

关于恐惧，很多诗人都有描述，现代人读诗词，读到的都是他们战胜恐惧后的精华。

苏轼的《定风波》一词，很多人都非常喜欢：

> 莫听穿林打叶声，何妨吟啸且徐行。竹杖芒鞋轻胜马，谁怕？一蓑烟雨任平生。　　料峭春风吹酒醒，微冷，山头斜照却相迎。回首向来萧瑟处，归去，也无风雨也无晴。

这首词写于东坡人生中最大的磨难"乌台诗案"之后，那时是他被贬为黄州（今湖北黄冈）团练副使的第三个春天。

你以为东坡天生豁达、从来不恐惧吗？如果没有恐惧，他写不出"竹杖芒鞋轻胜马，谁怕"这样的句子。谁怕？是他自己怕，可是他想开了，他放下了，他战胜了。写诗的过程，其实也是自我开导的过程。

恐惧和焦虑是一对好兄弟，现代人焦虑的事情很多，焦虑于孩子上学，焦虑于工作，焦虑得五花八门，千奇百怪。我见过一个妈妈，她看到同龄孩子会走路而她的孩子还不会，就焦虑得睡不好觉。

焦虑前脚刚到，恐惧后脚就跟来了。可是仔细想想，你焦虑、恐惧的事情有多少会发生？一定会发生的，恐惧也没有用；不会发生的，就是自己吓自己。何必呢？不如舒舒服服享受当下。

"恐惧"的辩证词是"放下"。

所以当你恐惧的时候，读一读东坡的"人生如逆旅，我亦是行人"，读一读王维的"行到水穷处，坐看云起时"，读一读白居易的"蜗牛角上争何事，石火光中寄此身"，还有什么放不下的呢？

能拿得起放得下，不患得患失，这就是诗词给予我们的力量。

第五对辩证词：善良与？

最后再来聊一个词——善良。

在看了很多负面新闻之后，很多人会产生一个疑问：究竟还要不要善良？答案当然是肯定的，做人一定要善良。善良过头是懦弱，有锋芒的善良是勇敢。可是我要说的辩证词，不是"勇敢"，而是"智慧"。

是的，"善良"的辩证词是"智慧"。

有一则古代笑话。有个年轻人在夏日深夜赶路，他背着个空扁担，唱着歌走在月亮下的田野里。走着走着，他觉得热了，看看四周无人，于是把褂子和大裤衩子都脱了，挂在扁担的那头，大踏步走在寂静的天地间，当真潇洒。渐渐地，月亮隐去身影，东方出现了一道霞光。

年轻人从肩膀上把扁担放下来去拿他的衣服，忽然傻眼了——衣服不见了。他一下子慌了，这可怎么办？眼看太阳已经冒出了头，远处传来几声鸡鸣，回去找也来不及了呀！就在这时，他发现不远处有户人家，院子里有晾的衣服，刚好有条大裤衩子在迎风向他招手。他按捺不住激动的心情，偷偷钻进院子，拽了大裤衩子套上去就溜。

好巧不巧，裤衩的主人恰好开门看见，见状大喊："抓小偷！"此人扭头就跑，主人奋起直追。年轻人也真是倒霉，前面就有一群人，背着锄头准备下地干活，他被他们拦住了。主人义愤填膺，指责年轻人不知着耻，竟然连大裤衩子都偷，还说自己的这条有记号，原来破了个洞，有补的痕迹。年轻人面红耳赤，拼命辩解自己没有偷。

就在众人要扭住他去查看记号的时候，人群中的一个老人制止了大家。他斥责道："看什么看，都干活去！人家这么大的人，说不是偷的就不是偷的，谁还能因为这个说谎吗？"说着他拦住众人，让年轻人走了。主人不服，还要辩解，老人在他耳边悄悄说了一句话，他的气马上消了，也扭头干活去了。老人说的是："孩子，得饶人处且饶人哪。"

有些人做事很认真，凡事一定要争个是非曲直。可是有时候，事实有那么重要吗？情理、情理，为什么"情"在前，"理"在后呢？如果不是原则问题，不是特别重大的问题，实在没有必要那么较真儿。

那个被偷的人，无非损失了一条补过的裤衩，然而年轻人，得到了做人的尊严。孰轻孰重？这个年轻人，每当他想起老人的时候，内心一定会汩汩涌出一种叫作"温暖"的感受吧？因为这份温暖，他会爱上这个世界，也会把这份善意传递下去。

老人的做法无疑是智慧的，这份智慧，难道不是源于他内心深处的一份善念吗？

南朝梁的皇帝、文学家萧纲说："一善染心，万劫不朽。百灯旷照，千里通明。"当一份善念植入心中，哪怕经历万次灾难也不会磨灭。就如同百盏灯火照耀着空阔的旷野，整个天地一片明亮。

那么，善良和智慧可以表现在哪里呢？

表现在家和。善有口善、行善、心善三种。不说伤害人的话，不做伤害人的事，没有损人利己的想法。有的人经常拿自己脾气直当幌子，还冠以"刀子嘴豆腐心"的理由，殊不知"刀子嘴"本身就是不善良的表现，爽快了自己，伤害了别人。这世上最难处理的关系就是家庭关系，在家庭关系里，"口善"尤其重要。

"满目河山空念远，落花风雨更伤春。不如怜取眼前人。"（晏殊《浣溪沙》）怎么好好和家人说话，少栽刺，多种花，这是大智慧。

表现在为人处世。老子《道德经》说："上善若水，水善利万物而不争。"最高的善像水，水善于帮助万物，而不与万物相争。

水代表着最高的智慧。你看它放在圆的器皿里就是圆的，放在方的器皿里就是方的；它可以汇成大河承载轮船，可以渗入泥土滋润万物；它可以变成冰而成为利器，也可以化为汽跨越沙漠。它随圆就方，随形就势；它以柔克刚，滴水穿石。它把功名永远让给别人，永远往低处走，可是它越不争，越是像老子说的那样："天下之道，不争而善胜。"

明代的《醒世歌》中有这么几句："吃些亏处原无碍，退让三分也不妨。春日才看杨柳绿，秋风又见菊花黄。"我们如果能在为人处世中做到"不争"，也就离大智慧不远了。和爱人，不争对错；

和亲人，不争输赢；和朋友，不争得失。这是智慧，更是内心深处的善良。

善良的人拥有智慧还表现在造福于后代。北宋司马光说："积金以遗子孙，子孙未必能守；积书以遗子孙，子孙未必能读；不如积阴德于冥冥之中，以为子孙长久之计。"什么是阴德？行善为人所知是阳善，行善不为人知就是阴德。

看看禅宗六祖惠能大师脍炙人口的《菩提偈》：

菩提本无树，明镜亦非台。

本来无一物，何处染尘埃？

默默做好事，勿以恶小而为之，勿以善小而不为，种下善因，结出善果，这难道不是智慧？守住内心的善良，但做好事，莫问前程，不戚戚于贫贱，不汲汲于富贵，这就是诗词给予我们的力量。

宋代李之仪写过一首关于爱情的词《卜算子》，上阕是这样的：

我住长江头，君住长江尾。日日思君不见君，共饮长江水。

我想把它改一下：

君住长江头，我住长江尾。日日思君不见君，共饮长江水。

这个"君"是谁呢？就是写下经典诗词的诗人们。"长江水"是什么呢？就是诗词的力量。诗词就像是滚滚东流的长江水，给予了中华儿女滔滔不绝的元气。

当你无聊的时候，它为你点燃诗意的火花；当你孤独的时候，它会告诉你，孤独有一种内在的像火山一样的豪迈之气；当你悲伤的时候，希望就在不远处向你微笑挥手；当你难过、焦虑、恐惧的时候，有个叫作"豁达"的好哥们儿，教你学会放下；当你为付出得不到回报而懊恼的时候，它教你做人要学会"上善"，学会"不争"，去获得一份大智慧。

"一阴一阳之谓道，继之者善也，成之者性也。"（《周易》）任何事物都有阴阳两个方面，相辅相成，相互推移，构成事物的本性，体现着万物运动的法则。在我们生活的地球上，有白天就有黑夜；有春夏就有秋冬；有高处就有低处。在人类社会中，有成功就有失败；有相聚就有分离；有痛苦就有甜蜜。

所以，诗词的力量，不仅仅来源于它平平仄仄的韵律，不仅仅来源于它穿透世间一切的感知力，更来源于一颗通透智慧的，在看清了生活真相之后依然热爱生活的心。

正如南怀瑾先生所说："三千年读史，不外功名利禄。九万里悟道，终归诗酒田园。"

目录

陶渊明

当灵魂失去庙宇，雨水便会滴在心上

人世间最难的事情莫过于面临选择而无法取舍。选择了林荫小路，就放弃了阳光大道；选择了欣赏奇景，就放弃了平坦旅途；选择了重新开始，就放弃了曾经拥有；选择了奔赴远方，就放弃了现世安稳……

如果没有选择，就不会有千般痛苦、万般纠结。很多事情，一旦决定，就没有回头路可走。

陶渊明一辈子都在纠结一个问题：到底是出仕还是归隐？纠结，不是不知道该怎样做，而是舍不得放弃。

1

陶渊明出生在四分五裂的东晋末年，历史上有名的乱世。那时西晋已灭，汉人在建康（今江苏南京）建立东晋，统治着江东的大部分地区，而北方进入了混战时期。乱世，之所以乱，是因为失去了"道"。《大学》里有这样一句话："货悖（bèi）而入者，亦悖而出。"用有悖于常理的方式，大逆不道篡位而得到天下者，也必然会以一种惨烈的结局失去天下。

作为一个受儒家影响颇深的儒生，陶渊明不会没有听说过孔子的一句话："天下有道则见（'见'通'现'），无道则隐。"生活在这样的乱世，"归隐"无疑是最好的选择。可是建功立业的理想呢？"少年状且厉，抚剑独行游"的豪情呢？难道一辈子就守着祖上留下来的几亩薄田生活吗？

陶渊明不甘心，他二十九岁才得到一个江州祭酒的位置，虽然官小，但是他觉得自己可以吃苦，也可以从基层一点一点做起。他知道自己生活在一个"上品无寒门，下品无世族"，门第观念大于一切的时代，他也知道出身可能比奋斗更重要。

那时还没有科举考试，寒门子弟根本不可能做官，可是他的曾祖——父亲的爷爷陶侃，却在东晋建立之初，用戎马一生为后代拼得了一个跻身上流社会的高贵门第。所以，他的孙子才可以娶到当代名士孟嘉的女儿，也就是陶渊明的母亲。

孟嘉落帽，是陶渊明的外祖父留给世人的一个成语。从这个成语中，我们可以窥见一千六百多年前的那个重阳节，在众多权贵会聚，登高赏菊的宴会上，被风吹落帽子的孟嘉，是怎样温文尔雅、不露声色地对那些嘲笑他的人进行反击，巧妙地维护了自己的尊严。

曾祖陶侃的奋勇拼搏和外祖父孟嘉的潇洒淡泊，影响了陶渊明的一生，使他拥有"娴静少言"的外表和澎湃激荡的内心，在每次面临选择的时候都会有两种声音在脑海里争吵不休。

一个声音说："要善待生命中的每一次磨难，忍是人生必修的功课！"另一个声音说："你不看看现在是什么时代？你忍有用吗？你曾经的高贵门第现在不还是迅速没落了吗？你就算是把自己奋斗成山下的一棵青松，也不及山顶的一株小草！"

一个声音说："这个时代还是有希望的，归隐的谢安不是又东山再起了吗？如果不是他带领八万精兵在淝水（今安徽寿县）与前秦交战，大败投鞭断流的前秦八十万大军，收复黄河以南的失地，使他们风声鹤唳、草木皆兵，迅速瓦解，东晋怎么会为自己赢得一次喘息的机会？"另一个声音说："这和你有关系吗？看看你的上司吧，你在这种人手下，永远也不可能有出头之日！"

提起陶渊明的顶头上司——江州刺史王凝之，那可是贵族中的贵族。他姓"王"，陶渊明奋斗一辈子也赶不上他的起点。"旧时王谢堂前燕，飞入寻常百姓家"中的"王谢"，就是指王家和谢家，那可是中国古代数得着的名门望族。据说陶家曾经送一船米给一个王姓的人——当时这个人穷困潦倒——结果被当面拒绝，王姓人说："我王家的人没米下锅，自会找谢家去讨，不要你陶家的米。"

现在这个上司就是王家的人，他爹是大名鼎鼎的书圣王羲之。他的夫人姓谢，就是"淝水之战"统帅谢安的侄女——"咏雪才女"谢道韫。没什么本事，又庸俗乏味，但还能做到一市之长的王凝之，他的眼里只有出身。陶渊明就算是再兢兢业业，又能如何？

谢道韫画像

陶渊明愤而辞职。他回到柴桑（今江西九江）庐山脚下的那几间茅屋，也许是为了说服自己，证明自己的选择没有错吧？陶渊明一口气写了六首《劝农》："悠悠上古，厥初生民。傲然自足，抱朴含真……"

还是做一个农民吧，像上古时代那样，自给自足、逍遥自在，没有门第、没有虚伪，做一个快乐的人，不是很好吗？但是，做一个农民，就没有烦恼了吗？

人生的烦恼，从来不因为你的出身、你的职业而有所不同，生活原本不易，烦恼无处不在。

2

金风送爽，天朗气清，陶渊明静静地坐在茅屋外面的柳树下，弹无弦琴，黄昏的风轻轻地吹动他的头发。身后的夕阳、田野、菊花，把他瘦弱的身躯映成了一幅单薄的剪影。七弦古琴缓缓流淌着的音符渐渐飘远，一如他此刻飘飞的思绪。

他想到他回来之后，奋笔疾书的那篇《五柳先生传》："先生不知何许人也，亦不详其姓字，宅边有五柳树，因以为号焉。"我不知道我是谁，我也不知道我是哪里人，你们不是都有高贵的门第吗？我没有，我只知道我家后院有五棵柳树，这就是我的号。以后我就叫——"五、柳、先、生"。

这篇传记传出去以后，那些贵族的牙都要笑掉了——这人太逗了，"好读书，不求甚解"，不求甚解你读个什么书？"性嗜酒，家贫不能常得"，家贫你喝个什么酒？再说，人家都在斗富，你家贫还好意思写出来？"常著文章自娱，颇示己志"，这就更可笑了，写文章居然是为了自娱自乐，还说什么"不戚戚于贫贱，不汲汲

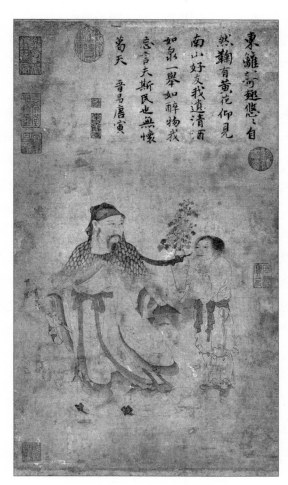

采菊图｜明｜唐寅｜台北故宫博物院藏

于富贵"，人生在世，名利二字，不求名利当个穷鬼，还好意思说？

一心回来想过上悠悠上古的生活，结果被现实的石头砸了脚——妻子因难产而死。陶渊明望着远处的庐山，眼泪簌簌落下。

他八岁就没有了父亲，妻子是母亲做主给他娶的，那是一个农民家的女儿，憨厚朴实。陶渊明和她在一起，虽没有太多的共同语言，但是现在她死了，他心里仍然觉得空荡荡的。

其实在他的心里，曾经住着一个美丽的女孩儿，可是他知道自己娶不了她。她门第高贵，她的父母绝对不会把女儿嫁给他。他悄悄写了一篇长长的《闲情赋》，其中令人荡气回肠的"爱情十愿"，千年以来，在每一个少年的心头唱响："愿在衣而为领，承华首之余芳；悲罗襟之宵离，怨秋夜之未央。愿在裳而为带，束窈窕之纤身；嗟温凉之异气，或脱故而服新……"

爱她，就化身为她的衣领、她的腰带、她的发油，化身为她描眉的粉、她身下的席、她脚上的鞋；爱她，就化身为时时刻刻跟随着她的影子吧。化身为照亮她美丽容颜的烛光，化身为她手中的凉扇，化身为她膝上横放着的琴，让她的手指从身上滑过，去感受她的香气、她的呼吸、她的体温……

那是他人生中留下来的唯一一篇关于爱情的文字。就是通过这篇赋，我们才知道，"娴静少言"的陶渊明，原来在少年时代曾经拥有过一段如此刻骨铭心又如此唯美浪漫的爱情。即使独自品尝那份相思的痛苦，即使所有的付出都是一厢情愿，也无怨无悔。也许，这就是爱情吧。

烦恼的时候，就泡上一杯茶，捧着一本书来读吧，这样似乎时间也过得快些。不明白那些士族子弟为什么都不读书了，流行什么"清谈"，每天聚在一起就是讨论养生之道，真的有什么长生之术吗？就算是有，你看从元帝司马睿到孝武帝司马曜，历任九个皇帝，有哪一个得到了善终？他们的平均寿命连三十岁都不到。而孝武帝居然因为一句酒后戏言，在后宫被妃子和宫女用被子捂死了！

陶渊明翻着他从小最爱看的那本《山海经》，那些奇异的神话故事，陪伴他度过了整个童年时光。死了也要复仇的精卫，没有了头颅还要战斗的刑天，每每读到，都会让他热血沸腾。

"精卫衔微木，将以填沧海。刑天舞干戚，猛志固常在。"一个人的气质里隐藏着他所读过的书，对于陶渊明而言，他不会心甘情愿一直隐居下去，他就像是大海，表面风平浪静，内心却暗流涌动。他连写诗都是一组一组地写，没有出仕，只是因为机会没有到。

一边读书，一边农耕，之后陶渊明娶了第二个妻子，妻子为他生下四个儿子后，生病去世。

没有办法，四个孩子需要母亲，陶渊明又娶了第三个妻子翟氏。就是这个妻子，陪伴陶渊明一直走到了他生命的尽头。

孩子们一天天长大，陶渊明心里感受到了为人父的快乐，然而，贫穷的生活使孩子们经常挨饿，他的内心隐隐作痛。所以接到江州刺史桓玄的邀请信时，陶渊明没有犹豫，赴任去了。

3

所有看似随意的选择，背后都有着不为人知的仔细斟酌。选择出仕，除了经济因素，陶渊明理由有三。

其一，新皇帝执政后，大权旁落，国家发生内乱。大乱之后必定大治，也许这是一个建功立业的绝佳机会，况且他今年已经三十七岁了，人生能有几回搏？

其二，桓玄是一个很有思想和能力的人，他是北伐名将桓温之子，桓玄之前讨伐了把持朝政的司马道子，这次还要讨伐内乱的孙恩，他绝对比王凝之要强得多。

其三，他和桓玄也算是世交，他的外祖父孟嘉就是桓温手下的幕僚，武将出身的桓玄也很佩服他的曾祖陶侃。陶渊明和桓玄小时候曾经是很好的玩伴儿，从感情上也比较亲近。

满腔热情的陶渊明带着"君子死知己，提剑出燕京"的决心，投奔了桓玄。谁知当他快鞭策马，奔跑在驿站上为桓玄送信请兵的时候，他没有想到，桓玄有篡位的野心。失望的陶渊明以母丧为由离开桓玄，之后又投奔另一个枭雄刘裕，发现自己才出虎穴，又入狼窝。

能在乱世中脱颖而出的人，非忠即奸，任何有能力、有思想的人，都不会愿意长久地屈居人下。从历史发展的角度来看，不能说谁对谁错。东汉末年，曹丕逼汉献帝禅让难道不是篡位？司马懿之孙司马炎逼迫魏元帝禅让，建立西晋，难道不是篡位？成者王侯败者寇而已。

然而，陶渊明的内心无法接受这样的事实，他觉得自己就像是一只失群的鸟一样，与这个时代格格不入。"栖栖失群鸟，日暮犹独飞。徘徊无定止，夜夜声转悲。"（《饮酒》其四）别人可以顺势而为，但是他做不到。毕竟他一直生活在东晋，他的曾祖还为东晋的建立立下了汗马功劳。

还能比现在的形势更乱、更糟糕吗？陶渊明啊陶渊明，是你下决心做出决定的时候了。或者为了生活隐忍下去，或者辞职归家，继续过贫穷的生活。陶渊明的内心乱得像一团麻，难道这一辈子，就这样被白白蹉跎吗？"总角闻道，白首无成？"

他想到了孔子理想中的生活："暮春者，春服既成，冠者五六人，童子六七人，浴乎沂，风乎舞雩（yú），咏而归。"暮春时节，天气转暖，穿上轻薄的春装，约上几个朋友，带上各自的孩子，到沂水里洗洗澡，再登上求雨的高台吹吹风，然后一路唱着歌，回家。

这样的生活又何尝不是他心中所希望的呢？"迈迈时运，穆穆良朝。袭我春服，薄言东郊。山涤余霭，宇暖微霄。有风自南，翼彼新苗。"（《时运》其一）温暖的南风轻拂大地，绿油油的小苗像鸟儿一样张开翅膀，随风舞动，这令人多么快乐啊！

"投策命晨装，暂与园田疏"的日子该结束了，快回去吧，"有酒有酒，闲饮东窗。愿言怀人，舟车靡从"（《停云》其二），你的老朋友在等着和你在东窗下闲饮新酿的酒呢！还留在这乌七八糟的官场做什么？你一介书生而已，不可能阻止东晋的气数将尽，也做不到力挽狂澜。

世初乱而出仕，世乱极而归隐，还有什么可犹豫的呢？可陶渊明还是下不了决心，一个大男人，都已经四十一岁了，难道要老婆孩子跟着自己讨饭吗？为了自己内心那一点点可怜的自尊，难道就不可以忍受委屈吗？人家谢安隐居东山，叫"高隐"，吃喝不愁，衣食无忧，优哉游哉，潇洒风流。

陶渊明决定接受彭泽县令的职务，等挨过青黄不接，等拿到俸禄，等攒够钱让家人过上吃饱饭的生活，就辞职回家。

陶渊明在这个沼泽湖泊星罗棋布的地方，兢兢业业地查户口，得罪了隐瞒实际人口逃税的大地主，他的靠山督邮大人三番五次借检查工作刁难陶渊明，要他必须着官服来见。

仅仅在这里工作了八十天而已，还要不要坚持？但是，难道因为那点儿俸禄，就把尊严低到尘埃里吗？他留下一句"不为五斗米折腰"，愤然挂印而去。

孔子曰："君子谋道不谋食。耕也，馁在其中矣。学也，禄在其中矣。"做人，总要守住内心的底线。当灵魂失去庙宇，雨水便会滴在心上。陶渊明选择了归隐，从此再也没有回头。

4

陶渊明迫不及待地坐上了回家的小船，曾经在他心里吵架的两个声音这次合二为一，它清晰而响亮地在耳边呐喊：回家！回家！回家！曾经你迷失了灵魂，现在是你离开的时候了！"云无心以出岫，鸟倦飞而知还"，快回来吧，你的禾苗在等着你，你的妻子和孩子们在等着你，你的老朋友在等着你！

"归去来兮，田园将芜胡不归？既自以心为形役，奚惆怅而独悲？悟已往之不谏，知来者之可追。实迷途其未远，觉今是而昨非。舟遥遥以轻飏，风飘飘而吹衣。问征夫以前路，恨晨光之熹微。"（《归去来兮辞》）可惜路途遥远天未亮，努力前望，哪里才是我的家乡？

到了！到了！终于到家了！"富贵非吾愿，帝乡不可期"，这次是你真的决定离开，你终于回来了！

他一口气写了五首《归园田居》，来表达他重获心灵自由的喜悦。

归园田居（其一）

少无适俗韵，性本爱丘山。

误入尘网中，一去三十年。

羁鸟恋旧林，池鱼思故渊。

开荒南野际，守拙归园田。

方宅十余亩，草屋八九间。

榆柳荫后檐，桃李罗堂前。

暧暧远人村，依依墟里烟。

狗吠深巷中，鸡鸣桑树颠。

户庭无杂陈，虚室有余闲。

久在樊笼里，复得返自然。

即使是做一个不称职的农夫又如何？我愿意！只要不违背我的心愿！

归园田居（其三）

种豆南山下，草盛豆苗稀。

晨兴理荒秽，带月荷锄归。

道狭草木长，夕露沾我衣。

衣沾不足惜，但使愿无违。

此后的一辈子就这样度过吧，忙时耕种，闲时饮酒，平和闲静，古朴淡远。这是怎样惬意的生活啊！锄完地腰酸背疼地回到家里，悠闲地喝上一壶小酒，然后美美地睡上一觉，这其中的情趣，岂是用语言所能表达的？"人生若寄，憔悴有时"，他一口气又写了二十首《饮酒》。

饮酒（其五）

结庐在人境，而无车马喧。

问君何能尔，心远地自偏。

采菊东篱下，悠然见南山。

山气日夕佳，飞鸟相与还。

此中有真意，欲辨已忘言。

也许孩子们不理解他的选择，甚至会埋怨他。可是难道不应该给他们留下一些精神财富吗？君子忧道不忧贫，物质虽贫乏，却是靠自己的劳动得来的，可是一个人的精神富有，是任何物质都替代不了的呀！

他经常教导孩子们要珍惜时间："盛年不重来，一日难再晨。及时当勉励，岁月不待人。"（《杂诗》其一）

他希望孩子们能够学习勤奋刻苦："勤学如春起之苗，不见其增，日有所长。"（《劝学》）

他告诉孩子们要博爱："落地为兄弟，何必骨肉亲！"（《杂诗》其一）

他也会教导孩子们看淡生死："向来相送人，各自还其家。亲戚或余悲，他人亦已歌。死去何所道，托体同山阿。"（《拟挽歌辞》其三）

可是，陶渊明自以为归隐田园就可以平静的内心，很快被打乱了。

公元420年，刘裕废掉东晋最后一个皇帝，建立宋朝，史称刘宋。至此，两晋时代结束，中国进入了历时一百六十九年的南北朝时期。消息传到庐山，陶渊明望着地里的庄稼，久久沉默。他回到草屋里，提笔写下了一首诗，并为这首诗写了一篇长长的序："晋太元中，武陵人捕鱼为业。缘溪行，忘路之远近，忽逢桃花林，

夹岸数百步，芳草鲜美，落英缤纷。"（《桃花源记》）

这真是一个美好的故事，渔人偶然发现了与世隔绝的桃花源。这里没有战争、没有篡位、没有门第，淡然恬适，宁静祥和。可是，离开后的渔人再次想找到这个世外桃源的时候，怎么也找不到了。他不禁怀疑，自己是真的到了桃花源，还是做了一个梦？

这些都不重要了，重要的是那里的人从秦朝末年就来到了这里，他们没有经历两汉、三国、魏晋这动荡不安的时代；重要的是渔人发现他们的时候，是"晋太元中"，可是现在，这个时代不存在了，那曾经令他想为之付出生命的时代，那埋葬了他的青春和热血的时代，都一去不复返了。

这是多么令人绝望的悲哀！他流着泪写下最后六个字，"后遂无问津者"，然后在旁边署下自己的字——陶潜。他从来不去想做什么"隐逸诗人之宗"，他只想"潜"在水里，也许有一天，他还有跃出水面的机会。

生活其实就是一个局，当局者迷，旁观者清，任何一个人都会受到他所处时代的影响，在历史面临大的变迁时刻，谁都无法做到波澜不惊。无论在什么样的时代，只有真正拥有大智慧的人，才能看透生死、看透人生。

5

三年后，一场大火毁了陶渊明的庄园，让他雪上加霜。他坐在那五棵柳树下弹琴，那把跟随了他六十年的七弦琴，弦断了。陶渊明的手在无弦琴上拂过，悠扬的琴声在他的心里又一次响起。

这一次，他的耳朵里又有两个声音在争吵。他知道，一个声音是他的身体，一个声音是他的影子。身体对影子说："天地山川可以得到永恒的生命，人却无法长生不老，所以有美酒就喝，千万不要错过。"影子对身体说："总有一天，随着你的死亡，我也会无影无踪。为什么不为后世留下美名呢？"

忽然，一个从来没有出现过的声音，哈哈大笑，说，可笑啊可笑！一个形，一个影，没有了人的精神，不过是行尸走肉罢了！我问你们：三皇大圣人，今复在何处？就是活到八百岁的彭祖，你现在能留得住他吗？无论是谁，终难逃一死！喝酒没有用！留名没有用！你们记着，"纵浪大化中，不喜亦不惧。应尽便须尽，无复独多虑"（《形影神》）。

陶渊明停下抚琴的手，起身向外走，蓝天下，有鸟儿飞过。"人生天地间，忽如远行客。"其实这世上的每一个人不过是匆匆的过客，就像夏日里朝开夕落的木槿花那样，倏忽而逝。

天地常在，人生无常，"变"才是不变的常态。只有让生命回归丰富的宁静，才能笑看这人事变幻、沧海桑田，才会在每一次面临人生选择的时候，倾听内心深处的声音。

公元 427 年，陶渊明去世。临死之前，他神情平静，嘴里喃喃念着："纵浪大化中，不喜亦不惧，纵浪大化中，不喜亦不惧……"

陶渊明去世的年龄，一直被后人争论不休。不过，是五十多岁、六十多岁，还是七十多岁，有什么关系吗？所有能发光的生命都在于你对生活的态度。

陶渊明生前贫困，诗文不为时人所接受，然而，他的生命犹如阳光下的水珠，散发着五彩的光芒。他的思想在后世影响了无数人，当人们如痴如醉地读他留下的一百二十五首诗、十二篇文章的时候，不仅爱上了陶渊明"我醉欲眠卿可去"的率真性情，还

陶潜逸事图（局部）｜明｜佚名｜美国弗利尔美术馆藏

被他诗文里蕴含的平静力量打动了。

李白恨不得穿越到陶渊明的时代，他写下了："梦见五柳枝，已堪挂马鞭。何时到彭泽，狂歌陶令前。"（《寄韦南陵冰，余江上乘兴访之遇寻颜尚书笑有此赠》）

白居易被贬官江州时，是陶渊明的诗给了他疏解郁闷的力量："数峰太白雪，一卷陶潜诗。"（《官舍小亭闲望》）

苏东坡更是毫不掩饰他对陶渊明的喜爱之情："吾于诗人无所甚好，独好渊明之诗。"（《与苏辙书》）

才女李清照干脆从陶渊明的一句"倚南窗以寄傲，审容膝之易安"，为自己取号"易安居士"。

为什么会有这么多人把陶渊明当作偶像？不仅因为陶渊明做到了很多人想做却做不到的事情，更因为他的思想已经达到了一个至高境界——物我两忘。一个人内心要多么平静才能做到忘记了外在的一切，忘记了"我"的存在，深深地、深深地沉浸在"真意"之中啊！

不为出身、长相、智力、家庭、生活环境这些无法选择的事情而烦恼，自己去选择面对生活的态度，内心拥有丰富的平静，就会拥有战胜一切的力量。

【延伸阅读】

1. 叶嘉莹：《叶嘉莹说陶渊明饮酒及拟古诗》，中华书局，2007 年

2. 陶渊明：《陶渊明全集》，上海古籍出版社，2015 年

3. 张炜：《陶渊明的遗产》，中华书局，2016 年

4. 李长之：《陶渊明传》，百花文艺出版社，2020 年

王维

就算上天让我一无所有，我仍然会一笑而过

上天的残忍不是让你一出生就一贫如洗，而是把这世间所有的荣耀和幸福都给你，然后再从你身边——夺走。

有人说，人生有四大喜事："久旱逢甘霖，他乡遇故知，洞房花烛夜，金榜题名时。"还有人说，人生有四大悲事："幼年丧母，少年丧父，中年丧妻，老年丧子。"但是，从来没有人说，如果上天把这四大喜和四大悲都降临在同一个人身上，他会怎样。

王维，就是这个被频频"眷顾"的人，上天如果往他这只手里放一颗糖，就一定会夺走他另一只手里的苹果。不过，残忍的上天还是保留了一点点怜悯，给王维留下了他的母亲，正是因为这一点点生之希望，王维最终成为和李白、杜甫并列的"盛唐三大诗人"之一。

1

提起王维，这个和狂人李白同年出生的诗人、画家、音乐家，简直像跟别人来自两个世界。他给我们的印象永远是云淡风轻，不食人间烟火。没有人想到，他的人生会是那样大起大落。

公元 701 年，山西祁^(qí)县，王维含着金汤匙出生了。说他含着金汤匙，不仅仅因为他的家族从汉代起就世代为官，更是因为他出生在一个人人都羡慕的家族，天下五大望族之一太原王氏。他的母亲则出身另一大望族博陵崔氏。虽然其家族在唐太宗时期已走向没落，但王维血液里那份与生俱来的高贵不会改变。

王维继承了爷爷王胄^(zhòu)的音乐细胞，爷爷曾经担任朝廷的乐官，小时候的王维随便拿起一种乐器就能弹出旋律。王维的母亲擅长画画，尤其是水墨画，王维经常拿起毛笔学母亲画画，一画就是一整天。

父亲王处廉赶紧进行素质教育，亲自教授王维诗文。爷爷的得意弟子又教授王维各种乐器。母亲在教他画画之余，还给他讲佛经，因为她笃信佛教，是当时著名高僧大照禅师的弟子。

现世安稳、岁月静好的日子，在王维九岁那年一去不返——王维的父亲因病去世。给他一个人人羡慕的家，却让他少年丧父，这是上天安排王维经历的人生第一次大悲。

不过，因为有母亲在，他们家的六个孩子仍然健康地成长起来了。即使遭遇变故，母亲也从来不在孩子面前流露她内心的悲伤，她遣散家奴，变卖家产，带着王维和他的四个弟弟、一个妹妹，回到娘家蒲州（今山西永济）。

母亲没有放弃对孩子的教育，每天生活依旧很有规律。除了拜佛念经，她天天刺绣，以补贴家用。王维则每天在家门外摆摊卖他的画，比他小一岁的弟弟王缙也经常帮人写文章赚取稿费。

有一次，一个人给弟弟送稿费，敲错了王维的门。王维笑指对面，说："大作家在那儿呢！"原来，我们熟知的"作家"称呼，竟是来自王维小时候和弟弟开的一句玩笑。是的，那时的王维和其他少年没有什么两样，他也会开怀大笑，也会悲伤哭泣，普通人具有的喜怒哀乐，他一样拥有。

王维十五岁时去京城应试，豪爽地写下了"新丰美酒斗十千，咸阳游侠多少^(shào)年"（《少年行》）的诗句。在东都洛阳，他目睹开元盛世的繁华，怀着复杂的心情记载了"画阁朱楼尽相望，红桃绿柳垂檐向"（《洛阳女儿行》）的奢侈生活。

重阳节看到别人都在登高，而自己孤身一人，王维禁不住黯然神伤，提笔写下了"独在异乡为异客，每逢佳节倍思亲。遥知兄弟登高处，遍插茱萸少一人"（《九月九日忆山东兄弟》）。那一年，他才十七岁。

游历了几年之后，二十一岁的王维来到长安，以一支自己创作的琵琶曲《郁轮袍》，成功打动了岐王李范和玉真公主，得到他们的举荐，凭借实力"大魁天下"。身骑白马、插花游街、赶赴琼林宴会的王维，是开元九年（721）的长安城里风度翩翩、才华横溢的状元郎。

岐王宅里，他和高适、崔颢、裴迪、李龟年这些当时出色的上层名流，谈笑风生，唱着他的诗歌《相思》："红豆生南国，春来发几枝。愿君多采撷，此物最相思。"

对家乡前来拜访的客人，王维会迫不及待地询问："君自故乡来，应知故乡事。来日绮^(qǐ)窗前，寒梅著花未？"（《杂诗》）

王维还古道热肠，为人打抱不平。唐玄宗的大哥宁王李宪，风流好色，凭借权势霸占卖饼人美貌的妻子。王维用春秋时期楚王霸占息国王后的典故嘲讽宁王，最终使他们夫妻团圆："莫以今时宠，难忘旧日恩。看花满眼泪，不共楚王言。"（《息夫人》）

王维《少年行》："新丰美酒斗十千，咸阳游侠多少年。相逢意气为君饮，系马高楼垂柳边。"

上天很快给这个生龙活虎、前途一片大好的青年泼了一盆大大的冷水。

2

"木秀于林，风必摧之；堆出于岸，流必湍之；行高于人，众必非之。"他是那样优秀，弹得一手好琵琶，画得一手好画，写得一手好诗，长安城里的显贵都以能请王维来家里做客为荣。王维，意味着品位。

王维的官职是太乐丞，主要负责皇家音乐和舞蹈的排练。对于从不缺乏艺术细胞的王维而言，这项工作对他的能力根本构不成挑战。然而没过多久，王维被贬官了。罪名是他在彩排《五方狮子舞》的时候，私自看伶人舞黄狮子。"黄"字与"皇"字谐音，意味着至尊，黄狮子只有在皇上到场的情况下才可以舞动。

就这样，初涉官场，还不懂得人心险恶的王维，被贬为济州司仓参军。帝都长安的京官到遥远的济州（今山东济宁）去做一个管粮库的管理员，这让年轻的王维备受打击。

王维一路风尘仆仆，前往遥远的济州赴任。经过洛阳时，沮丧的王维与母亲、弟弟、妹妹见了一面，又匆匆离别。他不会明白，他被贬官的背后，可能是皇帝对岐王的猜疑，对王维和岐王走得过近的防备，是宁王心里对他的记恨，是同僚对他的嫉妒。政治，永远不像表象那样单纯，深深地伤害了这个聪明、敏感而又满腔热忱的青年的自尊，也影响了他诗歌创作的风格。

王维想到了他泪流满面地站在母亲面前的时候，母亲问他的问题："知道为什么给你取名王维，字摩诘吗？"他当然知道，"维摩诘"是印度高僧，母亲把他的名字拆开来为他命名，还教他从小就背诵《维摩诘经》。"维摩诘"的名字翻译过来，就是没有污垢的意思，即"净"。母亲的房间里写有三个大字——净、静、境。只有内心"清净"，才能心灵"平静"，达到人生最高"境界"。

可是，这要如何才能做到？母亲在他的手心写下了一个字，她温和的微笑总有使人安静下来的力量。王维不知道，正是这一个字，概括了他的一生，也影响了他的一生。

枯燥无聊的仓库管理员做了一段时间之后，上天就解放了王维。唐玄宗对泰山进行封禅，大赦天下。作为贬官，王维终于有了辞职的资格，他立刻请辞，回家和妻子团聚。他欠她的太多太多，新婚不久就离开她，现在要好好补偿她。王维一直觉得妻子是上天给他额外的恩赐。她聪慧温柔、善解人意。他若作诗，妻子便和^(hè)；他若画画，妻子品评；他若鼓瑟，妻子吹笙。有此红颜知己，琴瑟和鸣，人世间最幸福的事，莫过于此了吧？

而立之年的王维，终于要做父亲了。曾经从天堂堕入地狱的心，被满满的喜悦填充。此时，即使拿宰相的职位来换取这平凡的生活，他也不会愿意。然而，上天不仁，以万物为刍狗。这次它夺走了两个人的生命——王维的妻子因难产而死。有谁可以在此刻做到无动于衷、内心清净？有谁可以很淡定地念着"一切有为法，如梦幻泡影，如露亦如电，应作如是观"？中年丧妻，老而无子，王维此后三十年独居，终身不娶。

悲愤的王维独自游历江南，青山绿水渐渐平复了他伤痕累累的心，他在游历中写下了著名的《鸟鸣涧》和《山居秋暝》。

鸟鸣涧

人闲桂花落，夜静春山空。

月出惊山鸟，时鸣春涧中。

深山之中，鸟鸣声声。但若不是心灵宁静、远离世俗之人，又怎能于喧闹中感受到一份真正的宁静？

山居秋暝

空山新雨后，天气晚来秋。
明月松间照，清泉石上流。
竹喧归浣女，莲动下渔舟。
随意春芳歇，王孙自可留。

这是一幅清新秀丽的山水画，又是一支优美恬静的轻音乐。"式微，式微，胡不归？"还是归隐山林吧，也许只有在那里，才能获得内心的平静。从此，王维的诗歌里，"空"字出现的频率越来越高。是的，这正是母亲送给他的那个字。既然上天让我一无所有，我就什么都不要了，我只坐看山水，静享美景，求得内心片刻安宁。他此刻并没有意识到，"空"的不过是"山"而已，而不是他的内心。做不到真正的放空，心灵注定不会平静。

3

就在王维对官场心灰意懒，对生活不抱希望的时候，他听到了一个好消息，贤明正直的张九龄出任宰相。

三十五岁的王维按捺不住内心的激动，立刻给张九龄写了一封信，表达了自己愿意追随他、为国家效力的愿望。张九龄提拔王维做了右拾遗。右拾遗这个官的官职不大，但可以接近皇帝，升迁的机会很多。王维不负所望，官越做越大，从一个八品小官做到了正五品的给(jǐ)事中，成为张九龄的左膀右臂。

其间，王维在辋川山谷（今陕西蓝田西南）买了一所别墅。这所别墅原是诗人宋之问所有，那里有山有湖，有林有谷。王维亲自规划每一处建筑，亲自设计每一个细节，他要把这里建成自己心中的世外桃源。

值得一提的是，王维在张九龄府里遇到了孟浩然。后人一提起他们，总是说"王孟"。自陶渊明开创田园诗派以来，是王维和孟浩然把山水田园诗发展到了顶峰，从此无人超越。人世间有一种相遇，但曾相见便会相知，王维和孟浩然的友谊便是如此。

王维的生活似乎开始顺风顺水，此时张九龄却被贬官了。张九龄看出安禄山的野心，但唐玄宗认定张九龄陷害忠良，容不下骁勇善战的安禄山，还把安禄山放回边境，委以重任。

张九龄的离去，使王维对官场彻底失望。他不顾形势凶险，给被贬荆州的张九龄写下了"举世无相识，终身思旧恩"的诗句。如果上天一定要露出它狰狞的笑容，那就让它笑去吧，反正我看不见。你看不见，奸相李林甫能看见。对这个名望很大，又不是自己一派的政敌王维，李林甫明升实降，任命他以监察御史的身份出使凉州（今甘肃武威）。

开元二十五年（737）的大

孟浩然画像

漠里，一排马车的车辙像是一条蜿蜒的蛇，缓缓地向沙漠深处延伸，坐在车里的人，内心充满了悲伤。他的命运从来都没有掌握在自己手里，每一次当他对人生充满了希望的时候，他就会遭遇不幸。他觉得他的一生就像是飘飞的蓬草一样，无依无靠，不知道归宿在哪里。

忽然，一条长河出现在他的眼前，那圆圆的落日，在平沙莽莽黄入天的沙漠里是如此荒凉，又是如此温暖，而远处的一道孤烟像一把利剑直指苍穹，令人震撼。他呼吸急促，心跳加快，他要画下来，他要把这荒凉与孤独、温暖与震撼都画下来！他画下来了，他真的画下来了，还为这幅画配了一首诗：

使至塞上

单车欲问边，属国过居延。

征蓬出汉塞，归雁入胡天。

大漠孤烟直，长河落日圆。

萧关逢候骑，都护在燕然。

这首诗是如此经典，以至于后人一提起沙漠，都会情不自禁地想到"大漠孤烟直，长河落日圆"这一千古传诵的名句。

此刻的王维决定接受上天的安排。不就是飘飞的蓬草吗？能飘到大漠，看到如此美景，也不枉活了这一生。他没有想到一个惊喜在等着他。他看到了河西节度使崔希逸，还有老朋友岑参、崔颢和高适！他乡遇故知啊，尽管这里酷寒难耐，风沙蔽日，但在王维心里，这比朝廷上的如履薄冰、钩心斗角不知道要强上多少倍！

王维从来没有任何一个时刻像现在这样，活得如此恣意。他们一起打猎，追鹰逐兔；他们一起骑马出行，饱览壮丽的边塞风光。茫茫大漠，到处都留下了他们游览的足迹。王维挥毫写下他看到的狩猎场面：

观猎

风劲角弓鸣，将军猎渭城。

草枯鹰眼疾，雪尽马蹄轻。

忽过新丰市，还归细柳营。

回看射雕处，千里暮云平。

好男儿就是要驰骋沙场、醉卧风云！生命就应该在这广阔的天地里去挥洒，去张扬，去释放！生活对于王维而言，每一天都是崭新的，每一天都充满了刺激和挑战。

朋友间的离别是难免的，琵琶一曲肠堪断，风萧萧兮夜漫漫。在苍天下，在大漠里，在篝火旁，他们一起为前往安西都护府任职的好友元二送行，歌声响彻了整个沙漠上空。

渭城曲

渭城朝雨浥轻尘，客舍青青柳色新。

劝君更尽一杯酒，西出阳关无故人。

王维自己也没有想到，这首诗歌会迅速流传开来。以至于人们送别朋友的时候，都会唱这支歌，一遍又一遍，往往会吟唱三遍，因此它也称"阳关三叠"。王维多么想一辈子都留在这里啊，可是上天又怎会让他如意呢？

4

开元二十八年（740），四十岁的王维接连失去了三位朋友。崔希逸被副官陷害，抑郁而死；孟浩然因背疽^(jū)复发而死；而他最尊重的亦师亦友的张九龄，也在家乡韶关曲江与世长辞。

调回京城的王维发现，这座流光溢彩的皇城早已不再是他所熟悉的长安，也不再是那个"万国衣冠拜冕旒"的大唐政治中心。为人狡诈、口蜜腹剑的李林甫只手遮天，满朝大臣噤若寒蝉。经历了人生无常的王维意兴阑珊，再也不关心官场上的种种事情。从此，他有事上朝，无事还家，抽空作作画，钻研钻研佛学，悉心经营他在终南山的辋川。

王维经常一个人信步漫游，静静欣赏花开花落、云卷云舒。他沿着山间的小溪，不知不觉就走到了尽头。走到尽头就走到尽头吧，管它源头在哪里呢！世间万物，自有它的来处，也自有它的去处，山穷水尽的时候，就抬头看看天空的行云变幻吧。水自然会变成云，云自然会变成雨，山涧自然又会有水，何必纠结它来自何方？和偶然遇到的山翁谈笑聊天，不好吗？

是的，人生原本就充满了偶然，谁都有走到绝路的时候，无路可走，就坐下来看看天空吧！"云无心以出岫^(xiù)，鸟倦飞而知还。"任他红尘滚滚，我自清风明月。感谢这份偶然，让我们可以欣赏到触动无数人的这首《终南别业》。我们在每一个绝望的时刻，一想到那句"行到水穷处，坐看云起时"，心中都会拥有平静的力量。

终南别业

中岁颇好道，晚家南山陲。

兴来每独往，胜事空自知。

行到水穷处，坐看云起时。

偶然值林叟，谈笑无还期。

中年之后的王维，越来越留恋辋川，这里是他的心灵栖息地，也是他的世外桃源。他经营多年，精心设计了二十处游址，和好朋友裴迪以每一处景点为名作诗，并把这些诗集结成册，这就是流传后世的山水诗集《辋川集》。经过尘世的变迁，辋川早已了无踪迹，可是这些诗有幸流传下来，让我们可以窥见大唐盛世的当年，一个诗人在这里生活的点点滴滴。

我们可以看到，在辋川有一片长满青苔的湿地。

鹿柴（zhài）

空山不见人，但闻人语响。

返景入深林，复照青苔上。

空谷传音，愈见其空。人语过后，愈添空寂。空的不仅仅是这鹿柴，更有诗人的心。

他会在有月亮的晚上弹起古琴，周围的竹子随风发出沙沙的响声。拥有了这样的宁静，你还要一个怎样更好的世界？

竹里馆

独坐幽篁里，弹琴复长啸。

深林人不知，明月来相照。

做李成筆意

王维《竹里馆》："独坐幽篁里，弹琴复长啸。深林人不知，明月来相照。"

或者，什么也不做，只是看着一朵芙蓉花静静开放。

辛夷坞

木末芙蓉花，山中发红萼。

涧户寂无人，纷纷开且落。

如果有来生，就这样做一朵花多好！日出日落、四季变换、岁月流逝、沧海桑田，和我有什么关系？我只想做一朵自生自灭的花，在山谷中绽放属于我的芬芳。

一切都是寂静空灵的，没有生的喜悦，也没有死的悲哀，然而一切又都是永恒不朽的，令人生死两忘，万念皆寂。

母亲去世后，王维更是一心念佛，绝少过问世事。所有人都羡慕王维身居高位、风光无限，怎知王维在意的只是追求内心的平静而已，他是真正做到"大隐隐于朝"的人。

这份平静还是在王维五十六岁时被打破了，这次上天甚至在他的心上狠狠地剜了一刀，并且撒上了一把盐。

安史之乱时，被俘的王维被安禄山任命为伪官，尽管皇帝知道原委后原谅了他，但洁身自好的王维不断上书要求辞官出家，甚至还万念俱灰地写下了"晚年惟好静，万事不关心"的诗句。

一生都在得到和失去中起起伏伏，让王维终于明白，人生的过程，其实就是一个不断失去的过程。既然不断失去，为何不彻底放空自己呢？他把悉心经营多年的心灵栖息地辋川别业捐给了寺院，从此，他下朝之后只专心修佛。

人生在世，万事皆空，又何必在意那些身外之物呢？你是否痛苦，原本取决于你的内心，和别人无关，和上天无关。只有达到了内心的平静，无欲无求，才会在面对人生的打击又无能为力的时候，真正看开。就算上天让我一无所有，我仍然会一笑而过。

5

王维在六十岁的时候达到人生顶峰，官至尚书右丞，而上天这次要夺走的，是他的生命。上元二年（761），王维逝世。临终时，他从容写信和各位好友告别，然后平静地微笑着离开了这个世界。

如果说李白是盛唐一匹脱缰的野马，他的狂傲不羁是每一个后世人心中脱离藩篱的梦，那么王维就是一颗温润、光洁而又细腻的珍珠。他原本是大海中的一只蚌，拥有华丽的外壳，可是沙子不断侵入他的身体、他的灵魂，他只有经历了这种痛苦，才可以孕育出最迷人典雅而又高贵的珍珠。

王维是诗人，也是画家、音乐家。苏轼曾说："味摩诘之诗，诗中有画；观摩诘之画，画中有诗。"王维为后世留下了《山水论》《山水诀》等绘画理论著作，独创的"破墨法"对后世影响很大，在绘画中处理人和山水的画风更是深深影响了后世。自王维之后，山水画中的人物都是那样渺小，在大自然面前，人类不过是一粒粒尘埃。

王维的画作《雪中芭蕉》，在绘画史上争议颇大。茫茫白雪覆盖的山野中，一株芭蕉翠绿欲滴，这是怎样奇异矛盾的景色啊！王维曾说："凡画山水，意在笔先。""意"不就是心中的意念吗？雪中芭蕉，谁解其味？

王维在音乐上也颇有建树。他能从画中人手拿乐器的姿势，断出所演奏的曲目。他的知音李龟年，在安史之乱时流落到湖南，泪流满面地唱着王维送给他的《伊州歌》："清风明月苦相思，荡子从戎十载馀。征人去日殷勤嘱，归雁来时数附书。"之后，李龟年倒地身亡，大唐盛世之音从此绝世。因为传唱广泛，这首曲子后来衍生出了音乐史上有名的曲牌"伊州乐"。

是的，这就是王维，他长身玉立在熙熙攘攘的长安，眉目如画，气质高贵，安然静谧，风姿绰约。他不说话，只是微笑，连嘴角的弧度都是那样浅浅的一弯，就已经站立成了大唐一道最迷人的风景。他经历了人世间的大繁华，而后又一无所有。然而，他倚杖柴门外，临风听暮蝉，不慕荣华，不求富贵，只求心灵的安宁。他的思想是那样"清净"，他的心灵是那样"平静"，他完全放空了自己，身心和大自然融为一体，和整个宇宙融为一体，他达到了人生最高"境界"。

王维，被世人称为"诗佛"。

【延伸阅读】

1. 闻一多：《唐诗杂论》，中华书局，2009 年

2. 马玮编：《王维诗歌赏析》，商务印书馆国际有限公司，2014 年

3. 胡果雄：《王维的精神世界》，中国社会科学出版社，2015 年

4. 哲夫：《辋川烟云：王维传》，作家出版社，2019 年

李
白
①

交友之道，贵在一个字

　　李白一生，用一副对联可以概括。上联是"喝酒写诗修仙练道十分不务正业"，下联是"行侠仗义畅游天下万分想要做官"，横批"朋友遍天下"。既然朋友遍天下，那对待交友一定很有心得，咱们还是先请李白出来亮个相吧！

　　本名：李白

　　字号：字太白，号青莲居士

　　江湖称号：谪仙大侠

　　别称：李十二、李翰林、李供奉、李拾遗

　　生卒年：701 年至 762 年

　　出生地：碎叶城（今吉尔吉斯共和国）

　　籍贯：陇西成纪（今甘肃秦安）

　　生长地：四川江油青莲乡

　　去世地：安徽马鞍山当涂

　　职业：诗人、侠客、职业"驴友"、道家修行人、政府官

员（短暂）

代表作：《将进酒》《望庐山瀑布》《早发白帝城》《静夜思》《蜀道难》《行路难》《梦游天姥吟留别》……

标签：诗仙、浪漫主义诗人、盛唐形象代言人、酒、月亮、剑、修仙……

不要以为白哥一出生就自带光环，走到哪里都前呼后拥。"诗仙"怎么啦，带个"仙"字，就仙气飘飘，不食人间烟火啦？告诉你吧，白哥这辈子呀，就像个永远也长不大的孩子。他一生最大的梦想就是做官，可是遇到一点儿困难，马上放弃，美其名曰"我本侠客"。

白哥还很情绪化，什么"人要做自己情绪的主人哪"，"鸡汤"给别人喝去，他才不管。他高兴的时候"仰天大笑出门去，我辈岂是蓬蒿人"，不高兴的时候就"人生在世不称意，明朝散发弄扁^(piān)舟"。

白哥每天早晨醒来的第一件事，就是想：我要找一个人，这个人能推荐我去实现我做官的梦想。但是想想，这么美好的一天没有酒怎么可以？于是，他呼朋引伴地去喝酒。喝醉了之后，写诗呀！世界那么大，为什么不趁着年轻多去看看？反正父亲做生意，自己不差钱，再说随便写首诗就有不少粉丝打赏，想去哪里还不是拔腿就走的事？

白哥活得如此潇洒，你说那得多少人想和他交朋友哇！

1

白哥的朋友里，第一个要出场的是元丹丘。有点眼熟吧？来，先欣赏一下最能代表李白桀骜不驯气质的一首诗：

将^{（qiāng）}进酒

君不见黄河之水天上来，奔流到海不复回。君不见高堂明镜悲白发，朝如青丝暮成雪。人生得意须尽欢，莫使金樽空对月。天生我材必有用，千金散尽还复来。

烹羊宰牛且为乐，会须一饮三百杯。岑夫子，丹丘生，将进酒，杯莫停。与君歌一曲，请君为我倾耳听。钟鼓馔^{（zhuàn）}玉不足贵，但愿长醉不复醒。古来圣贤皆寂寞，惟有饮者留其名。陈王昔时宴平乐，斗酒十千恣欢谑。主人何为言少钱，径须沽取对君酌。五花马，千金裘，呼儿将出换美酒，与尔同销万古愁。

你的理想一直实现不了，心情不好，你要借酒浇愁，也无人拦你，但是，这可是在元丹丘的家里呀！你要唱歌，让人家为你"倾耳听"也就算了，你居然要求人家儿子把狐皮大衣和宝马都卖了给你换酒喝。白哥，你也太不拿自己当外人了吧？谁知，元丹丘醉眼蒙眬，哈哈大笑："唱得好！来，五魁首哇六六六，干！"什么，这也可以？

为什么白哥和元丹丘交情如此深厚？因为他们是一起修仙的道友啊！没想到吧？哈哈哈，这里说的修仙，是说他们都信道教。

白哥二十岁在蜀中游历时就结识了元丹丘。元丹丘是个道士，道教在唐朝很盛行。白哥称元丹丘为"异姓天伦"，就是异姓兄弟的意思。白哥虽然也是个修仙爱好者，但他的理想不像元丹丘那样纯粹。

白哥给元丹丘写了一封信，信中说："吾与尔，达则兼济天下，穷则独善一身。安能餐君紫霞，荫君青松，乘君鸾鹤，驾君虬龙，一朝飞腾，为方丈、蓬莱之人耳？此则未可也……事君之道成，荣亲之义毕，然后与陶朱、留侯，浮五湖，戏沧洲，不足为难矣。即仆林下之所隐容，岂不大哉？"（《代寿山答孟少府移文书》）这段话的大致意思是，我不能只想着升仙，我应该辅佐君王，平定天下，光宗耀祖，最后像陶朱公和张良一样，功成身退，隐居修行，这样的修仙历程才是圆满的。你明白吗？

元丹丘立刻动用他的资源来帮助好友实现梦想。白哥二十六岁的时候在江陵游逛，元丹丘风尘仆仆地跑过来告诉他，有个备受三代皇帝尊崇的大法师司马承祯要去朝拜南岳，经过江陵，让他抓住机会去拜访。

这司马承祯果然厉害，在道教上造诣很深，他是玉真公主的师父，博学能文，写得一手好篆，诗也写得飘逸如仙。他一见白哥就很喜欢。这小伙子个子不算高，但两只眼睛特别亮、特别有神，说话都带着激情。大法师心里暗暗赞叹：这气质真是不一般。他再一看白哥的诗，立刻竖起大拇指说："有仙风道骨，可与神游八极之表。"

白哥听到这表扬，手舞足蹈地飘回了道观，一口气写下了一直以来在他心头汹涌澎湃的万丈豪情——《大鹏赋》。这篇文采飞扬的赋，瞬间使白哥名扬大唐天下。

元丹丘全心全意地去帮助白哥，怪不得白哥会对他说"人生得意须尽欢，莫使金樽空对月"。拥有一个如此了解自己的心意，全力支持自己的朋友，多么幸福啊！这样的朋友，我们叫作莫逆之交。

2

第二个要出场的朋友是孟浩然。孟浩然比白哥大十一岁，是白哥非常崇拜的一个人，也是和白哥个性相近的一个人。

不要被他写的"春眠不觉晓，处处闻啼鸟"迷惑了，孟浩然的确是田园诗人，但田园诗人不见得就一定要悠然自得。实际上，孟浩然相当有个性，在朋友面前从来不把自己当外人。还记得那首《过故人庄》吗？

> 故人具鸡黍，邀我至田家。
>
> 绿树村边合，青山郭外斜。
>
> 开轩面场圃，把酒话桑麻。
>
> 待到重阳日，还来就菊花。

一位老朋友邀请他到家里做客，在淳朴自然的田园风光中，宾客举杯饮酒，多么平淡如水，多么自然和谐。然而，重点来了，请看最后一句："待到重阳日，还来就菊花。"等到九九重阳节的时候，我还来这里和你一起欣赏菊花，一起喝酒啊！人家邀请你了没有？没有。但是，孟浩然可以自告奋勇陪人家喝酒。

还有，襄州刺史韩朝宗准备将孟浩然举荐给朝廷，约他见面详谈。孟浩然和朋友喝酒，忘了赴约，居然没有觉得自己这样做有什么不妥。

知道白哥为什么崇拜老孟了吧？自来熟？人来疯？不靠谱？不，这叫自古英雄不问出处，崇拜某人没有理由。想一想，世上居然还有一个人和自己一样，有这么多"缺点"，那是多么爽的一

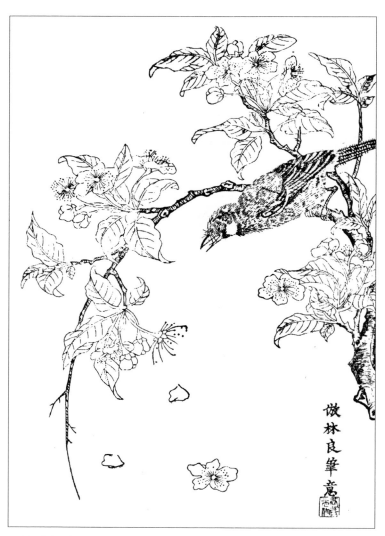

孟浩然《春晓》："春眠不觉晓，处处闻啼鸟。夜来风雨声，花落知多少。"

件事啊！以后再做"长安市上酒家眠，天子呼来不上船"这样不靠谱的事情时，心中便会多出一丝勇气，不再觉得孤单。

于是在一个春意盎然的早晨，白哥前来拜访孟浩然，席间两人谈诗论文，相见恨晚，言谈甚欢。

数年之后，孟浩然要去广陵（今江苏扬州），途中经过江夏（今湖北武汉武昌区）。白哥听说这个消息，约孟浩然在黄鹤楼相会。他们在江夏住了一段时间，最终依依惜别。白哥站在江岸上，只见那载着孟浩然的小船迎风鼓帆，越来越远，连隐约的背影也消失不见，唯有滚滚东流的长江水还在寂寞地拍打着江岸。顿时，白哥的惆怅之情溢满心头，一首名诗就这样诞生了：

黄鹤楼送孟浩然之广陵

故人西辞黄鹤楼，烟花三月下扬州。

孤帆远影碧空尽，唯见长江天际流。

千百年过去了，每当提起江南的春天，中国人的脑海里就会浮现出四个字——烟花三月。那是怎样的一幅美景啊，朦胧、梦幻，仿佛还能闻到淡淡的花香。

注意！白哥要来打破你的美梦了。你知道白哥曾经对着孟浩然说了一句什么吗？"吾爱孟夫子，风流天下闻！"（《赠孟浩然》）

能彼此欣赏对方的缺点，一起做离经叛道的事，在放浪形骸中释放天性，这样的朋友，我们叫作忘形之交。

3

白哥一生中非常重要的一个朋友，马上就要出场了。他不但和白哥交情好，还是白哥的贵人。

此时白哥正住在长安城外终南山上的紫极宫里，等着玉真公主的接见。这个紫极宫是文人雅士聚会的地方，但玉真公主出游去了，白哥在这里等她的时候，还遭遇了一场惊心动魄的山洪。洪水退去，玉真公主没有回来，一个长须飘飘、鹤发童颜的老者却出现在白哥的面前。这个人，就是贺知章。

是不是脑子里马上冒出了"少小离家老大回，乡音无改鬓毛衰""碧玉妆成一树高，万条垂下绿丝绦"这样的诗句？没办法，唐朝的诗人太厉害，随便说个人名，他的诗就能在我们的脑海里浮现。

唐朝这些大诗人，无论哪一个，生活在别的朝代，那都是照亮文学天空的明星。但是那样太寂寞，于是他们一定要扎堆儿在大唐，在这里相遇、相识、相知。所以唐朝的天空，群星璀璨。

此时，八十三岁的贺知章和四十二岁的李白相遇了。他们上演了一个令无数后人唏嘘不已的故事——金龟换酒。

那时贺知章是太子宾客，做到秘书监的位置，相当于国家图书馆馆长。他今天来到终南山，是想上山谈道来，偶遇了李白。两个从未见过面的人，被对方的气质吸引。贺知章看到腰佩宝剑、目如寒星、仙风道骨的白哥，不由得多看了两眼。

贺知章画像

他们就这样攀谈起来，越说越高兴。贺老爷子激动地一拍大腿，说："你是天上的神仙，被贬下凡间的吧？"白哥立刻决定以后就叫"谪仙"。

贺老爷子非要请白哥喝酒，白哥欣然同意。然而，美味佳肴上来了，好酒上来了，两人发现都没带钱。可以想象一下，店小二催账的时候，那气氛得有多尴尬。

好在，贺老爷子腰里挂了一个小金龟，这金龟符可是官员身份的标志呀，只有三品以上官员才能佩戴。但是，今天遇到下凡的仙人了，换酒喝！不知道店家捧着这只小金龟，会不会很盼望多来几个不带钱的客人。

白哥只是说说让元丹丘拿裘衣宝马给他换酒，也没有真的这么做。然而，他没有开口，贺老爷子就拿金龟给他换酒喝了。他不仅帮他换酒，还逢人便说"李白就是天上的神仙下凡"，向普通人宣传，见到皇帝也宣传。所以白哥后来能见到李隆基，能在长安做到翰林待诏，贺知章起到了很大的作用。尽管翰林待诏只相当于一个顾问，但李白在四十二岁这一年见到了皇帝。

贺知章去世后，李白在诗中流着泪回忆：

对酒忆贺监二首（其一）

四明有狂客，风流贺季真。

长安一相见，呼我谪仙人。

昔好杯中物，翻为松下尘。

金龟换酒处，却忆泪沾巾。

像这样忘记了年龄的差距，没有隔阂、没有代沟，还能心心相印、惺惺相惜的朋友，我们叫作忘年之交。

4

被称作"大唐双子星"的，除了"诗仙"李白，还有一个重量级别的人物，他是谁？是的，是杜甫。他比白哥小十一岁，是白哥的铁杆粉丝。

公元 744 年，白哥在长安没有混出名堂，另外他的个性太狂傲，就被唐玄宗赐金放还了。他朝着洛阳、开封、商丘这个方向走，遇到了杜甫。

白哥心情不太好，小弟小心翼翼地问："要不我陪你一起漫游吧？你看这梁宋之地，地处中原，骑马打猎最合适不过。"白哥没有更好的安排，点点头答应了。他们还遇到了边塞诗人高适，那就一起呗！

杜甫遇到自己早就想见的偶像，激动得睡不着觉。他一口气写了好多首诗送给李白，以表达自己滔滔不绝的崇拜之情。在结束漫游的时候，杜甫满怀留恋地给白哥写下这样的诗句：

赠李白

秋来相顾尚飘蓬，未就丹砂愧葛洪。

痛饮狂歌空度日，飞扬跋扈为谁雄？

表面上看来，似乎杜甫在规劝白哥：大哥呀，你看我们就要像这飘飞的蓬草一样各飞东西了，临走前我得劝劝你，你不是信道吗？你得向人家葛洪学习呀，好好炼丹求仙，不要再痛饮狂歌、虚度时日，何必非要飞扬跋扈、人前称雄呢？

实际上，杜甫的言外之意是：像大哥这样有才华的人，竟不为那皇帝老儿赏识，实在为你感到愤懑！杜甫内心是非常赞同白哥的政治理想的，因为这和他自己的理想完全同频。李白是"谈笑安黎元""终与安社稷"，杜甫是"致君尧舜上，再使风俗淳"。

还有，杜甫特别欣赏白哥的"狂傲"本色。究竟什么样的人，才能写出那样卓尔不凡的诗句？唯有天才！天才就是有狂傲的资本。所以杜甫这样形容白哥："笔落惊风雨，诗成泣鬼神。"（《寄李十二白二十韵》）天才无法用来模仿，只能拿来崇拜。

那么，杜甫对自己写诗的目标是什么？是"语不惊人死不休"！既然我不像你是个"天才"，但我先天不足，后天来补，做个"人才"，总是妥妥的吧？

李白和杜甫，正是因为他们一个"狂傲"，一个"执着"，因此并肩站立成了中国诗歌史上巍然耸立的两座高峰。他们一个是"诗仙"，一个是"诗圣"；他们一个当上了"浪漫主义"的先锋，一个扛起了"现实主义"的大旗。无狂傲，则不敢闯；无执着，则不能成。所谓"不疯魔不成活"，盖谓此也。

感谢时光，让中国诗歌史上最伟大的两个诗人，在同一个时代里，有了一次见面的机会。正是因为这次难得的会面，我们才会觉得，唐诗的世界里没有遗憾。

白哥感受到了那份炽热，也在分别时写下诗歌赠给小弟：

鲁郡东石门送杜二甫

醉别复几日，登临遍池台。

何时石门路，重有金樽开。

秋波落泗水，海色明徂^(cú)徕^(lái)。

飞蓬各自远，且尽手中杯。

此时白哥在小弟的陪伴下，受伤的心慢慢愈合了。在失意的时候，有人全力以赴，陪吃陪玩。最关键的是，小弟酒量超大，自己都喝晕了他还不醉。这太难得了！

白哥没有想到，自从分别后，他们就再也没有见过面。晚年白哥因为永王的事受牵连，被流放夜郎，受尽了人世冷暖之苦。就在白哥告天天不应、求地地不灵的时候，意外收到了小弟写的一首诗：

不见

不见李生久，佯狂真可哀。

世人皆欲杀，吾意独怜才。

敏捷诗千首，飘零酒一杯。

匡山读书处，头白好归来。

为什么人人避我唯恐不及，你还要写下思念我的诗歌？为什么"世人皆欲杀"，你还要对我念念不忘？为什么从前和我喝酒的人都不见了踪影，你还要和我相约一起饮酒？为什么只有你那么坚信我即使头发白了还会回来？

白哥最终被无罪释放，然而一年后，他就死在了安徽当涂。不知道他在临死前有没有想起过小弟，心中有没有涌起一阵温暖。这些后人就无从得知了，但是最起码，在白哥的生命里，有这么一个人，在他失意的时候陪伴过他，在他孤独的时候安慰过他，在他得意的时候祝福过他，在他失败的时候怜悯过他。

这种不是时刻黏在一起，却能在心里给予支持，就如兰花一般淡淡绽放清香的朋友，我们叫作君子之交。

5

白哥交朋友，除了以上几种，还拥有一段鲜为人知的"生死之交"。这个人，就是在平定安史之乱中立下赫赫战功的名将郭子仪。

郭子仪比白哥大四岁。公元 735 年，白哥在并州游历时，遇见了郭子仪。那时白哥是人人追捧的唐朝第一红诗人，郭子仪只是个无籍籍名的士兵，因触犯刑法差点被杀头。白哥觉得郭子仪不是一般人，托人找关系，一掷千金，救下了他的性命。后来在永王案中，白哥入狱，郭子仪冒死进谏，愿意用皇帝给他封的所有官爵换白哥一命。

白哥相信"千金散尽还复来"，钱如果能换一个未来将领的命，那么花多少钱都值。郭子仪相信"高官厚禄不足贵"，官如果能换救命恩人的命，那么就算重新做回一个小兵又如何。生死之交者，贵在不惜冒生命危险也要伸手去拉一把的肝胆相照。

白哥对郭子仪的欣赏，从一首诗中也可以看出来：

从军行·其二

百战沙场碎铁衣，城南已合数重围。

突营射杀呼延将，独领残兵千骑归。

你看这个大将军，即使面临兵败，依然不失大将风度，"独"领残兵千骑归。这是怎样的孤胆英雄啊，有了这样的将领，焉能

免冑图（局部）| 北宋 | 李公麟（传）| 台北故宫博物院藏

不胜？

时隔多年，白哥依然欣赏郭子仪，一如他初见郭子仪风采时。白哥和郭子仪的这段交情，是不是也改写了唐朝的命运呢？

白哥还和一个粉丝发展成了心腹之交。什么叫作心腹之交？可以推心置腹，把最重要的事情都能放心托付的朋友，就叫心腹之交。

这个粉丝名叫魏万，曾经隐居在王屋山，读了白哥的诗，佩服得五体投地，从此开始了疯狂的"追星"路，然而，他总是和白哥擦肩而过。

魏万从王屋山出发，顺着白哥的足迹，从江南追到江北，又从江北追到江南，终于，他们在扬州碰面了！魏万见到白哥的时候，衣衫褴褛，蓬头垢面，形同乞丐。他一见白哥就扑倒在地，号啕大哭，双手捧上诗稿，恭请白哥指正。白哥一把扶起他，感动得热泪盈眶。

白哥把自己所有的诗稿都交给了魏万编纂。魏万不负重托，把这些诗稿编辑成册，为后世研究李白提供了宝贵的资料。

白哥还有个粉丝，大家一定不陌生，他叫汪伦。他写信给白哥，说他那里有"十里桃花、万家酒店"，请白哥喝酒赏花，白哥去了之后，才发现上当了。所谓"十里桃花"，是说有个桃花潭，距离他的家有十里远；所谓"万家酒店"，就是有个姓万的人家开的酒店。

魏万"追星"，紧紧相随；汪伦"追星"，设计挖坑。白哥没有生气，他在告别汪伦的时候，对前来送他，又唱又跳的汪伦哈哈大笑，写了一首送别诗：

赠汪伦

李白乘舟将欲行，忽闻岸上踏歌声。

桃花潭水深千尺，不及汪伦送我情。

这种名气很大的人和普通人交朋友的交情，我们可以叫作布衣之交。

白哥还有一段很特殊的交情。他和发小吴指南在岳阳洞庭湖泛舟时，吴指南忽发急病死亡，白哥痛哭一场，把发小埋葬在洞庭湖边。一年后，他专门到这里来，把吴指南身上的腐肉剔掉，把尸骨用瓦罐装好，买了上好的楠木棺材，请道士做了法事，厚葬于武昌城东。

一起经历艰难困苦，不离不弃、生死相依，这种朋友，我们称为患难之交。

6

白哥交友数量多，范围广，可谓三教九流，无所不交，最关键的是，这些朋友都和他交情很深。那么，他的交友之道是什么呢？

"廉夫唯重义，骏马不劳鞭。人生贵相知，何必金与钱？"（《赠友人·其二节选》）白哥说，廉正的人最重视的是情义，有了情义，就好比骏马，根本不需要鞭子就可以自由奔跑，什么样的朋友交不了呢？人与人之间，贵在彼此知心，相互理解，不必在意金钱交往，不能把贫贱富贵作为择友的标准。白哥诗中写的"唯重义""贵相知"，用一个字来概括，就是"真"。

真情、真意、真心、真诚、真性情，因为真，白哥吸引来的都是和他一样真的朋友。

"知章骑马似乘船，眼花落井水底眠。"（杜甫《饮中八仙歌》）真性情的贺知章喝醉了酒，晃晃悠悠，骑着马像乘船一般，扑通一声跌落马下，滚入井里，干脆就在里面睡上一觉吧。多可爱的小老头儿！估计这是一口枯井吧？

孟浩然说："游人五陵去，宝剑值千金。分手脱相赠，平生一片心。"（《送朱大入秦》）孟浩然对待只是路上偶遇的朋友，都如此大方，你能不喜欢他吗？

"人生交契无老少，论交何必先同调。"（杜甫《徒步归行》）再看看杜甫的交友准则，人之相知，贵在知心，不必在乎身份、地位、年龄之间的差异。交友观！交友观！他和白哥的交友观如此相似，不成为好朋友才怪呢！

白哥的交友之道贵在真。那么，交友是不是只要拥有一颗真心，就足够了呢？大教育家孔子告诉我们，其实交朋友还是需要选择的，否则在现实生活中容易吃亏。孔子说，有三种"益友"可交，三种"损友"不可交。

何谓益友？"友直，友谅，友多闻，益矣。""友直"，即朋友很正直，正直的朋友也叫"诤友"。这样的朋友为人坦荡，敢于当面指出你的缺点和不足，帮助你改正。"友谅"，即朋友很讲诚信。诚信，是一个人为人处世的基本美德，有了这点，就有了做朋友的基石。"友多闻"，即朋友见多识广。这类人知识广博、人生阅历丰富，与这样的人交朋友，可以帮助彼此更好地成长。

何谓损友？"友便辟 ^(biàn pì)，友善柔，友便佞 ^(pián nìng)，损矣。"便辟，就是表面看起来很恭敬，永远顺着你的意思说话，明明知道你是错的也不指出来，只是为了获得你的好感而已。"善柔"，就是对人虚情假意，看着和你套近乎，实际上名利心很重。

用得着的时候讨好你，用不着的时候一脚把你踢开。"便佞"，就是夸夸其谈，巧言善辩，好像天下没有他们不懂的东西，没有他们办不成的事儿。

交友贵在真，择友重在心。愿你也能像白哥这样：好友相伴闯天下，知己相知走天涯。

【延伸阅读】

1. 萧本雄：《诗仙李白》，北方妇女儿童出版社，2010 年

2. 李长之：《道教徒的诗人李白及其痛苦》，天津人民出版社，2015 年

3. 康震：《康震讲诗仙李白》，中华书局，2018 年

李白

他一生张狂，却旖旎了月光

若问古代诗人中谁最狂？非李白莫属！

他少年的时候，看了几本奇书，就嚷嚷要超过西汉大文学家司马相如："十五观奇书，作赋凌相如。"[《赠张相镐（gǎo）》]

他刚学了几天剑术，就到处宣扬自己是个侠客："十步杀一人，千里不留行。事了拂衣去，深藏功与名。"（《侠客行》）

他青年时写封求职信，结果比老板口气还大："宣父犹能畏后生，丈夫未可轻年少。"（《上李邕》）

他到京城上个班，那得意扬扬的样子让人以为他当了个多么大的官："仰天大笑出门去，我辈岂是蓬蒿人。"（《南陵别儿童入京》）

他喝个小酒，牛啊羊啊都要跟着遭殃："烹羊宰牛且为乐，会须一饮三百杯。"（《将进酒》）

他要是心情不好，那就说走就走，管你是不是黑脸："人生在世不称意，明朝散发弄扁舟。"（《宣州谢朓楼饯别校书叔云》）

然而，就是如此张狂的一个人，天子呼来都不上船的一个人，

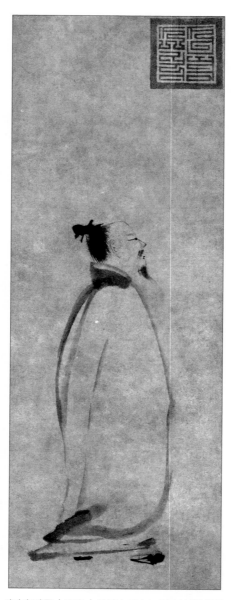

李白行吟图｜南宋｜梁楷｜日本东京国立博物馆藏

只要身上洒满月光，立刻就会目光无比温和，内心无比柔软。

1

古朗月行（节选）

小时不识月，呼作白玉盘。

又疑瑶台镜，飞在青云端。

仙人垂两足，桂树何团团。

白兔捣药成，问言与谁餐？

那一年，李白五岁。当父亲带着全家人从安西都护府碎叶城（今吉尔吉斯共和国境内）迁徙到四川江油安家的时候，如此空旷的天地、如此漫长的路途，对于一个孩子而言，该是多么无聊！

还好，有月亮。它从一弯小小的月牙，慢慢变成了一轮圆月，这多么令人惊喜！可那时他那么无知，竟然大叫"白玉盘飞到天上啦"，他的话引起父母的大笑，母亲告诉他关于月亮的传说。

有哪一个孩子不喜欢听故事呢？小李白自然找到了乐趣，从此缠着母亲给他讲故事。

在李白小小的脑袋里，充满了疑问。天上真的有神仙吗？月中的仙人是垂着双脚的吗？月中的桂花树为什么长得圆圆的？白兔捣成的仙药，到底是给谁吃的呢？啊，知道了，天上的月亮其实是王母娘娘在瑶台照的镜子啊！可是为什么月亮又不圆了呢？一定是蟾蜍啃的吧？后羿射下了九个太阳，他为什么不射死那只该死的蟾蜍？让月亮一直这样圆圆的，照亮他的笑脸，该有多好！

月亮，是懵懂的童年。

2

峨眉山月歌

峨眉山月半轮秋，影入平羌江水流。

夜发清溪向三峡，思君不见下渝州。

那一年，李白二十五岁。他离开家乡，仗剑去国，辞亲远游，开始了游历名山大川、结交海内名流的生活。

然而，毕竟是第一次独自出远门啊！那是一个已经泛起了凉意的秋天，李白不顾亲人反对，一定选择在晚上坐船出发。只有这样，他才不会孤单，因为有月亮的陪伴。

就这样，当月亮从峨眉山的背后升起，李白的心中感觉暖暖的。尽管不是满月，尽管只有半轮，可是那又有什么关系？只要是月亮，哪怕仅仅是弯弯的月牙儿，在李白的心里，都是那么完美。

在峨眉山的东北，有一条江，叫平羌江。李白从清溪驿这里坐船，一路到达岷江，然后进入长江，下渝州，过三峡，最后来到一望无际的长江中下游。

这是一段美好而又揪心的旅程。美好，是因为抬头可以看见月亮，低头可以看见月影。揪心，是因为月亮经常被高山阻挡，忽隐忽现。是的，仅仅是那么一小段路看不见，李白的心里也充满了思念。

江行见月，如见故人。

月亮，是永别的家乡。

李白《峨眉山月歌》："峨眉山月半轮秋，影入平羌江水流。夜发清溪向三峡，思君
不见下渝州。"

3

秋浦歌（其十三）

绿水净素月，月明白鹭飞。

郎听采菱女，一道夜歌归。

那一年，李白二十七岁，美好的爱情不期而至。他千金散尽，来到了风景优美的湖北安陆。这里山清水秀，令人心驰神往，更令李白心驰神往的是在寺庙上香遇到的一位姑娘。从此，游子的心便在这里安了家。

十年光阴如水，姑娘撒手西归，为李白留下了两个孩子，也留下了最美的初恋和最痛的回忆。

多年以后，李白五十多岁了，那时他漂泊的脚步来到了一个叫作秋浦的地方。夜晚，李白站在船上，看着透明的绿水中倒映着一轮素净的明月，一行白鹭从皎洁的月光中无声飞过。忽然，他听到一阵歌声，原来是一群姑娘在月下采菱，小伙子们背着锄头，和她们一道唱着歌，踏着月光回家。

李白看到这些年轻的身影，听到动听的情歌，禁不住想起了很久很久以前的一位姑娘。那时，他们也是在这同一轮明月下，唱过歌，说过悄悄话。

微风吹过他的脸颊，有泪光在闪烁。

月亮，是爱情的模样。

4

月下独酌

花间一壶酒，独酌无相亲。

举杯邀明月，对影成三人。

月既不解饮，影徒随我身。

暂伴月将影，行乐须及春。

我歌月徘徊，我舞影零乱。

醒时同交欢，醉后各分散。

永结无情游，相期邈云汉。

那一年，李白四十四岁。他终于来到了朝夕梦想的长安，却发现唐玄宗看上的仅仅是他写诗的才华，而他"安天下，济苍生"的雄心壮志根本不可能实现。

他郁闷，他难过，拥有那么多的朋友，可是此时满腔的话不知道找谁诉说。那就去喝酒吧，一个人，不需要有谁来陪伴，有天上的明月，有自己的影子，已经足够了，它们是最忠实的朋友，一辈子也不会离开自己。来开一个快乐的宴会吧，在美丽的花间，跳上一曲，舞得好不好不重要，重要的是我高兴，我愿意！

人生最重要的是什么？当然是把时间浪费在美好的事情上。最美好的事情是什么？是在百花盛开的春天快快乐乐地活着，是在有酒喝的时候大口地喝酒，是在有月光和影子陪伴的时候，痛痛快快地和它们一起跳舞，然后对它们说：我喝醉了，你们回家吧，再见！

这就是李白，他骨子里真正渴望的，是无拘无束。这些心事，月亮都懂。

月亮，是自由的向往。

5

关山月

明月出天山，苍茫云海间。
长风几万里，吹度玉门关。

那一年，李白五十岁。他那样一个张狂的人，本不应属于长安，也许他是上天贬谪到人间的仙人，就是要他用诗来谱写这盛世华章。

那时的大唐，物华天宝，国泰民安。唐朝之前，中国有过三百多年分裂的历史，大量少数族群涌入中原，晋室南迁，加强了南北方文化的融合。盛唐是疆域辽阔、生机勃勃的，是热情包容、豪迈奔放的，更是浪漫多情、光彩熠熠的。唐朝，缔造了一个政治清明、经济发达的帝国，也缔造了一个文化繁荣的帝国。

李白来到了边关，一出手，文字就有了大气磅礴的力量。仍然是那轮明月，然而，这不是童年像白玉盘的月，不是家乡充满柔情的月，不是给青年男女播撒甜蜜的月，它在这里，在天山，具有了一种令人窒息的美。

连绵起伏的天山，苍茫的云海间，明月像是一个浑身散发着冷艳气息的绝世美女，她缓缓升起，睥睨^(pì nì)着大地。长风呼啸着吹过几万里的土地，吹过那些驻守边关的将士沧桑的容颜。再也没有人能写出这样描绘月亮的诗句了，真可谓前无古人，后无来者。

因为，在李白的身后，站着一个盛唐。

月亮，是大唐的荣光。

6

把酒问月

青天有月来几时，我今停杯一问之。

人攀明月不可得，月行却与人相随。

皎如飞镜临丹阙，绿烟灭尽清辉发。

但见宵从海上来，宁知晓向云间没。

白兔捣药秋复春，嫦娥孤栖与谁邻。

今人不见古时月，今月曾经照古人。

古人今人若流水，共看明月皆如此。

唯愿当歌对酒时，月光长照金樽里。

那一年，李白依旧张狂。也许是喝多了酒，他忽然端着酒杯问青天：明月是什么时候出现的？多么痴、多么傻、多么狂的问题啊！青天怎么会回答你的问题？

这样痴狂的问题，李白并非第一个这样问的人。屈原在《天问》中问过："日月安属，列星安陈？"张若虚在《春江花月夜》中问过："江畔何年初见月，江月何年初照人？"

也许这个问题很多人都想过，它是对人生的思考、对生命的思考、对整个宇宙的思考。那就问吧，明月悬挂在高空，那样神秘，你攀登不上月亮，可是你走到哪里，月亮都能追随你的脚步。

有没有答案已经不重要了，重要的是找到生命的意义。人的生命短暂而渺小，失意得意又能怎样？"人生代代无穷已，江月年年只相似"，与其问"青天有月来几时"，不如让"月光长照金樽里"。珍惜自己有限的生命，不要辜负了这美好的月光。人生，就应该这样。

月亮，是人生的理想。

7

李白是如此喜爱月亮，在他现存的千首诗中，咏月诗有三百八十二首，占其诗歌总数的百分之三十八。月及别称出现共有四百九十九次，平均每两首诗出现一次。

在华人世界，一提到咏月诗，人们会马上想到李白的《静夜思》：

> 床前明月光，疑是地上霜。
>
> 举头望明月，低头思故乡。

月亮，是李白懵懂的童年、永别的家乡，是他爱情的模样，也是对自由的向往，是大唐盛世的荣光，更是他人生的理想。

"今人不见古时月，今月曾经照古人"，我们头顶的那轮明月，一千年前照亮过李白，在李白的一千年前，照亮过屈原。屈原之前呢？我们之后呢？

今天，月光同样皎洁，同样照亮大地，斯人虽已逝，诗歌永流传。

李白，他一生张狂，却在他的诗歌里，旖旎^(yǐnǐ)了月光。

【延伸阅读】

1. 鲍鹏山：《风流去》，中国青年出版社，2009 年
2. 李长之：《李白传》，百花文艺出版社，2020 年

杜甫

命运掌握在谁的手中

杜甫对自己的人生规划不算要求太高：官不用做到太大，部长省长什么的也就可以了；政绩不用太辉煌，只要风气能像尧舜时期那样就很满足了；最不济像孔子一样周游列国，到处宣传自己的理念。杜甫的励志语是这样的，"奉儒守官"就是我的家传理想，"致君尧舜上，再使风俗淳"就是我的人生目标，"周室宜中兴，孔门未应弃"就是我的儒家抱负。

要是再有三分祖父杜审言作诗的天赋、三分魏晋名士的风流、三分李白的飘逸浪漫，就更完美了。当然还有一分，可以是英俊的外表……不过这些都无所谓了，拥有了前面的九分，谁还在乎最后这一分是什么？做人不要太完美。

可惜，他想象中的这一切皆未发生，他活成了他最不想要的样子：贫困潦倒愁眉锁，居无定所四处漂；无钱无官无政绩，独立乱世一野老。可是，他明白了人生中一个非常重要的哲学问题：命运究竟掌握在谁的手中？

下面通过他写的三首《望岳》诗来了解一下他的心路历程。

1

望岳（其一）

岱宗夫如何？齐鲁青未了。

造化钟神秀，阴阳割昏晓。

荡胸生曾云，决眦入归鸟。

会当凌绝顶，一览众山小。

时间：开元二十四年（736）

地点：山东·东岳泰山

年龄：二十五岁

背景：刚刚参加完科举考试，落榜了。

心情：放荡齐赵间，裘马颇清狂。到处旅游，很开心。

众所不知，少年时代的杜甫相当骄傲。当然，他有骄傲的资本。知道人家十三世祖杜预的外号是什么吗？"杜武库"，那可是行走的百科全书哇！知道人家是怎么介绍祖父杜审言的吗？"吾祖诗冠古"，自古以来俺爷爷写诗最厉害！知道人家是怎么介绍自己的吗？"读书破万卷，下笔如有神"，唉，没办法，时时刻刻都那么有灵感。

杜甫很擅长自我表扬："赋料扬雄敌，诗看子建亲。李邕求识面，王翰愿卜邻。"（《奉赠韦左丞丈二十二韵》）什么扬雄、曹植、李邕、王翰，这些人，嘿嘿，都是我的粉丝！所以，此时落榜又算得了什么呢？人生还长，十九岁开始漫游，感觉还没有玩够，那就多玩几年再说。

于是，青年杜甫站在泰山脚下，把手背在身后，仰望眼前这座高山。矗立在他面前的，仿佛不是一座山，而是他的整个人生。这里是太阳升起的东方，是开天辟地的盘古死后的头颅。历史上有那么多君王来这里封禅——秦始皇、汉武帝、汉光武帝、唐高宗，还有当今天子李隆基……时间最近的那一次，就发生在他十四岁的那一年。

他目睹了那样的仪仗、那样的威风，那样八方来供、四海来朝的场面，如今来到泰山脚下，怎不令他激动得浑身发抖、热血沸腾？

看，那横亘在齐鲁大地上的连绵青山，就是五岳至尊的泰山啊。上天如此偏爱这里，把所有的钟灵与神秀一股脑儿都放在了它的身上。它是那样的高耸入云啊，太阳照耀的一面是白天，而照不到的那一面，简直就像是黑夜。

攀登，攀登，攀登，云雾在胸前缭绕，夕阳下，几只归鸟向巢中飞去。站在山峰之上向下俯视，只见群山都在自己的脚下，仿佛在向自己作揖问好一般。顿时，他的心中像火山喷发似的冒出无尽的力量，他一定要攀登人生的顶峰！他向着大山大声呼喊："会当凌绝顶，一览众山小——"大山也向他呼喊："一览众山小、小、小……"

年轻的杜甫站在离太阳最近的东岳泰山，山风吹舞着他的衣角，他天真地以为，只要努力，就一定可以实现"奉儒守官"的家传理想。

2

望岳（其二）

西岳崚嶒 (léng céng) 竦处尊，诸峰罗立似儿孙。

杜甫

安得仙人九节杖，拄到玉女洗头盆。

车箱入谷无归路，箭栝通天有一门。

稍待秋风凉冷后，高寻白帝问真源。

时间：乾元元年（758）六月

地点：陕西·西岳华^(huà)山

年龄：四十七岁

背景：因反对唐肃宗罢免宰相房琯，被贬官到华^(huà)州（今陕西渭南华州区）出任司功参军，此诗为途中所写。

心情：天意高难问，人情老易悲。孤单落寞，失意彷徨。

时间过得真快，登泰山的情景仿佛还在昨天，转眼已人到中年，这二十二年的时间，杜甫都经历了什么？

杜甫落第之后，第一件事就是去兖^(yǎn)州看望做司马的父亲。路上看见有胡人牵着一匹骏马，那马的耳朵像斜削的竹筒一样竖立着，这分明就是千里马呀！

杜甫立刻吟出一句诗来："骁腾有如此，万里可横行。"（《房兵曹胡马诗》）我也要做一匹四蹄生风，在人生的道路上大胆驰骋的千里马！

这匹一辈子都没有遇到伯乐的千里马一直跑了八年，天宝三年（744）四月，杜甫在洛阳遇到了比他大十一岁的偶像。过去杜甫一直读他的诗，现在终于见到真人了。他就是被唐玄宗"赐金放还"的李白。

李白怎么会那么有趣，那么有个性？！他说什么杜甫都爱听。李白说唐玄宗和杨贵妃的八卦，他爱听；李白聊诗歌，他爱听；李白夸长安的酒好喝，他爱听；李白吹道家的炼丹求仙术，他爱听……

他们立刻开始携手游山玩水。"醉眠秋共被，携手日同行。"（《与李十二白同寻范十隐居》）一个三十三岁的大男人，一个四十四岁的中年大叔，晚上喝醉了钻一个被窝，白天手拉着手，一起愉快地玩耍。

殊不知，两个人分开后，杜甫的悲惨人生就拉开了序幕。

杜甫遭遇了历史上最荒谬的一次科举考试，宰相李林甫对唐玄宗说"野无遗贤"，结果一个人都没有录取。杜甫被困长安十年，想走干谒（名人推荐）这条路，竟然如此艰难。父亲去世，他没有了经济来源，有时候要去朋友家蹭饭，有时候要去帮别人抄书，甚至跑到山上采药来卖。

十年长安，收获的唯有辛酸。"朝扣富儿门，暮随肥马尘。残杯与冷炙，到处潜悲辛。"（《奉赠韦左丞丈二十二韵》）十年！人生有多少个十年可以这样蹉跎？他终于做了一个掌管兵器库（兵曹参军）的小官，终于可以领工资养家了，结果刚到家就听到哭声，原来小儿子饿死了。

紧接着就是安史之乱，唐玄宗仓皇出逃，杨贵妃被赐死于马嵬坡，太子李亨继位，李白被流放夜郎……这一切变化太快，大唐王朝一夜之间就像风雨中的一叶小舟，摇摇欲坠。

杜甫被叛军抓了壮丁，偷偷跑了出来，历尽艰辛去投奔新皇帝唐肃宗，被授予左拾遗——一个专门做补充发言的备胎。如果此时杜甫没有替宰相房琯说好话，也许命运会有所不同。可是，他不说觉得对不起自己的良心，于是被贬官华州。

这一天，杜甫来到了华山脚下。没有了当年"一览众山小"的豪情，也没有了"万里可横行"的壮志，他只想"稍待秋风凉冷后，高寻白帝问真源"。他想问问天帝：为什么想为国家尽一点儿自己的力，却要落得个这样的下场。天理何在？天理何在！孔子说"四十不惑"，可是为什么他即将到"知天命"的五十岁，对人生还是这样充满迷惑——朝着自己的梦想去努力，难道错了吗？

3

望岳（其三）

南岳配朱鸟，秩礼自百王。

欸^{（xū）}吸领地灵，鸿洞半炎方。

邦家用祀典，在德非馨香。

巡守何寂寥，有虞今则亡。

洎吾隘世网，行迈越潇湘。

渴日绝壁出，漾舟清光旁。

祝融五峰尊，峰峰次低昂。

紫盖独不朝，争长嶪相望。

恭闻魏夫人，群仙夹翱翔。

有时五峰气，散风如飞霜。

牵迫限修途，未暇杖崇冈。

归来觊命驾，沐浴休玉堂。

三叹问府主，曷以赞我皇。

牲璧忍衰俗，神其思降祥。

时间：大历四年（769）

地点：湖南·南岳衡山

年龄：五十八岁

背景：去世前一年，思念家乡，乘船经过湖南。

心情：满目悲生事，因人作远游。悲伤失望，难以释怀。

杜甫被贬官华州后，心情很烦躁，两年后就提出了辞职。一来唐肃宗听信宦官谗言，不分青红皂白罢免了大将郭子仪；二来他回了一趟老家河南，看到了战争给这个盛世王朝的巨大打击，祖庙被焚烧，百姓遭荼毒；三来关中遭遇大旱，再待下去可能就饿死了。

再加上天气热得让杜甫"束带发狂欲大叫"（《早秋苦热，堆案相仍》），他干脆离开这个白天苍蝇撞脸，夜里蝎子满地爬的地方，去寻找自己的世外桃源。

辞职后的杜甫，辗转来到了成都，在好朋友严武的帮助下，于浣花溪畔建了一座草堂，这就是后来大名鼎鼎的"杜甫草堂"。成都，成为杜甫在此小憩四年的人生驿站；草堂，成为捍卫杜甫肉体和灵魂的城堡。

杜甫的知足心情，从这首小诗里可以窥见一二：

江村

清江一曲抱村流，长夏江村事事幽。

自去自来堂上燕，相亲相近水中鸥。

老妻画纸为棋局，稚子敲针作钓钩。

但有故人供禄米，微躯此外更何求。

能跟老妻下下棋，跟儿子钓钓鱼，跟老朋友蹭点儿米，这样的生活似乎也还不错，但总觉得少点儿什么。家传理想呢？人生目标呢？儒家抱负呢？烦，闷，还是写诗来排解吧！于是，他写

杜甫《江畔独步寻花》:"黄四娘家花满蹊,千朵万朵压枝低。留连戏蝶时时舞,自在娇莺恰恰啼。"

了很多标题里带有"闷"字的诗，比如"解闷""遣闷""拨闷""释闷"……这些诗被统称"闷题诗"。看到这些字眼，就让人想替杜甫深深地吸一口气，把胸中的郁闷全都吐出去。

后来严武去世，杜甫离开成都，来到了夔（kuí）州（今重庆奉节），暂时安顿下来。这年重阳节，他独自登上夔州白帝城外的高台，登高临眺，百感交集。他写下了这首堪称"古今七律第一"的《登高》：

风急天高猿啸哀，渚（zhǔ）清沙白鸟飞回。

无边落木萧萧下，不尽长江滚滚来。

万里悲秋常作客，百年多病独登台。

艰难苦恨繁霜鬓，潦倒新停浊酒杯。

说这首诗七律第一，不仅因为它高超的写作技巧，"一篇之中，句句皆律，一句之中，字字皆律"；也不仅因为它为我们描绘了一幅有形、有色、有声的"高猿飞鸟山水图"；最重要的是他把身世飘零的感慨、老病孤愁的悲哀都渗透进了整首诗中，真是"字字皆泪"啊！

之后，杜甫因为思家心切，乘船北归。

大历四年（769），杜甫五十八岁，他来到了湖南，登上了南岳衡山。这是他第三次写《望岳》，没有了登东岳泰山的豪情壮志，没有了登西岳华山的呐喊彷徨，有的只是深深的失望。

"邦家用祀典，在德非馨香。"是啊，治理国家，在于德政，如果政治上昏庸无能，烧再多香，又有什么用呢？在华山的时候还在问天帝，可是到了传说中烧香最为灵验的衡山，杜甫什么都不想做了。一生坎坷，满身病痛，他此刻的心情，也只有写诗来抒发了。

旅夜书怀

细草微风岸，危樯独夜舟。

星垂平野阔，月涌大江流。

名岂文章著，官应老病休。

飘飘何所似，天地一沙鸥。

此刻，辽阔的平野、浩荡的大江、灿烂的星月，统统与我无关，我只是广阔天地间一只漂泊无依的小小沙鸥罢了。呜呼！一个人的命运，究竟掌握在谁的手中？

4

大历五年（770），杜甫病死在湘江的一条小船上。终其一生，杜甫都没有活成自己想要的样子。"致君尧舜上，再使风俗淳"的理想没有实现；"会当凌绝顶，一览众山小"的雄心没有实现；"安得广厦千万间，大庇天下寒士俱欢颜"的愿望也没有实现。他没有一个安宁的家，妻子和孩子跟着他受苦，自己到头来百病缠身——肺病、疟疾、头风、糖尿病、右臂瘫痪……

人生六十为一甲子，他连一个甲子也没有活过。他只是留下了三千多首诗，静静地躺在历史的时光里，等待着有人能读懂他。打开厚厚的《杜工部集》，三个杜甫从里面走了出来，一个眉头紧锁，一个率性狂放，一个安静祥和。

眉头紧锁的杜甫掷地有声地吐出一串诗，每一个字都像石头一样砸在人的心上。

"朱门酒肉臭，路有冻死骨。"（《自京赴奉先县咏怀五百字》）

"谁能扣君门，下令减征赋？"（《宿花石戍》）

"丈夫四方志，安可辞固穷？"（《前出塞九首》其九）

这是儒家的杜甫，满满的责任感和家国情怀，有着"知其不可为而为之"的信念。

率性狂放的杜甫呼出一串诗，每一个字都蹦蹦跳跳，活泼快乐。

"仰面贪看鸟，回头错应人。"（《漫成二首》其二）

"莫思身外无穷事，且尽生前有限杯。"（《绝句漫兴九首》其四）

"欲填沟壑唯疏放，自笑狂夫老更狂。"（《狂夫》）

这是道家的杜甫，他在寻求自我存在的意义，他抛却了"社稷苍生"的牵挂，尽情地享受眼前生活的快乐。

安静祥和的杜甫微笑着吟出一串诗，每一个字都如甘甜的泉水，浸润着你的心房。

"水流心不竞，云在意俱迟。"（《江亭》）

"夜阑接软语，落月如金盆。"（《赠蜀僧闾丘师兄》）

"身许双峰寺，门求七祖禅。"（《秋日夔府咏怀奉寄郑监李宾客一百韵》）

这是佛家的杜甫，他意识到了人生的无常，意识到了"欲得心净，无心用功"的禅宗要旨，求得了心灵的宁静祥和。

三个杜甫一路相爱相杀，却始终不能握手言和。

杜甫内心很想让儒家的他离自己远一些，把"家国天下"放在心上的日子实在太累了。"儒术于我何有哉？孔丘盗跖(zhí)俱尘埃。"（《醉时歌》）可是一场秋风秋雨立刻把他打得现了"原形"。站在被秋风吹走了屋顶的茅屋前，杜甫心痛如绞，此刻心中只有一个念头："安得广厦千万间，大庇天下寒士俱欢颜，风雨不动安

如山。呜呼，何时眼前突兀见此屋，吾庐独破受冻死亦足！"（《茅屋为秋风所破歌》）

最终，儒家的杜甫胜利了，他还是不忍心放弃他的志向，放弃天下苍生。"非无江海志，潇洒送日月。生逢尧舜君，不忍便永诀。"（《自京赴奉先县咏怀五百字》）

杜甫终于明白了，原来，"命"和"运"根本是两回事。"命"在天不在你，"运"在你不在天，所谓"命运"，就在你的一念之间。没有谁的力量可以和"命"相抗衡，你无法改变自己的出身，无法跳出大时代的潮流，无法躲避天灾人祸，无法保证"我命由我不由天"。

那么努力有用吗？有用。你可以拿它来改变你的"运"。命由天定，运由己生。遭遇李林甫，是命；长安十年的努力，是运。遭遇安史之乱，是命；毅然决定辞职前往成都，是运。遭遇昏君，是命；当官不成就认真写诗，是运。跟着时代走，关乎"命"，这叫"顺势而为"；跟着内心走，关乎"运"，这叫"随心所欲"。

杜甫，没有在那个沉重的时代湮没，他用血泪和生命写成的一首首诗，成就了一个彪炳史册、光辉伟岸的"诗圣"。

5

让时光追溯到一千二百年前的春秋时期吧，泰山之巅，也曾见证过一个青年的呐喊："登东山而小鲁，登泰山而小天下。"（《孟子·尽心上》）那个青年，就是儒家创始人，孔子。为了实现政治理想，他带领弟子周游列国十四年，狼狈的时候惶惶如丧家之犬。

他难道不懂得"顺势而为"的内涵吗？如果不懂，就不会有"天下有道则见，无道则隐"（《论语·泰伯篇》）这样的思想流传

杜甫骑驴图赞｜日本—一休宗纯｜日本东京国立博物馆藏

下来。然而，当他"顺势而为"走不下去的时候，他选择了"随心所欲"、坚守内心，这才有了《春秋》，有了《易经·十翼》，有了《论语》，有了影响中国人两千年的儒家文化。

当杜甫登上泰山的一瞬间，他已和孔子心意相通，他也选择了坚守自己的内心，所以他始终坚信"周室宜中兴，孔门应未弃"。书生报国无他物，唯有手中笔如刀。于是，一个"文圣"，一个"诗圣"，在东方太阳升起的地方，相遇了。

他们都做到了"顺势而为""随心所欲"，那么究竟要顺什么样的"势"，随什么样的"心"呢？下面，有请儒释道三家权威来给我们解释解释。

先说儒家，以孔子为例吧。

《吕氏春秋》里记载了这样一个故事：鲁国有一条法律，只要鲁国人在国外沦为奴隶，有人能把他们赎出来的，就可以到鲁国的国库中报销赎金。有一次，孔子的学生子贡（端木赐）在诸侯国赎了一个鲁国人，回到鲁国后却没有收赔偿金，结果他遭到了孔子的批评："赐失之矣。夫圣人之举事，可以移风易俗，而教导可施于百姓，非独适己之行也。今鲁国富者寡而贫者多，取其金则无损于行，不取其金，则不复赎人矣。"大致意思是说："赐呀，你这样做不对呀，圣人做的事，是要改变民风世俗的。你这样做，抬高了道德标准，以后谁还敢救人呢？"

孔子这样说，是因为当时的情况"富者寡而贫者多"，这就是"势"。该拿的钱一定要拿，这样才有利于整个社会的发展。这就是"顺势而为"。

后来另一个学生子路救了一名落水者，那人感谢他，送了一头牛，子路很坦然地收下了。孔子表扬他说："这就对了，以后鲁国人一定会勇于救落水的人了。"子路这样做，他自己心安理得，被救者也不用背负心里负担，对老百姓也起到了教化作用。子路跟随着自己的心意走，这不就是"随心所欲"吗？

这里的"势"是指大形势，"心"是指真诚坦然的心。

再说道家，以老子为例吧。

他在《道德经》中告诉我们什么叫作"顺势而为"，这里的"势"，是指"天道"，大自然运行的规律："是以圣人处无为之事，行不言之教，万物作焉而不辞，生而不有，为而不恃，功成而弗居。夫唯弗居，是以不去。"

你看大自然，养育了万物，它给你讲什么道理了吗？它居功自傲了吗？它自我夸耀了吗？没有。正是它不居功，它的功绩反而不会失去。老子甚至把懂得"顺势而为"的人称之为"圣人"。

我们还可以看看道家的另一个代表人物，庄子。

在《庄子》一书里，他描绘了一群残疾人，"知其不可奈何而安之若命，德之至也。"这些人对待自己的条件，既然无可奈何，就"顺势而为"，欣然接纳、安之若素，同时又"随心所欲"，活得风生水起、朝气蓬勃，逆商不可谓不高也。

最后再来说说佛家。

"佛"是指觉醒的人，什么样的人才算是觉醒的呢？

佛门素有"开悟的《楞严》，成佛的《法华》"一说，我们就以《法华经》为例。《法华经》是佛陀晚年宣说的最后一部佛教经典，在法华大会上，佛陀说了一句话，众人哗然，觉得不可思议，他说的这句话是："众生皆具佛性，众生皆可成佛。"

佛陀用他人生的最后八年，宣讲了如何才能迅速成佛的法门。关于这些法门，我们先不急着了解，我们需要知道的是："心生，

则种种法生；心灭，则种种法灭。"（《大乘起信论》）

所以，修心，才是第一位的。那修什么样的心呢？《六祖坛经》云："直心是道场。"很多人以为心直口快就是直心，其实所谓"直心"，就是心不扭曲、心不谄媚，内心坦然，念念平直。人人都有佛性，何必外求？若向外求，无异于骑驴觅驴。

命运掌握在谁的手中？答案就八个字：顺势而为，随心所欲。只要你能够顺应"天道"，顺应"大势"，按照自己的"直心"去做事，你就可以获得自在，达到人生的至高境界——千江有水千江月，万里无云万里天。

【延伸阅读】

1. 张忠纲选注：《杜甫诗选》，中华书局，2005 年

2. 叶嘉莹：《叶嘉莹说杜甫诗》，中华书局，2018 年

3. 莫砺锋：《杜甫评传》，南京大学出版社，2019 年

4. 冯至：《杜甫传》，人民文学出版社，2019 年

杜甫与李龟年

与你重逢在江南

唐朝开元年间。

长安岐王府。

一个年轻人站在王府门前，怯怯地敲了敲朱红色的大门。

看门人打开一条门缝，探出脑袋问："你，干什么的？"

年轻人赶紧笑道："大哥，俺，俺是来参加聚会的。"

"有邀请信吗？"

"没有，可是，俺有诗。"

"拿来看看。"

"中，中。"年轻人连忙递上早已准备好的诗。

"望岳？"看门人打开看了一眼，说，"你等着啊，我去通报一声……"

"先生，王爷请您进去。"看门人一路小跑，满脸堆笑道，"王爷说，您写的诗太好了！"

"不敢当，不敢当。"

"敢问先生来自哪里？高姓大名？"

"河南，杜甫。"

1. 岐王的聚会

岐王爱聚会，全长安的人都知道。他是唐玄宗的弟弟，又是个文艺青年，不，文艺中年，他邀请的都是文艺界的顶级名流。

王维，大唐第一美男子，经常是他的座上嘉宾。王维人长得帅，会写诗，会弹琵琶，一首《郁轮袍》把玉真公主都迷倒了。他还会画画，书法也好，简直就是艺术界最亮的一颗星。他有时还会带上孟浩然。不过，孟浩然不喜欢热闹，后来回湖北老家去了。

李白也是这里的常客，他个子不高，但光芒不亚于王维。除了他的高鼻梁、深眼窝很惹人注目之外，主要是他给皇帝的最爱杨贵妃写过三首《清平调》。虽然他经常喝酒误事被皇帝革职，但谁不知道他是"诗仙"啊？

座上嘉宾还有王昌龄和高适，他们从边塞过来，身上还带着新鲜的马粪味道，是叫好声最大的。

除了这几位，还有一位神秘嘉宾。他叫崔涤，因为排行老九，大家都喊他崔九。他是真正的贵族。在长安，你只要一说是博陵崔氏，所有人都要高看你一眼。他可是皇帝的心腹，和岐王李范一样，都为唐玄宗当上皇帝立下过汗马功劳。太有能力的人，往往容易受到猜忌。这个道理，岐王懂，崔九也懂。所以，岐王三天两头开聚会，崔九隔三岔五也开集会。这么一来，皇帝放心，岐王落了个礼贤下士的好名声，文士们也都兴高采烈。

在这里，除了可以蹭吃蹭喝，还可以免费欣赏"大唐歌王"李龟年的演唱。要知道，李龟年可是唐玄宗的艺术知音，皇家歌剧院的台柱子，他的演唱会门票特别贵不说，还一票难求。但是，只要能来到岐王府里，你就可以近距离欣赏李龟年的表演，结识李龟年。只要你能参加岐王的聚会，能参加崔九的集会，这一切都是小菜，前提是你的诗要写得好。

2. 大明星李龟年

来自河北的李家三兄弟，天生都有艺术细胞。他们的愿望就是能在长安买上房子。哥仨除了平时在街头唱歌卖艺，就是苦练胡乐胡舞。

唐玄宗是胡乐胡舞的"发烧友"，他曾经请胡人乐队到皇宫演奏了几天几夜。他还和杨贵妃把几乎失传的《霓裳羽衣曲》谱子补了出来。你说，如果能得到他的赏识，飞黄腾达不是指日可待吗？

大哥李龟年唱歌好，在乐器上他就选择筚篥^(bì lì)，这是一种管乐器，吹奏起来声音浑厚。他还苦练羯鼓，把这鼓敲到了出神入化的地步。他的二弟李彭年苦练胡舞，三弟李鹤年苦练声乐。三兄弟迅速火遍了长安，迅速成为唐玄宗的御用歌手和王孙贵族的座上宾，迅速在长安买了房子，还在东都洛阳建了一套超级豪华的大别墅。

他们哥仨如果生活在现代，发的"微博"应该是这样的："御花园的牡丹花开了，皇帝日理万机，偷得浮生半日闲，陪玉环姐姐来这里赏花。'诗仙'李白喝醉了还能写出这样的歌词，真是佩服，忍不住和大家分享一下哦！"

李龟年分享的是《清平调（其一）》："云想衣裳^(cháng)花想容，春风拂槛^(jiàn)露华浓。若非群玉山头见，会向瑶台月下逢。"配图是杨贵妃在嗅一朵花的侧脸，她的嘴角微微翘起，微风吹拂着她的几缕鬓发，美艳不可方物。

李彭年前面的文字和哥哥一样，不过分享的是《清平调（其二）》："一枝红艳露凝香，云雨巫山枉断肠。借问汉宫谁得似，可怜飞燕倚新妆。"配图是牡丹花中的名贵品种——酒醉杨妃。这花是娇嫩的粉色，枝条柔软，花头下垂，好像是喝醉了的贵妃。

李鹤年分享的是《清平调（其三）》："名花倾国两相欢，长得君王带笑看。解释春风无限恨，沉香亭北倚阑杆。"配图是皇帝微笑看向玉环姐姐的一瞬间，那眼神，宠溺得似乎整个人都要化掉。

3. 杜小弟

杜甫走进王府的时候，刚好听到李龟年说："下面我为大家唱一首王维兄专门为我写的歌，这首歌的名字叫作'江上赠李龟年'。"

杜甫放轻了脚步，找了个角落坐了下来。

李龟年开口唱道："红豆生南国，春来发几枝。愿君多采撷，此物最相思。"

杜甫心里想：这不是《相思》吗，难道不是写爱情的？

李龟年唱完，清了清嗓子，说道："很多人都以为这是写爱情的，今天我郑重声明，这是我和王维兄相遇的时候，他专门为我写的诗！"

下面一片掌声。杜甫也连忙跟着鼓掌。

接下来李家三兄弟又唱了很多歌，跳了很多舞，什么"大漠孤烟直，长河落日圆"，什么"莫愁前路无知己，天下谁人不识君"，什么"但使龙城飞将在，不教胡马度阴山"，什么"黄河之水天上来，奔流到海不复回"，什么"气蒸云梦泽，波撼岳阳城"……

忽然，岐王高声说道："今日有位从河南来的小兄弟，他写了王昌龄《观猎》："角鹰初下秋草稀，铁骢抛鞚去如飞。少年猎得平原兔，马后横捎意气归。"

一首《望岳》，大家一起欣赏欣赏吧！"于是，他让人把杜甫刚才呈上来的诗送给李龟年。

李龟年一边敲着羯鼓，一边高声唱道："岱宗夫如何，齐鲁青未了。造化钟神秀，阴阳割昏晓。荡胸生曾云，决眦入归鸟。会当凌绝顶，一览众山小。"

一曲刚完，李白醉醺醺地站了起来，高声叫道："谁是杜甫？"

杜甫红着脸站了起来："是我。"

一时间，李白要和他喝酒干杯，高适哈哈大笑，和他握手，王昌龄猛拍他的肩膀，王维也朝着他点头微笑。岐王和崔九让人给他送来了酒和菜。

杜甫看着这些平均年龄要比自己大十几岁的大哥，激动得语无伦次，一连喝下好几杯酒，红着脸，大声喊道："致君尧舜上，再使风俗淳！"

李龟年走了过来，他手里端着一杯清水——他不喝酒，他要保护嗓子。他微笑着对杜甫说："小杜，理想很好，先在长安买了房子再说。以你的才华，一定可以办到。"

杜甫使劲地点了点头。

4. 江南

唐代宗大历五年，公元 770 年。

江南。

长沙。

一个穿着一身破衣的老人在街上漫无目的地走着。忽然，他听到一阵歌声，声音有些嘶哑，却吸引着他的脚步不由自主地朝着歌声的方向走去。

"红豆生南国，春来发几枝。愿君多采撷，此物最相思。"他赶紧扒开人群挤了进去，只见一个白发苍苍的老人坐在那里，手里拿着筚篥，旁边放着羯鼓，鼓皮也破了。筚篥的声音苍凉辽远，白发老人吹奏着它，浑浊的眼睛空洞地望向远方。

人们流着泪，纷纷往那鼓里扔铜钱。

"李先生，是你吗？"破衣老人惊喜地叫道，"我是小杜啊，杜甫！"

白发老人停止了吹奏，看向破衣老人："小杜？你真的是小杜？"

"哎，是我，我马上快六十岁啦，是老杜啦！"

"真没想到，还能活着见到你啊！"

一位破衣老人，一位白发老人，他们的手紧紧地握在了一起。那时候，他们不知道，他们会被后人称为"诗圣"和"乐圣"。他们只知道，一切都像梦一样，那样繁盛的大唐，竟然在一夜之间风雨飘摇。

安史之乱，这四个字像刀子一样深深地扎进了他们的心里。等到八年的战争结束——大唐，宫室焚烧，十不存一，人烟断绝，千里萧条。

一别四十年，落花流水春去也，天上人间。美丽的杨玉环在马嵬坡被赐死，不知那醉酒的贵妃牡丹还在吗？唐玄宗，这个盛世的缔造者，在"上穷碧落下黄泉，两处茫茫皆不见"的遗憾中死去了。王维死了，李白死了，王昌龄死了，孟浩然死了，高适死了，李范死了，崔九死了，李龟年的两个弟弟也死了。

杜甫从逃难到被叛军俘虏，从越狱到后半生颠沛流离。他浑身病痛，现在从四川坐着一条破船，途经这里，他说，死也要死在河南老家。

李龟年叹了一口气，喃喃说道："感时花溅泪，恨别鸟惊心。感时花溅泪，恨别鸟惊心。小杜，你这首《春望》写得好啊！"

"李先生，谢谢您喜欢我的诗，也谢谢您当年演唱我的《望岳》，我送您一首诗吧——《江南逢李龟年》。"

5. 与你重逢

《江南逢李龟年》是杜甫写的最后一首七绝，也是他写得最好的一首七绝，甚至有人认为，这是整个诗歌史上写得最好的一首七绝。

> 岐王宅里寻常见，崔九堂前几度闻。
> 正是江南好风景，落花时节又逢君。

短短二十八个字，囊括了整个大唐盛极而衰的风云变幻。杜甫没有自豪地回忆盛世之富庶，"忆昔开元全盛日，小邑犹藏万家室"，也没有描绘杨贵妃姐妹奢侈的丽人行，"绣罗衣裳照暮春，蹙金孔雀银麒麟"，只是选取了两个人，不是他的偶像李白，也不是在他困难的时候数次接济他的高适，而是岐王和崔九。

是为了炫耀自己曾经是这些王孙贵族的座上宾吗？不，在杜甫眼里，他们已经不再是大唐的王爷、重臣，他们代表的是一个时代——开元盛世。

"寻常见""几度闻"，那时谈谈诗歌、听听音乐，感觉多么平常。不用为生存而烦恼，干吗不追求精神的富足呢？

我们还在平静而繁华的文字中沉醉的时候，杜甫忽然把所有人一下子拉到了四十年后的现实中来——"正是"江南好风景，落花时节"又"逢君。

是啊，谁不知道江南美呢？"日出江花红胜火，春来江水绿如蓝。"然而，那花儿已经落了。落下的，不仅仅是江南的春天，更是一个时代。它也如这花儿一般，走向极致的美，然后，凋零。

与你重逢，重逢的是"往时文采动人主，今日饥寒趋路旁"的老歌手，重逢的是如今"亲朋无一字，老病有孤舟"的老诗人。江南"逢"李龟年——不，重逢的不是李龟年，而是我杜甫鲜衣怒马的年轻岁月，我火热的理想和滚烫的热情。

他和我，都曾经生活在一个冒着热气的时代，都是不顾一切扑向生活、用生命来热爱那个时代的人啊！

对盛世的回忆戛然而止，现在的相逢亦戛然而止，还没有开始，就结束了。正如，我的生命。杜甫和李龟年，年轻时只是相识，却在老年重逢的时候，成为彼此生命中最灿烂、最意气风发时的回忆。

杜甫的律诗历来受人称赞，但是所有的人读了这首七言绝句，都会被深深地折服。经历了人世的大悲痛，杜甫的文字反而愈加平淡，如清水，耐人寻味。

这首诗被选入了《唐诗三百首》，编选者蘅塘退士（孙洙）是这样评价的："世运之治乱，年华之盛衰，彼此之凄凉流落，俱在其中。"杜甫啊杜甫，果然是"语不惊人死不休"啊！

同年，杜甫病死在湘江的一条破船上。李龟年，唱着王维的《伊川曲》，抑郁而亡。

"飘飘何所似，天地一沙鸥。"

6. 时代

有人经常说："国家不幸诗家幸，赋到沧桑句便工。"这样的

"幸"，不要也罢，心痛。宁可不读这样动人心魄的诗，也不想他们经历那样的悲。

忽然想起孟子的一句话："天时不如地利，地利不如人和。"让人深深地表示怀疑。翻翻李龟年的朋友圈，他没有占尽人和？长安乃当时世界上最大的都市，杜甫没有地利的优势？可是他们，包括李白、王维等诗人，晚景都无比凄凉。这是因为，个人再优秀、再努力，永远也无法和一个时代抗衡。生活在战乱年代，和生活在和平年代，天差地别。

纵观整个历史，就是一部战争史，和平的时期总是那样短暂。

宁为太平犬，不做乱世人。所以，如果在生活中遇到这样那样的烦心事，请拉长时间线，读一读历史，你的心里就会平静许多。或者，读一读这首《江南逢李龟年》。

最后，谨以一首小诗向伟大的"诗圣"杜甫表示崇高的敬意：

与你重逢

那时候，总以为幸福掌握在指间；

那时候，总以为梦想一定能实现；

那时候，总以为日子是这样寻常；

那时候，从未曾想过会如此相见。

与你重逢，在这美丽的江南；

与你重逢，在这落花的时节。

那凋零的花，是我美丽的梦；

那凋零的花，是你清越的歌；

那凋零的花，是诗意的时光；

那凋零的花，是大唐的盛世容颜。

与你重逢，与你重逢，

在这飘着落花的美丽江南……

与你重逢，与你重逢，

此情可待成追忆，

只是当时已惘然。

珍惜吧，我们生活在一个最好的时代。

白居易①

唐诗江湖，王者归来

公元 815 年 6 月 3 日，长安。

月牙还在天空静默着，咚咚咚，报晓的鼓声从城中承天门上传来，瞬间打破了这份静谧。一辆马车嘚嘚地走在铺满青石的长安街道，车内坐着宰相武元衡，他要赴大明宫上早朝。

忽然，从远处飞来一支箭，车前的红灯笼应声而落。一片慌乱中，只听马车内啊的一声惨叫，侍从慌忙去救，只见武元衡的脑袋唰的一下从脖子上被人割去，鲜血喷涌而出。几个黑衣人纵马离去，无影无踪。堂堂大唐宰相，竟然在长安街头被暗杀！

这就是安史之乱后的中唐，官吏贪婪，百姓贫苦，藩镇割据，宦官专权。盛唐繁华不再，唐诗江湖里的高手早已作古。后来的小辈再也看不到"诗仙"李白手拿酒杯，高喊"古来圣贤皆寂寞，惟有饮者留其名"的狂傲，再也看不到"诗圣"杜甫满怀悲哀地仰天长叹"安得广厦千万间，大庇天下寒士俱欢颜"的悲怆身影。"田园派"掌门王维、孟浩然，"边塞派"宗师高适、岑参、王昌龄，也都化作一抔(póu)黄土，湮没在传说里。

唐诗江湖，一片昏暗和沉寂。有谁会接过诗林盟主大旗，为唐诗繁荣撑起一片蔚蓝天空？

1

公元 807 年夏，陕西盩厔（zhōu zhì）县。

大太阳照着一望无际的金黄麦田。一位头戴草帽的"老伯"站在麦田边的一棵大树下，沉默不语地看着地里弯腰割麦的农民。

毒日晒着他们黝黑的皮肤，似乎想要从那干瘦的身体里榨出一些油来。田垄在太阳的照射下反射着干巴巴的白光，小麦的叶子打起了卷儿，只有根根麦芒直指天空，在猛烈的阳光下刺人的眼。没有一丝风，只听得蝉鸣声在耳边尖叫，一浪接着一浪。

"老伯"摘下草帽，慢慢地扇着，忽听得一阵说话声从冒着炊烟的不远处传来。一群妇女手挎竹篮来送饭，小孩子手里提着壶，光着脚趔趄（liè qie）地走在烫脚丫的土路上，壶里装着的是清凉的水。小小的树荫下立刻热闹起来。

一个白胡子的农夫捧着一碗水，对"老伯"说："老弟，你是做什么的？来喝碗水吧？"

"老伯"摸了摸头上已经白了一大半的头发，没有解释自己才三十五岁，尤其是前面的牙还掉了一颗，背也有些驼，说这些有什么用呢？难道说因为北方藩镇间的战乱，自己从小就颠沛流离，被父母从河南新郑老家送往南方的宿州符离生活？难道说父亲常年在外做官，自己跟着母亲和年幼的弟弟在家缺吃少喝，有多么不容易？

他接过水，喝了两口，说："天真热，要是这会儿刮一阵小风，就凉爽了。"

旁边几个人露出憨厚的笑："热了好，热了好啊！千万不敢刮风，更不敢下雨，这一变天，一年就白干了，抢收麦子要紧！"

他有些发愣，快被晒成肉干的人如此珍惜这样热的天气，估计也只有这些农民了吧？他张了张嘴，想说他就是盩厔县的县尉，是来收税的。可是还没有来得及开口，那些人就匆匆扒了几口野菜饭，拿起镰刀，又埋头到那一望无际的金黄中去了。

"娘，饿！娘，饿！"麦地里一个孩子的哭声传来。只见一个衣衫褴褛的女人，左手抱着一个瘦瘦的孩子，孩子瘦得只剩下了深陷的一双大眼睛，无力地望着自己的母亲。而那同样瘦弱的妇人，左胳膊上挂着一个破竹筐，右手抓着几根麦穗。

"各位大爷大妈行行好，俺不是来偷麦穗的，拾一些俺就走，"她用右手手背抹了一把眼泪，"家里的地都卖光了，才把官府的税交上，俺拾些麦穗给娃充充饥。"

一个妇女哭着跑过来，塞给她一块馍馍："给娃吃吧，谁家的娃不是娘身上掉下来的肉！俺们现在还有吃的，可是这麦子收了，不知道够不够交税。明天，俺们可能也要卖地呀！"

"老伯"觉得自己的喉头好像被什么东西堵住了，他就是那个来收税的人。现在他可以一年拿着三百石的粮食，衣食无忧。他的心像被锤子狠狠地锤了一下。他把身上的干粮掏出来，放进了妇女的破筐里，扭头离开。没有人看到，两行清泪从他的腮边滑过。

回到县衙，他拿出纸笔，饱蘸着他的同情和自责，写下了一首诗。就是这首诗，为唐诗江湖在昏暗的时代里杀出一条血路，为他把"现实派"发扬光大，为中唐诗歌打开一片新局面，扎牢了根基。

观刈^{（yì）}麦

田家少闲月，五月人倍忙。

夜来南风起，小麦覆陇黄。

妇姑荷箪食，童稚携壶浆。

相随饷田去，丁壮在南冈。

足蒸暑土气，背灼炎天光。

力尽不知热，但惜夏日长。

复有贫妇人，抱子在其旁。

右手秉遗穗，左臂悬敝筐。

听其相顾言，闻者为悲伤。

家田输税尽，拾此充饥肠。

今我何功德？曾不事农桑。

吏禄三百石，岁晏有余粮。

念此私自愧，尽日不能忘。

"老伯"以他忠实地记录事件的笔为剑，以他滴着血的良心为气，剑气合一，在已是明日黄花的中唐，开展"新乐府运动"，在唐诗江湖里开宗立派。从此，"新乐府派"正式立足，而"讽喻诗"将作为他们最厉害的功夫，去打拼属于"现实派"的天下——杜甫终于后继有人了。

元稹^{（zhěn）}、李绅、张籍、王建等一批诗人会聚在"新乐府派"的门下，在晦暗压抑的中唐横冲直撞，将锋利的剑锋伸向了整个时代：现实黑暗、大唐山河、百姓疾苦、帝王恋歌……

时代的声色在他们笔下被一幕幕地还原。而这位诗林盟主，他的长篇叙事诗，近到长安街头的小儿，远到边境之外的胡人，甚至是海外的日本、朝鲜以及中亚各国人民，都会背诵。"浮云不系名居易，造化无为字乐天。童子解吟长恨曲，胡儿能唱琵琶篇。"（唐宣宗李忱《吊白居易》）

当盛唐繁华至极，归于成熟，一个新的唐诗江湖已经来临。它洗尽所有铅华，冷峻安然，一代"诗王"白居易在历史的召唤中隆重登场。

2

公元 807 年冬，长安。

在盩厔县并没有待很长时间的白居易，因为他的讽喻诗《观刈麦》为唐宪宗所知。他非常欣赏白居易一片"惟歌生民病，愿得天子知"的丹心，还有他卓越的才华——白居易那时写出了名震江湖的《长恨歌》。他钦点白居易为左拾遗。

白居易想起杜甫也担任过左拾遗，禁不住心潮澎湃，这是他非常崇拜的人啊！可是，杜甫生前并没有受到世人的欢迎，默默地病死在了湘江的一条破船上。他想起来就觉得心痛，心里暗暗地想：我一定要像杜甫那样，有阙必规，有违必谏，朝廷得失无不查，天下利害无不言。

白家老伯，出手了！他一反体弱多病的常态，挺直腰杆，多年患病的眼睛里射出明亮的令人不寒而栗的光。此刻，他就是王，高高在上的王，一切的不合理都休要逃脱他的眼睛！他一出手就是五十首《新乐府》，每首诗都有一个题解，每一个题解都有一个中心，每一个中心都是一把利剑。这五十把剑在天空开出一个森冷的剑花，然后落下，每一把剑里都有他的痛、他的怜、他的恨。

卖炭翁

卖炭翁，伐薪烧炭南山中。

满面尘灰烟火色，两鬓苍苍十指黑。

卖炭得钱何所营？身上衣裳口中食。

可怜身上衣正单，心忧炭贱愿天寒。

夜来城外一尺雪，晓驾炭车碾冰辙。

牛困人饥日已高，市南门外泥中歇。

翩翩两骑来是谁？黄衣使者白衫儿。

手把文书口称敕，回车叱牛牵向北。

一车炭，千余斤，宫使驱将惜不得。

半匹红绡一丈绫，系向牛头充炭直。

　　冬天的卖炭翁，夏日的割麦农。一个"力尽不知热，但惜夏日长"，一个"可怜身上衣正单，心忧炭贱愿天寒"。如不是为生活所迫，怎会有如此矛盾的心情？白家老伯，哦不，是"诗王"，他厉声疾呼，我的诗是"为君、为臣、为物、为事而作，不为文而作也"！

　　五十首《新乐府》还未停下，十首《秦中吟》又带着凌厉的掌风迎面而来，令人来不及迎战，就已败下阵来。

　　"一丛深色花，十户中人赋。"（《买花》）那些达官贵人，挥金如土，奢侈豪华，嘻嘻哈哈地品评着花的品种、色彩和价钱的时候，又怎知这一丛深色的牡丹花，相当于十户中等人家一年的赋税呢？

　　"食饱心自若，酒酣气益振。是岁江南旱，衢州人食人。"（《轻肥》）那些宦官，穿红佩紫，骑着高头大马，耀武扬威地到军队里赴宴。美酒佳肴、山珍海味装进了他们的肚子，他们得意扬扬、旁若无人。可是江南大旱，衢州已经出现了人吃人的惨剧！你们这帮国贼，吃的是老百姓的肉，喝的是老百姓的血啊！

"夺我身上暖，买尔眼前恩。进入琼林库，岁久化为尘。"（《重赋》）那些只想着要拍马屁的地方官，不顾百姓的死活，把搜刮来的丝绸献给皇帝来邀宠。可是夺走了百姓的衣服，结果怎样呢？一边是绢丝如云，另一边是白骨森森。

"诗王"左手掌、右手剑，心里想着"新乐府派"的口号——"文章合为时而著，歌诗合为事而作"，嘴里念着"诗者：根情、苗言、华声、实义"的秘诀，把那些贪婪残暴的权贵和专权跋扈的宦官打得屁滚尿流，他们闻诗而色变，听音而切齿，却又无可奈何。

看到掌门人如此生猛，写下"曾经沧海难为水，除却巫山不是云"的元稹出手了："六十年来兵簇簇，月月食粮车辘辘。"（《田家词》）

写下"还君明珠双泪垂，恨不相逢未嫁时"的张籍出手了："苗疏税多不得食，输入官仓化为土。"（《野老歌》）

写下"今夜月明人尽望，不知秋思落谁家"的王建出手了："逆风上水万斛重，前驿迢迢后淼淼。"（《水夫谣》）

写下"谁知盘中餐，粒粒皆辛苦"的李绅出手了："四海无闲田，农夫犹饿死。"（《悯农》）

他们的这些诗句都和他们掌门人的一样，真实、浅显、流畅，具有歌谣的色彩，他们追求的不是华丽的辞藻，不是繁复的形式。

"诗王"说："大音希声，大象无形。这世上最厉害的武功是无招胜有招，最极致的诗歌是老太太都能听懂。勿轻直斩剑，犹胜曲全钩，一把折断的剑比一个弯曲的钩更有杀伤力。所以要直、要直、要直，这样这些诗句就会便于理解、便于记忆、便于传播。"

元稹《菊花》："秋丛绕舍似陶家，遍绕篱边日渐斜。不是花中偏爱菊，此花开尽更无花。"

王建《十五夜望月》:"中庭地白树栖鸦,冷露无声湿桂花。今夜月明人尽望,不知秋思落谁家。"

说这话的时候，"诗王"脸上带着微笑，他的腰又弯了下来，眼神又恢复了往日的灰暗，放在人群里一眼不注意就再也找不到了，没人能看出来他就是"诗王"，他的身份仍然是白家老伯。

没有人知道，他的祖上就是秦朝大将，那个打败了"纸上谈兵"的赵括的大将军——白起。可是有些人记得他凌厉的眼神、他啸出的剑气以及他推出的掌风。

3

公元 815 年春，洛阳香山。

白居易这年四十四岁，应好朋友元稹之邀，到他的老家洛阳来散散心。

就在长安街头武元衡被刺之后，白居易上书唐宪宗要求严查凶手。这实在不是一个过分的要求，然而他被唐宪宗贬官了。

这是有原因的，白居易的"新乐府派"已经在江湖上树敌无数，那些宦官和权臣相勾结，正面打不过，偷发暗器那可是他们的专长。他们首先瞄向了白居易的好友元稹，给他下套，并在华阴驿站把元稹打了一顿。宦官殴打朝廷命官，听信谗言的唐宪宗不仅没有惩治宦官，反而将元稹贬出朝廷。现在，白居易只是提了个很正当的要求而已，那些人就以他只是太子左赞善大夫，无权干涉朝政为由，要唐宪宗把他贬官。

更狠的是，白居易的母亲因看花不慎落井而死，他们居然说他在为母亲丁忧期间写过《赏花》和《新井》，是对母亲最大的不孝，这样的人不适合在朝中为官。不孝是大忌，也是对手能拿出来的最厉害的武器，于是白居易被贬到江州做司马。

此刻，站在香山之上，风吹动着白居易的白发，皱纹像是用刀刻在额头、眉间、眼角，一道道，是愁绪，风吹不散，也抚不平这深深的伤心和失望。只是四十四岁而已，白居易俨然一个老翁。"壮心徒许国，薄命不如人。才展凌云翅，俄成失水鳞。"（《江南谪居十韵》）他不明白，自己当初美好的愿望，如今为什么会落得个遍体鳞伤。

"白兄，你看！"忽然元稹指着对面的龙门石窟叫道。

白居易抬头，隔着伊河，大大小小的石窟内，几千个小佛并排而立。而他，正对着那尊卢舍那大佛。卢舍那眼神柔和，嘴角带着淡淡的笑。从建成的那一刻起，她的笑容始终未变，而千年之后，她的笑容仍不会改变，无论斗转星移，无论沧海桑田。

白居易笑了，他席地而坐，对元稹说："我喜欢这个地方，将来我要来这里安度晚年，我还要取个号，就叫香山居士。我要天天看着这尊大佛，看着她天天对着我微笑。"

元稹也跟着他坐了下来："你不是说你想和那些小人同归于尽吗？现在你不想啦？"

白居易没有回答他，顺手拔起身边的一株小草，放在眼前："元弟，还记得我十六岁那年写的那首诗吗？"

"记得啊，《赋得古原草送别》。你当时拿着这首诗去长安拜访顾况，他还和你开玩笑说长安米贵，居大不易呢！可是，他看了你的诗之后，说有这样的诗、这样的才华，长安米再贵，你居之都很容易。"元稹笑道。

"你说，我还会和他们同归于尽吗？"白居易轻轻地用牙齿咬着那株小草，微笑着问。

元稹愣了一下，旋即明白过来，哈哈大笑。白居易也跟着哈哈大笑。

笑声久久地回荡在香山之上，中间还夹杂着两个好朋友的大声吟诵："离离原上草，一岁一枯荣。野火烧不尽，春风吹又生。"（《赋得古原草送别》）

4

重题

心泰身宁是归处，故乡何独在长安。

宦途自此心长别，世事从今口不言。

浔阳伎画像

　　从此，"诗王"白居易从兼济天下，开始了独善其身的生活。他放下了手中的剑，开始习练柔中带刚的太极拳。咄咄逼人的讽喻诗写得少了，闲适诗、感伤诗和杂律诗成为他此时练功的主要内容。

　　在江州任司马期间，他写下了著名的《琵琶行》，并为我们留下了"同是天涯沦落人，相逢何必曾相识"的感慨。

　　他在杭州、苏州任职期间，不仅兴修水利，留下了美丽的白公堤，还写下了歌颂西湖美景的《钱塘湖春行》：

孤山寺北贾亭西，水面初平云脚低。

几处早莺争暖树，谁家新燕啄春泥。

乱花渐欲迷人眼，浅草才能没马蹄。

最爱湖东行不足，绿杨阴里白沙堤。

他为美好的感情而伤感，如《长相思》：

汴水流，泗水流，流到瓜州古渡头，吴山点点愁。

思悠悠，恨悠悠，恨到归时方始休，月明人倚楼。

他的生活越来越有情趣。

春天是这样："江南好，风景旧曾谙；日出江花红胜火，春来江水绿如蓝。能不忆江南？"（《忆江南》）

夏天是这样："弄日临溪坐，寻花绕寺行。时时闻鸟语，处处是泉声。"（《遗爱寺》）

秋天是这样："一道残阳铺水中，半江瑟瑟半江红。可怜九月初三夜，露似真珠月似弓。"（《暮江吟》）

冬天是这样："绿蚁新醅^(pēi)酒，红泥小火炉。晚来天欲雪，能饮一杯无？"（《问刘十九》）

他的眼睛看到了太多大自然中的美好。"人间四月芳菲尽，山寺桃花始盛开。长恨春归无觅处，不知转入此中来。"（《大林寺桃花》）

那些小细节也能让他的心瞬间变得柔软。"谁道群生性命微？一般骨肉一般皮。劝君莫打枝头鸟，子在巢中望母归。"（《鸟》）

读万卷书，却难测人生沉浮。"花非花，雾非雾，夜半来，天明去。来如春梦不多时，去似朝云无觅处。"（《花非花》）

行万里路，方知世间疾苦。"花开生两面，人生佛魔间。浮生

若骄狂，何以安流年。"（《世说新语》）

正如这一辈子，做了那么多，你怎知你努力争取的就一定能得到？你怎知你不去努力争取就得不到？《中庸》里有这样一句话："正己而不求于人则无怨。上不怨天，下不尤人。故君子居易以俟命，小人行险以缴幸。"是啊，白居易的父亲为儿子取名字的时候，是不是也想到了人一生中必将经历的坎坷？那就做一个君子，坦坦荡荡地接受上天的安排吧！

可是，他的父亲没有想到，时代把白居易推到了风口浪尖，他用一把利剑把黑压压的天斩开了一道裂痕，露出一点儿希望的蓝色，然后转身平静地走进人群中，去做那个平凡的自己。真正的王者，是在时代洪流里拼尽全身力气去力挽狂澜的人；真正的王者，是能睿智地看清现实，不随波逐流，能随时抽身的人；真正的王者，是在面临打击的时候，依然能够"野火烧不尽，春风吹又生"的人。

"面上减除忧喜色，胸中消尽是非心。"（《咏怀》）白居易，他拼过、恨过、哭过，然而，他也爱过、生活过、美好过。他不是生命中的过客，他是这个江湖中真正的王者。

唐诗江湖，王者归来！

5

公元 846 年，洛阳香山。

"诗王"，啊不，白家老伯，他看着对面龙门石窟里那尊卢舍那大佛。他四十四岁的时候看到他，就是带着那淡淡的笑。如今他七十五岁了，他还是那样带着淡淡的笑。他微笑着看他捐资重修了香山寺；看他掏出所有的积蓄又到处筹钱开挖了龙门一带阻碍舟行的石滩；看他和刘禹锡诗歌唱和；看他给朋友元稹写下了墓志铭；看他埋头整理自己的诗稿，三千多首啊，一一修改、收录进《白氏长庆集》。然后，他微笑着闭上了眼睛。

香山的草黄了又绿，绿了又黄，一千多年过去了，龙门东山的琵琶峰上风景如画。"门前有流水，墙上多高树。竹径绕荷池，萦回百馀步。"（《闲居自题》）

白园里的游客川流不息，他们在白居易的墓前第一眼看到的，就是那首《赋得古原草送别》。他们的手指滑过石碑，滑过每一个凹进去的苍劲 ^(jìng) 的大字：

> 离离原上草，一岁一枯荣。
>
> 野火烧不尽，春风吹又生。
>
> 远芳侵古道，晴翠接荒城。
>
> 又送王孙去，萋萋满别情。

他们还可以看到，白居易的墓志铭是一个叫李商隐的小伙子撰写的。他和白居易仅有一面之缘，却彼此欣赏，成为忘年之交。不知他在写下这篇满含深情的墓志铭的时候，有没有意识到，一个属于白居易的时代已经过去，属于李商隐的时代即将来临？

历史的硝烟弥漫不了盛唐的华彩，湮没不了中唐的声音，熏染不了晚唐的落日。

唐诗的江湖，野火烧不尽，春风吹又生……

【延伸阅读】

1. 王贺，赵仁珪选注：《白居易诗》，中华书局，2013 年

2. 陈建国：《江州司马白居易》，江西高校出版社，2014 年

3. 薇薇：《唐诗是一曲风流 4：白居易诗传》，时事出版社，2015 年

4. 赵瑜：《人间要好诗：白居易传》，作家出版社，2021 年

白居易 ②

《长恨歌》，谁的爱情故事里没有遗憾？

谁的爱情故事里没有遗憾？谁不是一边沉浸在别人的爱情故事里，一边流着自己的眼泪？

大唐元和元年（806），三十四岁仍然未婚的白居易，到盩厔县任县尉。一天，他和几位好友同游仙游寺，这里距离五十年前唐玄宗赐死杨贵妃的马嵬^(wéi)坡很近。朋友很八卦，他们说："老白，你不是会写讽喻诗吗？就写写唐玄宗和杨贵妃吧，写写那个狐狸精是如何误国的！"

白居易没有推辞，他拿起毛笔，开始构思。忽然，一个女孩儿头上插着簪子，晃着脑袋笑着对他说："我行了及笄礼了，可以嫁人了！"他使劲揉了揉眼睛，又见那个女孩儿满脸泪痕，眼睛红红地望着他："为什么我们不可以在一起？"他又使劲揉了揉眼睛，女孩儿不见了。他的眼里泛起了泪花，心好似被一把大手攥着，攥得他生疼。他掩饰地猛然咳嗽了几声，顺手擦掉眼泪，提笔写下了三个龙飞凤舞的大字——长、恨、歌。

1

汉皇重色思倾国，御宇多年求不得。

杨家有女初长成，养在深闺人未识。

天生丽质难自弃，一朝选在君王侧。

回眸一笑百媚生，六宫粉黛无颜色。

　　他写的不是事实，他知道。那时盛唐已经不在，国人都在骂杨玉环红颜祸水。可是为什么要骂她呢？难道长得漂亮就是错？难道追求真挚的爱情就是错？她是那样美啊，美得让才子白居易都想不出来用什么词来形容才好。闭月羞花、沉鱼落雁？呵呵，这四大美女，貂蝉、玉环、西施、昭君，杨玉环原本就是其中之一啊！

　　还是用这三个字比较好——初长成。所有的美都比不过青春的美，美得健康，美得有活力，美得让人连嫉妒都会忘掉。

　　唐明皇，也就是唐玄宗，白居易为了对先皇表示尊重，以"汉皇"来称谓。

　　"汉皇重色思倾国"，唐玄宗第一次看到杨玉环的时候，她才十六岁，而他已经五十岁了。他什么都有了，他开创了"开元盛世"，不仅受百官朝拜、万人景仰，还会成为千古流芳的帝王。可是，他没有了青春。而她，则是含苞待放的一朵花，娇娇怯怯，在飘扬的裙角中舞出万种风情。可惜，她是玄宗儿子寿王的妃子。皇帝不管这个，他下令让杨玉环出家，号为"玉真"，然后再把她接出来，封为"贵妃"。

　　白居易停下来，叹了一口气。有了权力，就可以如此任性吗？包括爱情？他的思绪回到了十九岁那年。

白居易小的时候，老家河南发生战乱，父亲便把家眷都接到了安徽符离。那是多么贫苦又多么快乐的一段岁月啊！他去长安参加科举考试回来，惊喜地发现，邻家那个总是跟在他屁股后面叫他"白哥哥"的小女孩儿湘灵，十五岁了，行了及笄礼，已经出落成了一个大姑娘。她怎么可以那样美！用什么词来形容比较好呢？

邻女

娉（pīng）婷十五胜天仙，白日嫦娥旱地莲。

何处闲教鹦鹉语，碧纱窗下绣床前。

现在想想，所有的文字都不及这带着新鲜气息扑面而来的三个字——初长成。这是生命最原始的美，令任何一个曾经拥有过青春的人都为之感动。

2

春寒赐浴华清池，温泉水滑洗凝脂。

侍儿扶起娇无力，始是新承恩泽时。

云鬓花颜金步摇，芙蓉帐暖度春宵。

春宵苦短日高起，从此君王不早朝。

杨玉环，她到底还是宠冠六宫了。冬天骊（lí）山的华清池，温泉水是那样暖，然而，这样暖的温泉水只有滑过青春的肌肤才是它的荣幸。那凤凰状的"金步摇"，珠宝串串，一走路就会金光闪闪，也只有簪于贵妃的发髻才会熠熠生辉。

"名花倾国两相欢，常得君王带笑看。"那个唐玄宗啊，荒废了他的政务，从此不再早朝。到底是耽于贵妃的青春和美貌，还是真的爱上了她呢？

> 承欢侍宴无闲暇，春从春游夜专夜。
> 后宫佳丽三千人，三千宠爱在一身。
> 金屋妆成娇侍夜，玉楼宴罢醉和春。
> 姊妹兄弟皆列土，可怜光彩生门户。
> 遂令天下父母心，不重生男重生女。
> 骊宫高处入青云，仙乐风飘处处闻。
> 缓歌慢舞凝丝竹，尽日君王看不足。

白居易一口气写完这几句，内心对那个高高在上的男人，那个他原本准备讽刺几句的皇帝起了同情之心。皇帝也是人，也会恋爱。恋爱中的人智商为零，英明神武的唐玄宗也不例外。否则怎么解释"后宫佳丽三千人，三千宠爱在一身"？怎么解释"姊妹兄弟皆列土，可怜光彩生门户"？哥哥杨国忠被封为宰相还不算，三个姐妹也分别被封为韩国夫人、虢^(guó)国夫人、秦国夫人。不是恋爱冲昏了头脑，又是什么？

唐玄宗找来举世文采最好的人来帮他夸赞美人。是谁呢？当然是李白呀！把醉眼惺忪的"诗仙"从酒肆里抓回来，帮他写诗夸美人。

清平调

> 云想衣裳花想容，春风拂槛露华浓。
> 若非群玉山头见，会向瑶台月下逢。

贵妃的绝世容颜，在李白的诗歌里灿若星辰。唐玄宗是一个男人，可他毕竟不是普通的男人。普通人沉溺在爱情里只是两个人的事情，而帝王，有可能就会影响一个国家的命运。

3

渔阳鼙^(pí)鼓动地来，惊破霓裳^(cháng)羽衣曲。

九重城阙烟尘生，千乘^(shèng)万骑^(jì)西南行。

翠华摇摇行复止，西出都门百余里。

六军不发无奈何，宛转蛾眉马前死。

花钿^(diàn)委地无人收，翠翘金雀玉搔头。

君王掩面救不得，回看血泪相和流。

安史之乱爆发了，唐玄宗终于要为他的"重色思倾国"付出惨痛的代价。一边是"渔阳鼙鼓"惊天动地，一边是"缓歌慢舞"歌舞升平。音乐家唐玄宗谱成《霓裳羽衣曲》，舞蹈家杨贵妃编成霓裳羽衣舞。在艺术上，他们可谓珠联璧合。

贵妃此时年已三十八，她的倾国之貌早已有了岁月的痕迹，然而，"重色"的唐玄宗始终没有厌倦。美色可寻，知音难觅。可是，竟然连他都有"无奈何"的时候！那样不顾礼教的一个人，那样高高在上的一个人，那样要风得风、要雨得雨的一个人，在仓皇奔逃的路上竟是如此狼狈，在"六军不发"之时，只能眼睁睁地看着爱人"宛转蛾眉马前死"，自己却"掩面救不得"。

这是怎样一种悲哀啊！人非木石皆有情，不如不遇倾城色。怪不得晚唐的李商隐会同情地说："如何四纪为天子，不及卢家有莫愁。"（《马嵬》）

有人说，唐玄宗是在牺牲"美人"换"江山"；还有人说，贵妃没有死，她的婢女代替了她，而她逃到了日本。然而，白居易相信，唐玄宗是真的无奈。因为，他自己就品尝过"无奈"的苦涩。

白居易十九岁时爱上的那个十五岁女孩儿湘灵，能歌善舞，和白居易真心相爱。可是，她是布衣之家，而白居易是官宦世家，他的母亲坚决反对。为了反抗这种门第观念，白居易一直未婚，朋友家的孩子都会打酱油了他还未婚，可是倔强的母亲依然坚持。门第就那么重要吗？

白居易又一次参加科举考试，被分配到盩厔县做县尉，他兴致勃勃地赶回来，希望再做一次努力。可是，湘灵搬走了，不知去向。湘灵是为了不让她的白哥哥担上一个不孝之名啊！爱他，就成全他，为他留一条生路。

白居易急火攻心，一夜白头：

生离别

生离别，生离别，忧从中来无断绝。

忧积心劳血气衰，未年三十生白发。

爱一个人，无论是生离还是死别，都会令人肝肠寸断。

4

黄埃散漫风萧索，云栈萦纡^(yíng yū)登剑阁。

峨眉山下少人行，旌旗无光日色薄。

蜀江水碧蜀山青，圣主朝朝暮暮情。

行宫见月伤心色，夜雨闻铃肠断声。

天旋地转^{（zhuàn）}回龙驭^{（yù）}，到此踟蹰不能去。

马嵬坡下泥中土，不见玉颜空死处。

君臣相顾尽沾衣，东望都门信马归。

　　前往四川的路曲曲折折，就像唐玄宗心中千回百转的落寞。到了行宫，看见月亮，他伤心；晚上躺在床上，听着屋檐下的铃铛在雨中叮叮当当，他还伤心。安史之乱平息后，他在回去的路上又一次路过马嵬坡，希望找到那个美丽的女子带回去安葬，可是再也找不到了。

归来池苑皆依旧，太液芙蓉未央柳。

芙蓉如面柳如眉，对此如何不泪垂。

春风桃李花开日，秋雨梧桐叶落时。

西宫南内多秋草，落叶满阶红不扫。

梨园弟子白发新，椒^{（jiāo）}房阿监青娥老。

夕殿萤飞思悄^{（qiǎo）}然，孤灯挑尽未成眠。

迟迟钟鼓初长夜，耿耿星河欲曙天。

鸳鸯瓦冷霜华重，翡翠衾^{（qīn）}寒谁与共。

悠悠生死别经年，魂魄不曾来入梦。

　　重回旧地，仿佛在哪里都能看到她的影子。看到太液池的芙蓉花开了，会想到贵妃的笑脸；看到岸边的垂柳枝叶摇摆，会想到贵妃的柳叶细眉。春天桃李花开的时候想她，秋天雨打梧桐的时候想她，看到当年和她一起歌舞的梨园弟子想她，看到椒房里当年侍奉她的宫女想她。你在时你是一切，你不在时一切是你。可是漫漫长夜，你为什么始终都没有进入我的梦中？

此刻，白居易已经分不清到底是在写唐玄宗还是在写自己了。古往今来的相思，不都是一样的吗？

浪淘沙

借问江潮与海水，何似君情与妾心？

相恨不如潮有信，相思始觉海非深。

"相思始觉海非深"，一个人要经历怎样的相思苦，才能写出这样的诗句呀！这世上最令人感到折磨的事情，就是相思。

5

临邛（qióng）道士鸿都客，能以精诚致魂魄。

为感君王辗转思，遂教方士殷勤觅。

排空驭气奔如电，升天入地求之遍。

上穷碧落下黄泉，两处茫茫皆不见。

忽闻海上有仙山，山在虚无缥缈间。

楼阁玲珑五云起，其中绰（chuò）约多仙子。

中有一人字太真，雪肤花貌参差是。

这个皇帝真的要被相思折磨疯了，他竟然让道士去招魂！尽管他让道士"殷勤"觅，结果仍然是"上穷碧落下黄泉，两处茫茫皆不见"。可是他还不死心，听人说海上有座仙山，有位叫"太真"的仙子，远远地望去，依稀有贵妃的模样。哪怕有一点点渺茫的希望，也一定要付出万分的努力，这个被相思折磨得昏了头的皇帝，果真又派人去寻找了。

金阙西厢叩玉扃^(jiōng)，转^(zhuǎn)教^(jiāo)小玉报双成。

闻道汉家天子使，九华帐里梦魂惊。

揽衣推枕起徘徊，珠箔^(bó)银屏迤逦^(yǐ lǐ)开。

云鬓半偏新睡觉，花冠不整下堂来。

风吹仙袂^(mèi)飘飘举，犹似霓裳羽衣舞。

玉容寂寞泪阑干，梨花一枝春带雨。

含情凝睇^(dì)谢君王，一别音容两渺茫。

昭阳殿里恩爱绝，蓬莱宫中日月长。

回头下望人寰处，不见长安见尘雾。

唯将旧物表深情，钿^(diàn)合金钗寄将去。

钗留一股合一扇，钗擘^(bò)黄金合分钿。

但教心似金钿坚，天上人间会相见。

写到这里，白居易流泪了。与其说是他希望玄宗能找到贵妃，不如说是他自己希望找到湘灵。贵妃的"梨花带雨"，流的是湘灵的眼泪；玄宗的"夜不能寐"，书写的是白居易的断肠。

夜雨

我有所念人，隔在远远乡。

我有所感事，结在深深肠。

乡远去不得，无日不瞻望。

肠深解不得，无夕不思量。

况此残灯夜，独宿在空堂。

秋天殊未晓，风雨正苍苍。

不学头陀法，前心安可忘。

如果时间可以治愈一切，唐玄宗大可以在"御宇"内再寻觅一个"倾国"美人。白居易也尽可以听从母命，找一位门当户对的女子成婚。可是没有。爱情，偏偏要的就是"这一个"。

6

临别殷勤重^(chóng)寄词，词中有誓两心知。

七月七日长生殿，夜半无人私语时。

在天愿作比翼鸟，在地愿为连理枝。

天长地久有时尽，此恨绵绵无绝期。

好一对重情重义的恋人啊！一个是"遂教方士殷勤觅"，一个是"临别殷勤重寄词"。他们的"殷勤"，唱出了所有人对天下有情人终成眷属的美好愿望。

白居易一曲长恨为红颜，明明知道唐玄宗和杨贵妃的故事有着太多想象的成分，可这首《长恨歌》还是感动了无数人。千百年来，人们谈着《长恨歌》，唱着《长恨歌》，甚至有白居易的"铁粉"把长达八百四十个字的《长恨歌》全都文在自己身上。

《长恨歌》成为当时最红的年度热词，还流传到了国外，对日本整个的文学都产生了深远的影响。日本平安时代的小说《源氏物语》和散文集《枕草子》，被称为日本的"古典文学双璧"，其中都有《长恨歌》的影子。

日本人爱《长恨歌》，上自天皇，下至百姓。他们把唐玄宗与杨贵妃的爱情故事画在屏风上，改编成小说、电影、漫画。他们对杨贵妃逃到日本这个说法深信不疑，在日本还有两座杨贵妃的墓。

清朝剧作家洪升依据《长恨歌》的故事创作了剧本《长生殿》，深受老百姓的喜爱。直到现在，以骊山山体为背景、以华清池九龙湖为舞台的大型历史舞剧实景演出《长恨歌》，也是场场爆满。

大家都在问：《长恨歌》为什么这么火？长恨歌，到底"恨"什么？这种恨，是痛恨，痛恨唐玄宗重色误国、自食苦果；这种恨，更是遗憾，遗憾美好的爱情没有圆满的结局，生不能永缠绵，死不能再相见。

《长恨歌》如此经久不衰，不仅仅在于皇帝与贵妃的爱情故事打动人心，不仅仅在于白居易高超的长篇叙事诗的写作技巧，更在于白居易对于人性的一颗悲悯之心，以及对爱情的美好祝愿。

古往今来，谁的爱情故事里没有遗憾？你爱的，不一定爱你；爱你的，又总是无法在一起；在一起的，不见得就是真爱；而真爱，却总是与你别离。

有些人，走着走着就散了；有些事，看着看着就淡了；有些人，想着想着就忘了；有些梦，做着做着就醒了。所以，每个人都会对爱情许愿："在天愿作比翼鸟，在地愿为连理枝。"这是多么美丽的一句话啊，连把它翻译成英文都那么美："On high，we'd be two love birds flying wing to wing；On earth，two trees with branches twined from spring to spring."（许渊冲翻译版本）

所以，白居易说，爱情太令人难以把握、难以捉摸：

花非花

花非花，雾非雾，夜半来，天明去。

来如春梦不多时，去似朝云无觅处。

什么是爱情？元好问说："问世间，情是何物，直教生死相许？"英国大文豪莎士比亚说："爱情，是一种甜蜜的痛。"爱情，是这世界上最让人爱让人痛的永久性话题。

7

元和十年（815），白居易被贬官江州。

他站在船头向远方眺望，忽然，一条擦肩而过的小船上，有人在喊他："白哥哥！"他的心剧烈地跳动起来，猛然回头，看见了一双熟悉的眼睛。是湘灵！

四目对望却无言，满心话不知从何说起。此时的白居易已经四十四岁了，他已结婚成家，而湘灵，四十岁仍然未嫁。湘灵拒绝了白居易邀请他一起前往江州的好意，驾一叶小舟消失在江水深处。

白居易望着她渐渐远去的背影，知道以后再也无法相见。他的初恋，他曾经刻骨铭心的一段恋情，从此，再也回不来了。

十年前他写的那首《长恨歌》，最令他痛彻心扉的那两句诗，再一次将他的心撕裂："天长地久有时尽，此恨绵绵——无、绝、期。"

【延伸阅读】

付兴林，倪超：《〈长恨歌〉及李杨题材唐诗研究》，中国社会科学出版社，2013 年

韩

愈

一言不合就拿动物开涮的"段子手"

一言不合就拿动物开涮，谁这么调皮？恭喜你答对了，他就是位列"唐宋八大家"之首的韩愈韩退之。

在后世文人心中光芒万丈的苏轼，说他是"文起八代之衰"，明里暗里夸韩愈，夸他拯救了祖宗八代的文风。北宋文坛领袖欧阳修说："呜呼！韩氏之文之道，万事所共尊，天下所共传而有也。"翻译过来就是："天啊！韩愈写文章、为人处世，人人都服气，江湖口碑好得很哪！"

作为"古文运动"的领袖，韩愈提倡"文以载道"，他的《师说》《马说》《进学解》《原道》《送董邵南序》《祭十二郎文》以及《柳子厚墓志铭》都是那样脍炙人口，读后令人拍手称赞。

可是，你能想到吗？被称为"百代文宗"的韩愈，居然写了不少拿动物开涮的诗文，准保你读完会瞠^(chēng)目结舌，惊掉下巴。

1

韩愈不顺利的时候，喜欢拿动物开涮。

韩愈生于大历三年（768），亲人死得早，是嫂子把他抚养长大。他二十岁开始参加科举考试，一直到二十五岁，五年哪，考了三次都没考上。韩愈只好给当时的名人写信，信的中心很明确——求举荐。

在《应科目时与人书》一信中，我们可以看到这样的句子："天池之滨，大江之濆^{（bèn）}，曰有怪物焉。盖非常麟凡介之品汇匹俦^{（chóu）}也。其得水，变化风雨，上下于天，不难也。"在天池的边上，大江的水边，传说有怪兽存在呀！它可不是一般的小鱼小虾可以比得上的，要是让它得了水，呼风唤雨、上天入地，那都不是事儿！

"然是物也，负其异于众也，且曰：'烂死于沙泥，吾宁乐之；若俯首帖耳，摇尾乞怜者，非我之志也。'"但是这个家伙呢，抱负和一般动物不同，它会说："就算是烂死在泥沙里，我也高兴。如果俯首帖耳、摇尾乞怜，那可不是我的志向。"

"今又有力者当其前矣，聊试仰首一鸣号焉，庸讵知有力者不哀其穷，而忘一举手、一投足之劳，而转之清波乎？"现在又有一个有能力的人走到它的面前，姑且抬头叫一声试试，不知道这个人会不会可怜它的处境，在举手投足之间把它转移到水里边？

不用说，韩愈笔下的这个怪兽就是传说中的龙，现在龙困在烂泥里出不来，就发挥不了威力，但是它又不想低下它高贵的头去求人，于是天天趴在那里叫唤。敢情这龙就是指韩愈自己？没错，韩愈心里正是这么想的。

所以，尽管这封信中心明确、层次清晰、语言优美，还创造了"俯首帖耳""摇尾乞怜""举手投足"三个成语，韩愈还是没有得到任何回音。估计收信人心里想：你还只是个怪兽就这么目中无人，要是我真把你弄水里去，你上天入地、呼风唤雨起来，那还了得？你还是在烂泥里待着吧！

贞元八年（792），韩愈第四次考试，考中了进士。因为这次科考考中的二十三名进士，日后都成为叱咤风云的人物，所以这次的榜单被称为"龙虎榜"。

怪兽终于靠自己的本事扑腾到水里来了，那么接下来就可以上天入地、呼风唤雨了吧？急什么，一举首登龙虎榜，十年身到凤凰池，若想从进士到朝廷，还要通过博学宏词科的考试才行，还有很长的一段路要走哩。

这次韩愈又是考了三次没考上，比他年龄小的刘禹锡、柳宗元则是非常顺利地通过了考试。眼见自己开始"奔三"，生计都成问题，他连着给当时的宰相修书三封，希望得到一份工作，以解燃眉之急，这次又是石沉大海。那就只好"点额不成龙，归来伴凡鱼"吧，韩愈选择暂时离开长安，回老家去。

柳宗元画像

在回去的路上，韩愈恰好看到一群人耀武扬威地从他面前经过，前面有人手提两只鸟笼，原来这是给唐德宗进贡的御鸟。擦肩而过的时候，韩愈似乎看到那只梳理着羽毛的白鹦鹉脸上写着骄傲，而那只白八哥正翻着白眼瞪着自己，目光中充满了不屑。真是人不如鸟！

愤怒的韩愈提笔写下了《感二鸟赋》一文："感二鸟之无知，方蒙恩而入幸；惟进退之殊异，增余怀之耿耿；彼中心之何嘉？

徒外饰焉是逞。余生命之湮厄^(yān è)，曾二鸟之不如？"此刻的我很有感触，那两只无知的鸟，凭什么可以得到皇上的恩宠？为什么我如此努力，想在京城生存下来，都那么艰难？它们就是靠着美丽的羽毛而已，内心也像外表这么美吗，凭什么就那么得意？我有什么比不上这两只鸟的？

这两只鸟估计自己都没有想到，只是在路上看了一个青年两眼，就在他心中掀起了滔天巨浪。

2

韩愈后来被徐州泗濠节度使召入幕府，总算是有了个正式编制。对未来充满信心的韩愈欢天喜地地上班去了，结果一看到看门人递给他的考勤表就傻眼了。

"寅而入，尽辰而退，申而入，终酉而退。"（《上张仆射书》）这就是说，凌晨三点就要签到，九点下班，中午休息六个小时，下午三点又来签到，晚上七点下班，且"非有疾病事故，辄不许出"。韩愈揉了揉眼睛，怀疑自己找了个假工作。拿笔，给上司写信！

信的内容自然都是我们需要人性化管理，这样耗时间，效率低之类，但是，如果只有这些，那是"百代文宗"的水平吗？高度！要注意高度！韩愈告诉上司："我之所以提建议，并非出自私心，因为我是忠臣，我心中装着道义，你要是不听，那就是你不尊重道义，不尊重道义就是不忠君，所以我的建议你必须听。"

不回信，是最大的涵养。韩愈的上司就很有涵养。韩愈心里有点受伤，怎么我给谁写信都不回呀？我可是人才呀，我是龙！于是，他一口气写了四篇杂说，来发泄心中的郁闷。

《龙说》写出来后，引起的反响不大，看来"龙"不是他的吉祥物。那就换，写马！"世有伯乐，然后有千里马。千里马常有，而伯乐不常有……"这篇《马说》一出，立刻就被传阅开了，街头巷尾，人人都在议论千里马的伯乐在哪里。在这个以"诗"为谈资的时代，一篇文章能引起这么大反响，还真是不多见。

韩愈绝不会乖乖地待在马厩（jiù）里，等着伯乐来发现他。他一定会大声叫，把伯乐招引来，然后昂首奋蹄，告诉他："嗨，看清楚了，我就是千里马！"

他果然招来了伯乐，于是从幕府出来做了四门学博士，再做监察御史，然后做到中书舍人，四十九岁的时候，他已经可以为皇帝草拟诏书了。

这下可算是顺利了吧？不会再拿动物开涮了吧？怎么可能！韩愈在此期间给他的一个朋友写过一首诗，这次，他炯炯的目光盯上了鲸鱼。

原来，有一位叫刘师服的朋友请韩愈吃饭。刘师服——刘师傅？这位先生名字起得真有个性。韩愈给他写诗不是因为这个，而是因为他牙口好，喜欢吃肉和硬的东西，这让才四十五岁就掉了好几颗牙的韩愈相当羡慕。有亲笔诗《赠刘师服》为证："羡君牙齿牢且洁，大肉硬饼如刀截。我今牙豁落齿多，所存十余皆兀臲（niè）。"如刀截！这是什么牙？怪不得说"牙好，胃口就好"，韩愈别说"如刀截"了，剩下来的十几颗牙齿也岌岌可危，随时都可能弃他而去。

大肉硬饼吃不成，他约刘师服一起到东海钓鱼，他要吃鲸鱼片："巨缗（mín）东钓尚可期，与子共饱鲸鱼脍（kuài）。"（《赠刘师服》）韩愈为了口腹之欲，真是没有起到好的带头作用。北宋有个叫毛滂（pāng）的词人也要吃鲸鱼："且饱鲸鱼脍，风月过江南。"南宋诗人杨万里也要吃鲸鱼："群仙遥劝九霞觞，金盘玉箸鲸鱼脍。"鲸鱼鲸鱼，快跑啊，有人要来吃你啦！

不过，韩愈，你哪里来的自信，确定你能"钓"得上鲸鱼？

<h1 style="text-align:center">3</h1>

韩愈自从遇上伯乐之后，就经常出差跑长途，陪伴家人的时间自然少了许多。想媳妇儿了怎么办？拿动物开涮呀，这可是韩愈的拿手本领。他一连写了三首《青青水中蒲》，其中第一首是这样的：

> **青青水中蒲，下有一双鱼。**
> **君今上陇去，我在与谁居？**

这不是"思妇诗"吗？这是那个方头大脸、身材胖胖的韩愈写的吗？对呀，这叫"视角换位"，明明自己很想念媳妇儿，却偏偏模仿媳妇儿的口吻来说她很想念自己。其实这种写法在唐朝很流行的，大诗人李白、杜甫、白居易都写过这种诗。

然而，这可是韩愈，给我们的印象就是整天很严肃地给你讲道理的那个韩老师，他会说"业精于勤荒于嬉，行成于思毁于随"，现在他写"咱俩是两条鱼，快乐地游来游去"。这，还是韩老师吗？

关于韩愈和他的妻子，还有个很有意思的小故事。

贞元六年（790）清明节，韩愈二十二岁，回老家河阳（今河南孟州）祭扫韩家老坟，奉上司命路过洛阳去拜访上司的熟人卢贻。韩愈到了以后，卢贻刚巧死了，家里正在办丧事。韩愈打听清楚了，卢贻因为他的顶头上司谋求私利，强谏不成反被革职，他性情刚烈，回来后竟吐血而亡。

世上竟有此等人！为了国事民生得罪上司，呕心沥血、宁折不屈，韩愈忽然觉得，自己虽未和卢老爷谋面，却如同知己一般，他在灵堂前放声大哭。卢家人从来没有见过韩愈，见他如此悲恸，心中都感动不已。卢夫人命女儿拿来巾帕给韩愈拭泪，韩愈接过巾帕的刹那，与卢小姐四目相对……这后面的故事大家都猜到了吧？就这样，韩愈给自己哭来了一个媳妇儿，婚后还生育了八个儿女。

韩愈在教育孩子的问题上继承了一贯作风，对待孩子嘛，很简单，动物出马，一个顶俩！他曾经在儿子读书时写过一首诗，叫《符读书城南》，其中有这样几句："两家各生子，提孩巧相如。少长聚嬉戏，不殊同队鱼。年至十二三，头角稍相疏。二十渐乖张，清沟映污渠。三十骨骼成，乃一龙一猪。"意思就是，孩子们，你们好好学习吧，不然小的时候差别不大，到三十岁时可就云泥有别了，学习好就能变龙，学习不好只能做猪。成语"一龙一猪"就是这么来的。

韩愈的儿子看了这首诗，估计心里有一万个不乐意：凭什么你和我娘是两条自由自在的鱼，我们不好好学习就要变猪？

4

韩愈爱拿动物开涮的本性终于要大爆发了，他这次的对象是——唐宪宗！

安史之乱后，唐朝由盛转衰，宦官专权、藩^(fān)镇割据^(jù)、朋党之争成为唐中期三大顽疾。唐宪宗接手这个烂摊子后遇到的第一件事就令他头痛不已。淮西节度使吴少阳死了，他的儿子吴元济等不及皇帝任命的诏书就走马上任，还切断江南向朝廷的进贡之路，坐收税赋，简直不把皇帝放在眼里。

宰相武元衡力主调九州兵马集中兵力，一举歼灭吴元济，唐宪宗还没来得及做出决断，武元衡就被吴元济派来的人暗杀了，坚决支持武元衡的御史中丞裴度也在这次暗杀事件中身受重伤。

太猖狂了！韩愈听说这件事，血脉偾(fèn)张，恨不得就穿上铠甲，骑上骏马，奔赴战场。不过，他可不是当年那个写《马说》的小年轻了，他知道——只有激情没有理智，事情不可能成功；只有理智没有激情，无法把事情做到完美。他非常清楚文官要想实现自己的理想，有两件很有利的武器，一个是嘴，一个是笔。

嘴经常会闯祸，这是文人的通病。白居易被贬官了，就是因为"嘴"。他平时说话前爱先说三个字——你错了。韩愈劝说过他多次，不要总那么自以为是，白居易听从了他的建议，他这次说了四个字——陛下错了。

韩愈为了避免自己的嘴巴闯祸，写了一篇长长的《论淮西事宜状》呈现给皇帝。

唐宪宗正在头疼，见到这篇摆事实，讲道理，有方案，有策略的军事报告，一拍龙椅，咬着牙说了一个字——打！

元和十二年（817）七月下旬，宪宗任裴度为总指挥，韩愈做参谋长。

中间发生了一件事，让人意外发现韩愈竟然有未卜先知的本领。那时战争已进入白热化阶段，韩愈经过勘察巡视，知道吴元济把精兵均投到郾城方向，而老巢蔡州兵力空虚，因此他向裴度提出建议，请以精兵三千人奇袭蔡州。

裴度觉得这个建议非常好，立刻派名将李愬(shuò)领兵前往蔡州。等等，韩愈的建议，你派别人去？这哥们儿估计又要写信了，他那大道理准能把你讲晕！

谁承想，这人此刻竟心情愉快地和同僚玩起了联句作诗的游戏。在这首长达一千余字的《晚秋郾城夜会联句》里，被韩愈点名的动物分别有乌鸦、鹳（guàn）、喜鹊、乌龟、野马、野鸡（雉）、仙鹤、老虎、豹子、狗、羊、老鹰、鹯（zhān）（猛禽名）、麻雀、龙、麒麟、蚕、狐狸、马……韩愈，这是在打仗啊，你这是要逛动物园的节奏吗？

然而后世对这首诗的评价非常高，清人方世举说："郾城联句，吉凶先见。"《韩公行状》《资治通鉴》的记载中，都不约而同地惊呼，韩愈，你是预言大师吗？战争的结局和这首诗的预测分毫不差！

经这关键性一战，吴元济被活捉，淮西四年征伐完美收工。得意扬扬的韩愈给唐宪宗捎去了一首诗，点将"龙"和"虎"：

过鸿沟

龙疲虎困割川原，亿万苍生性命存。

谁劝君王回马首，真成一掷赌乾坤。

唐宪宗喝着韩愈发明的胡辣汤（现为河南名小吃），满头大汗，心想：吴元济家里居然藏了那么多从西域带来的胡椒，这老韩也忒有才了，竟然想起来把这珍贵的东西和牛肉、豆腐丝同煮，给将士御寒！别说，这胡辣汤的味道还真不错。

韩愈，现在你遇到的可是最大的伯乐呀，要珍惜机会，好好表现哟！

5

令人没有想到的是，"千里马"好好表现的结果，是他踢了"大伯乐"一脚，"大伯乐"一气之下把他贬官了。

事情是这样的：元和十四年（819）春，痴信佛法的唐宪宗要迎法门寺所藏佛骨舍利子。韩愈是儒家学说强有力的推行者，他坚决阻止，给唐宪宗上了一封措辞激烈的《论佛骨表》。

文章里说，凡是不信佛的，国运又长，国君寿命又高，结果信佛以后，皇帝做不了几年就一命呜呼了。这篇表文没看完，唐宪宗就拍龙案发飙："愈，人臣，狂妄敢尔，固不可赦！"于是，韩愈就"夕贬潮州路八千"了。

韩愈呀韩愈，何为"愈"？进取超越胜出也。字退之，何意也？《论语·先进》曰："子曰：求也退，故进之；由也兼人，故退之。"你那么尊崇儒学，儒家的中庸之道你都没有学会吗？以退为进，进退有据，互为表里，稳中求胜。

唐宪宗是皇帝，还算是个不错的皇帝，就是他在"贞观之治""开元盛世"后书写了唐朝的最后一次辉煌——元和中兴，可他首先也是人，他也会犯错误，咱有话不能好好说吗？

后悔也晚了，一辈子就这破脾气，不平则鸣！这下可好了，你鸣吧，你叫吧，一下子被贬官到八千里之外的潮州去了吧？那里潮湿燥热多瘴气，韩愈认为自己这次必死无疑，过秦岭的时候，给赶来送他的侄孙韩湘写了一首诗《左迁至蓝关示侄孙湘》：

一封朝奏九重天，夕贬潮州路八千。

欲为圣明除弊事，肯将衰朽惜残年。

云横秦岭家何在？雪拥蓝关马不前。

知汝远来应有意，好收吾骨瘴江边。

现在知道交代后事了，当初为什么就不能好好说话呢？留得五湖明月在，不愁无处下金钩啊！韩愈后来想明白这个道理，是得到潮州一个大颠和尚的点化：有益即是佛，无益即是魔。韩愈深有感触，儒家讲究"独善其身"，佛家提倡"与人为善"，仁与佛，归根结底都在于一个"善"字。

就在韩愈想着要怎样"与人为善"的时候，他就遇到了一群"来者不善"的鳄鱼。这些鳄鱼非常张狂，经常祸害附近百姓，吃了不少牲口，甚至威胁人的生命安全。韩愈一听，这还了得！平常都是我拿你们开涮，今儿你们要来找我的碴儿是吧？我要写一封致鳄鱼的公开信！

于是，全城的百姓都出动了，心里充满了汹涌的崇拜，看韩愈站在一个大高台上，对着鳄鱼高声朗诵《祭鳄鱼文》：

祭鳄鱼文

维年月日，潮州刺史韩愈使军事衙推秦济，以羊一、猪一，投恶溪之潭水，以与鳄鱼食，而告之曰：

昔先王既有天下，列山泽，罔绳擉（chuò）刃，以除虫蛇恶物为民害者，驱而出之四海之外。及后王德薄，不能远有，则江汉之间，尚皆弃之以与蛮、夷、楚、越；况潮岭海之间，去京师万里哉！鳄鱼之涵淹卵育于此，亦固其所。今天子嗣唐位，神圣慈武，四海之外，六合之内，皆抚而有之；况禹迹所揜（yǎn），扬州之近地，刺史、县令之所治，出贡赋以供天地宗庙百神之祀之壤者哉？鳄鱼其不可与刺史杂处此土也。

刺史受天子命，守此土，治此民，而鳄鱼睅然不安溪潭，据处食民畜、熊、豕、鹿、獐，以肥其身，以种其子孙；与刺史亢拒，争为长雄；刺史虽驽弱，亦安肯为鳄鱼低首下心，伈伈（xǐn）伈睍（xiàn）睍，为民吏羞，以偷活于此邪！且承天子命以来为吏，固其势不得不与鳄鱼辨。

鳄鱼有知，其听刺史言：潮之州，大海在其南，鲸、鹏之大，虾、蟹之细，无不归容，以生以食，鳄鱼朝发而夕至也。今与鳄鱼约：尽三日，其率丑类南徙于海，以避天子之命吏；三日不能，至五日；五日不能，至七日；七日不能，是终不肯徙也。是不有刺史、听从其言也；不然，则是鳄鱼冥顽不灵，刺史虽有言，不闻不知也。夫傲天子之命吏，不听其言，不徙以避之，与冥顽不灵而为民物害者，皆可杀。刺史则选材技吏民，操强弓毒矢，以与鳄鱼从事，必尽杀乃止。其无悔！

在这封信里，韩愈先礼后兵，先送鳄鱼一只羊、一头猪，接着给它们指明一条出路，去南海。再告知搬家的最后期限，最后说，不搬家，格杀勿论！

据说读完《祭鳄鱼文》的当晚，便下了一场大暴雨，第二天雨过天晴，人们惊奇地发现，鳄鱼不见了，它们真的搬走了！

一生拿动物开涮的韩愈，难道能让动物听懂他说话？

6

最后一次拿动物开涮是在前去平定叛乱的路上，那时宪宗因误食金丹暴薨（hōng），新皇穆宗即位，韩愈并没有死在潮州，他在那里只待了八个月。

长庆元年，幽州、镇州发生兵乱，兵部侍郎韩愈毫不犹豫地接受了使命。走到半路，被穆宗派来的人追上，要他回去。穆宗怕他被凶残的叛军砍成肉泥，这样他损失的不但是一匹无比珍贵的千里马，更是一位会影响千秋万代的文坛领袖啊。

真正的千里马，从来不会因为伯乐的离开而停止自己奔跑的脚步。韩愈没有回去，使者传达了他当时说的话，穆宗听后，忍不住潸然泪下——"止，君之仁；死，臣之义"。

好友裴度在路上等着韩愈，一见到韩愈就使劲拍着他的肩膀说："唯有勇哉韩夫子，敢向刀丛觅诗还！"

韩愈已经五十三岁了，听了这句夸赞，立刻觉得自己变成了小伙子。不知怎么，他忽然想起了当年的白鹦鹉和白八哥，它们傲慢的眼神在他脑海里一闪而过，他笑了，立刻回了裴度一首七绝《奉使镇州，行次承天行营，奉酬裴司空相公》：

> 窜逐三年海上归，逢公复此著征衣。
> 旋吟佳句还鞭马，恨不身先去鸟飞。

是的，他从千里马变成了一只鸟，飞到叛军队伍里，傲视群匪，不费一兵一卒，仅靠三寸不烂之舌，瓦解了叛军，解除了威胁，胜利而归。

韩愈有两个最好的朋友：一个是政治上的朋友裴度，一个是文学上的朋友柳宗元。裴度非常欣赏韩愈，可他永远理解不了韩愈写的那些在他看来乱七八糟的诗文；柳宗元和韩愈政见不同，但是韩愈写的文字，他懂。

裴度不知道韩愈什么家禽猛兽甚至妖魔鬼怪都能往诗文里写。在《毛颖传》一文中，韩愈变成了一支毛笔。在《送穷文》一文中，韩愈居然正儿八经地和五个穷鬼对话。柳宗元却很喜欢，他知道这是韩愈在为推行他的"古文运动"尝试各种写作方式，他连写

裴度《溪居》："门径俯清溪，茅檐古木齐。红尘飘不到，时有水禽啼。"

情诗都在模仿《诗经》和"古诗十九首"的风格，他的创新能力让柳宗元由衷佩服。

裴度知道，潮州的鳄鱼之所以迁移走了，并不是因为他那篇装神弄鬼的文章，而是因为他带领当地百姓疏通水道，让沼泽变成了良田，鳄鱼没有了生存的环境。柳宗元也知道，韩愈不过是借《祭鳄鱼文》来痛斥当时的贪官污吏。

政治家看到的是韩愈杰出的政治才能，文学家看到的是韩愈高超的文学能力。所以，韩愈既是政治家，又是文学家。但有一点，他们的看法是相同的，韩愈是一个认准目标绝不回头的人。他要推行"古文运动"，就身体力行，将古代散文史的水面搅了个天翻地覆；他要强调老师的作用，就"抗颜为师"，不管别人的白眼和唾沫星子；他要反对佛教，就不惜冒着生命危险，哪怕知道前方是刀山火海也要向前闯；他要儒家兴邦，走到哪里就把儒家文化的种子播种到哪里，他去潮州之前，那里只出过三个进士，他走之后，到北宋时那里进士的数量已超过百人。

原来，韩愈拿动物开涮，不过是当作生活的调味品而已。

长庆四年（824）十二月，韩愈去世，享年五十七岁，他的谥号是"文"，世称韩文公。

《新唐书·韩愈传》评价说："自愈没，其言大行，学者仰之，如泰山北斗云。"是啊，韩愈之后，百代推崇，他的光芒如星斗辉耀神州。他的"铁杆粉丝"苏轼在潮州写的那篇《潮州韩文公庙碑》里的评价最为全面："文起八代之衰，而道济天下之溺；忠犯人主之怒，而勇夺三军之帅。"

然而，所有人的评价，其实都不抵他自己的一句心里话："仰不愧天，俯不愧人，内不愧心。"（《与孟尚书书》）文如其人，见字如面。他调皮、他不羁、他狂放，然而他用最真实的方式活出了最无悔的一生。

我来过，我哭过，我笑过，我，不后悔。

【延伸阅读】

1. 钱基博：《韩愈志 韩愈文读》，华中师范大学出版社，2012 年

2. 韩愈（等）著，王会磊注评：《唐宋八大家散文》，长江文艺出版社，2015 年

3. 金性尧：《夜阑话韩柳》，北京出版社，2015 年

4. 邢军纪：《一代文宗：韩愈传》，作家出版社，2016 年

李商隐

李義山

知道你傻呀，偏偏还是喜欢你

对于出生于晚唐时期（约813—858年）的小伙子李商隐而言，"傻"字有以下三层含义：以为仅仅凭才华就可以去打拼天下，太天真；吃一堑绝不长一智，在哪儿跌倒就在哪儿趴着；在人世间游走居然不戴面具，把真诚时时刻刻写在脸上。一言以蔽之，李商隐就是个"非常非常非常傻"的"傻孩子"。下面就来盘点盘点他做的那些傻事。

1

要说李商隐傻，那是指情商，他的智商其实蛮高的。

他出生的时候，父亲李嗣在获嘉（今河南获嘉）当一个小小的县长。三岁，他随父亲迁往浙江。他出生在孕育了中原文化的黄土地上，成长在江南的青山绿水之间。江南的美景塑造了李商隐柔顺、唯美的个性，也成了他一生中最绮丽、最旖旎的梦。

快乐的时光稍纵即逝，李商隐十岁时，父亲去世。这是他们家族难以逃脱的短命噩梦。他的曾祖李书恒只活了二十九岁，他的祖父李俌^(fǔ)给孩子取名李嗣，就是希望他能长命，为李家绵延子嗣，然而他自己也没活过三十岁便撒手人寰。

李嗣给儿子取名商隐。它来源于隐者商山四皓^(hào)的故事。据说秦末汉初时，商山（今陕西商洛境内）长期隐居着四位黄老学者，出山时眉毛都白了，故被称"商山四皓"。刘邦久闻他们大名，想请他们出山为官，但被拒绝了。刘邦登基后欲废太子，于是张良请来商山四皓，在宴席上侍立于太子刘盈身边。刘邦见太子背后站着四位白发苍苍的老人，知道他们愿意辅佐太子，就打消了改立太子的念头。汉惠帝刘盈即位后，商山四皓便悄^(qiǎo)然隐退，继续回商山，过那不问世事、云淡风轻的生活去了。

李商隐从小就知道，他的父亲希望他像商山隐者那样，能活到白发苍苍。李嗣临死前，给李商隐取了个字，叫"义山"。一般情况下，行了弱冠礼才会取一个和"名"相关联的"字"。这个"字"代表已经长大成人，无论是父母长辈，还是同学朋友，都要称呼他的"字"，以示尊重。可是，李嗣等不到儿子二十岁了。

李商隐始终想不明白，父亲为什么给他取这样一个字。不过生活没有给他时间和心情去过多地纠结这个问题，他必须和母亲带着父亲的灵柩和年幼的弟弟千里奔徙，回到老家荥^(xíng)阳（今河南荥阳）。

"四海无可归之地，九族无可倚之亲。"（《祭裴氏姊文》）这个命苦的孩子就这样一夜之间长大，回到家徒四壁的老宅子之后，开始了他"佣书贩舂^(chōng)"的生活，一边给别人抄书，一边买进带壳的谷物，舂成细粮后再转手卖掉，以补贴家用。

幸运的是，他的族叔李处士开始教他和弟弟读书，李商隐很聪明，很快学会了老师所有的学问。不幸的是，李处士是个活在现实社会里的古人，把满身不合时宜的学问教给了兄弟两个，唯独没有教给他们在这个世界生存的基本法则——"世事洞明皆学问，人情练达即文章"。

2

李商隐遇到生命中最大的一个贵人时，刚刚十七岁。这个贵人就是晚唐骈文大家，时任天平军节度使的令^(líng)狐楚。他的骈文和韩愈的古文、杜甫的诗歌被公认为"三绝"。当时的唐朝，连公文、奏章、贺词、祭文等都要用对仗工整、讲究辞藻的骈文来写，令狐楚可是这方面的高手。

衣着寒酸、神情拘谨的李商隐站在令狐楚家门外前来拜谒的时候，拿给他看的是早已过时的古文。但令狐楚一眼就看中了李商隐的才华，不会写骈文，他可以教哇！

在李商隐的眼里，令狐楚就像是太阳，他的光芒简直可以照亮自己的一生。令狐楚让他住进自己的家里，和自己的儿子、侄子一起读书，带他去见世面，带他拜见好朋友白居易、刘禹锡，逢人便讲李商隐的才华，甚至让他替自己写呈递给皇帝的公文，还出钱资助李商隐去参加科举考试。

时来运转的李商隐此时只要稍微有点常识，有点情商，他的一辈子都会是康庄大道。然而，他傻乎乎地站在了乌云下面，这片乌云就是——牛李党争。以牛僧孺为党魁的牛党，和以李德裕为领袖的李党，在政治舞台上轮番登场，互相倾轧，绵延四十年，成为晚唐三大顽疾（藩镇割据、宦官专权、朋党之争）之一。

党争就党争吧，这和年轻的李商隐有什么关系？当然有关系！只要想从事政治，任何人都别想置身党争之外。在这场政治斗争中，最重要的事情不是你多有才华、多有能力，而是你必须旗帜鲜明地站在某一队列，否则绝没有你的立足之地。

令狐楚和牛僧孺交好，自然是理所当然的牛党人物。但李商隐不知道这些潜规则，他只知道好好和令狐楚学习骈文，将来考上进士，能封个一官半爵，给李家光宗耀祖，让吃了大半辈子苦的母亲过上好生活。他为令狐楚写下了"自蒙夜半传衣后，不羡王祥得佩刀"的诗句来表达他的知恩图报之心。

令狐楚的确很看重李商隐的才华，可是傻孩子，你难道看不出来，他这样做，也是在给自己的儿子培植政治力量吗？你考了三次试都名落孙山，他的二公子令狐绹只不过是个右拾遗，在主考官面前说一句话，你马上就榜上有名，你以为真的是靠你的才华？令狐绹，谁都能看出他是一支潜力股，他就是令狐楚的接班人，有多少人想搭上他这条船。而和他玩得最好、最投缘的李商隐却看不出来。

二十五岁的李商隐在考上进士后，娶了李党泾源节度使王茂元的女儿为妻。那时王茂元请进士们吃饭，他的小女儿看上了李商隐，李商隐也对那个温柔美丽的女孩子一见钟情，加上王茂元也很欣赏李商隐，就把女儿嫁给了他。

令狐绹要气炸了。令狐楚刚去世不久，李商隐还为他写了墓志铭，结果刚刚考中进士就改弦更张，居然娶李党人的女儿为妻。他绝对不会相信，李商隐是真的不知道这些官场的潜规则。

就这样，傻孩子李商隐在不自觉中放弃了他人生中唯一的太阳。从此，他的一生，注定坎坷；他的世界，再无晴天。

3

李商隐获得进士资格后，按规定一年之后通过考试复审，即可授官。但这个傻孩子马上就尝到了他"背叛"牛党的后果，直接被复审除名。

二十七岁的李商隐又一次参加授官考试，任秘书省校书郎，只是做做校对的工作。不久，他调离京城，任弘农（今河南灵宝）县尉。

到了弘农任上之后，李商隐依然很傻。他满腔热血地为蒙冤的死囚犯减刑。对死囚犯而言，这是好事。但是对于原来审案子的上司来说，就是打脸的事啊！情商高的人会把功劳都归到上司头上，而自己只是奉命行事，大家皆大欢喜。李商隐是怎么做的呢？他说这样的冤案恐怕还有很多，要严查到底。他果然受到了上司的责难。

李商隐愤而辞职。我不过是说了真话而已，我有错吗？在那个黑的都要说成白的年代，你还说实话！你说，你是不是傻，你是不是傻！

辞职后的李商隐去参加人才破格考试，此时刚好李党领袖李德裕上台，李商隐有了新工作，结果还是去做订正校对的工作，比当初的校书郎品级还低了一级。

时运不济的李商隐，此时母亲和岳父相继去世，他回乡丁忧三年再回来，朝廷又是牛党的天下了。

李商隐居然不合时宜、不看形式地给令狐绹写信，回忆他们纯真的友谊。令狐绹当然不会理他，在令狐绹的心里，李商隐实在是道德败坏、首鼠两端的小人。李党败了，你准备再来依附牛党吗？

此时，被贬官在桂林任观察使的李党的郑亚，邀请他过去做自己的秘书，李商隐居然欣然前往，还写了一首诗《晚晴》："深居俯夹城，春去夏犹清。天意怜幽草，人间重晚晴。"初夏的岭南，久雨转晴。我在这里深居简出，生活清幽，虽然春已去，可喜的是夏季还算清朗。你看那小草，饱受雨水的浸淫，现在终于得到上天的怜爱，总算是雨过天晴了。

雨过天晴？你想多了吧？你刚给令狐绹写完信就投奔李党的人，你以为他会怎么想？吃十堑也不长一智的李商隐啊，你说，你是不是傻，你是不是傻！

果然，一年后，郑亚再贬循州刺史，李商隐工作无着落，无奈回京，经考试获得一个盩厔县尉的职务。三十七岁的李商隐，兜兜转转，折腾了十年，还是个小小的县尉。这十年，他吃了不少苦，看了不少脸色，情商却一点儿都没有提高。就连和他并称为"小李杜"的杜牧，也和他没有任何交集。

李商隐是那样崇拜杜牧，给杜牧写过两首诗，其中的名句"刻意伤春复伤别，人间惟有杜司勋"，也暴露了他低下的情商。他说杜牧是很好的诗人，可他压根儿不知道杜牧根本不想做诗人，杜牧的梦想是做军事家，不然他怎么会写出"东风不与周郎便，铜雀春深锁二乔"那样抒发怀才不遇之感的诗

杜牧画像

句?

再说，杜牧一直不喜欢白居易的诗风，觉得太俗。可白居易和李商隐关系很好，明确表示死后投胎转世要做李商隐的儿子，而李商隐也的确在白居易死后给儿子取名"白老"。那么，你现在给杜牧写诗，你觉得你付出了真诚，但是他会回复吗？

李商隐，你说，你是不是傻，你是不是傻！

4

后来李商隐又辗转奔波于徐州、四川，一生没有一次施展抱负的机会。他一直想用自己的努力为这个国家做点儿什么，可这无异于螳臂当车、蚍蜉撼树，他连自己家都没顾得上。在他三十九岁那年，远在四川的他得知妻子的死讯，万念俱灰，拒绝纳妾，开始吃斋念佛。

他最终还是回到了那片生育他的黄土地上，悄无声息地在四十五岁那年病逝于郑州。他死后五十年，唐朝灭亡，他的诗也渐渐湮没在浩如烟海的唐诗江湖。

时光悄悄滑过，后来有人翻阅他的诗集，发现了这样一首诗：

安定城楼

迢递高城百尺楼，绿杨枝外尽汀洲。

贾生年少虚垂泪，王粲春来更远游。

永忆江湖归白发，欲回天地入扁舟。

不知腐鼠成滋味，猜意鹓（yuān）雏竟未休。

这是他在复审除名后写的一首诗，此时的李商隐，还很年轻。

那天春风拂面，杨柳婆娑，他登上泾源古城头——安定城楼，纵目远眺，远处绿杨树边的沙洲尽收眼底。想想贾谊献策之日，王粲作赋之年，不都和自己一样年轻吗？我虽暂时遭遇困顿，可那又怎样！早晚我会像春秋时的范蠡^(lǐ)一样，等我回天撼地之日，旋转乾坤之时，我也要"乃乘扁舟，浮于江湖"。你们以为我稀罕当官吗？告诉你们吧，我就像庄子笔下那和凤凰同样高贵的鹓雏一样，是不会把你们手中的臭老鼠当作我的美味的。你的位置我不屑一顾，请你不要杞人忧天。

原来傻傻的"小李"，也曾有过和"大李"一样的狂傲啊！可凌云志抵不过现实的残酷，当年"永忆江湖归白发，欲回天地入扁舟"的豪情，终究也化作了泥土。

接着往下翻，估计这首诗不像它表面看起来那么简单吧？

嫦娥

云母屏风烛影深，长河渐落晓星沉。

嫦娥应悔偷灵药，碧海青天夜夜心。

李商隐啊，你真的是在写嫦娥孤凄无伴吗？还是在写自己郁郁一生不得志？再往下翻，终于找到了他命运悲剧的原因：

登乐游原

向晚意不适，驱车登古原。

夕阳无限好，只是近黄昏。

"乐游原"是个地名，长安城内地势最高的地方，登上它可望见整个长安。李商隐很喜欢这里，他还写过别的诗来表达他对乐游原的喜爱。可是今天，他心情有些低落，尽管天快黑了，他还是驾着车子来到这里，登上了乐游原。首先看到的，不是蜿蜒起伏的古老城墙，不是星星点点的万家灯火，而是那轮即将落山的夕阳。日薄西山的晚唐，漂泊无依的身世，真是令人惆怅万千。人间纵使有万千美好，就像这暖暖的夕阳，终究还是要落下。

李商隐，在世人眼中，你不懂把握机会，你不会经营关系，你没有处世经验，你真的很傻。可是，你一直拥有一颗没有被尘世污染的纯净心灵，否则，你怎会如此敏感，预言了山雨欲来风满楼的唐朝即将走向灭亡的结局呢？

此时，如果有耐心继续翻看他的诗集，你会惊奇地发现，你走进了一个缠绵悱恻、荡气回肠的爱情世界。

5

李商隐，这个完全不懂"人情世故"为何物的傻孩子，在现实世界碰得头破血流、伤痕累累，却躲进他的诗歌里，用最浪漫的想象、最繁复的典故、最美丽的文字为自己编织了一个美丽的爱情梦。这个中国的"情诗王子"，他经历过美丽凄凉的初恋，经历过爱而不得的痛苦，经历过生离死别的忧伤，他的诗，每一个字都是那么迷人，那么惆怅，尤其是他首创的"无题"诗。

无题（一）

相见时难别亦难，东风无力百花残。

春蚕到死丝方尽，蜡炬成灰泪始干。

晓镜但愁云鬓改，夜吟应觉月光寒。

蓬山此去无多路，青鸟殷勤为探看。

这份爱情，只有四个字可以担得起起笔就很沉重的两个"难"字——至死不渝。

无题（二）

昨夜星辰昨夜风，画楼西畔桂堂东。

身无彩凤双飞翼，心有灵犀一点通。

隔座送钩春酒暖，分曹射覆蜡灯红。

嗟余听鼓应官去，走马兰台类转蓬。

这份爱情，看重的不是物质，不是肉体，而是"心有灵犀"的灵魂相通。

无题（三）

来是空言去绝综，月斜楼上五更钟。

梦为远别啼难唤，书被催成墨未浓。

蜡照半笼金翡翠，麝熏微度绣芙蓉。

刘郎已恨蓬山远，更隔蓬山一万重。

这份爱情，就像是一个凄绝幽怨的梦。韶华已逝，却独居未嫁，任岁月蹉跎。这样的人生际遇，令人辗转叹息，不能入眠。

无题（四）

飒飒东风细雨来，芙蓉塘外有轻雷。

金蟾啮锁烧香入，玉虎牵丝汲井回。

贾氏窥帘韩掾^(yuàn)少，宓妃留枕魏王才。

春心莫共花争发，一寸相思一寸灰。

这份爱情，为何如此绝望？既然终归无缘，一寸相思带来一寸苦楚，一寸希冀带来一寸决绝，这样的爱，又何必让它开始？

这些诗，是为他的初恋——那个女道士宋华阳写的吗？是为他喜欢过的一个富商女儿柳枝写的吗？这些就无从知晓了，但下面这首诗，一定是为他的妻子写的：

夜雨寄北

君问归期未有期，巴山夜雨涨秋池。

何当共剪西窗烛？却话巴山夜雨时。

想想他从小就生长于富贵之家的妻子，婚前琴棋书画、金玉绫罗，婚后却荆钗布裙，忍受他常年在外的寂寞孤独。她从不埋怨丈夫的困顿潦倒，却用相濡以沫的相守来安慰丈夫那颗愧对她的心。

然而，他在巴山度过的那个刻骨相思的夜晚，他心心念念要回去共话巴山夜雨的妻子，早已和他阴阳两隔。他无法给她一生安稳，顾她一世周全，只有坐在窗前，靠着想象和文字与妻子在梦中相见。字字滴血啊，怎能不令人肝肠寸断、泪眼婆娑！

再往下读，很多人都要看不下去了，不是文字不美，而是典故太多。还有很多诗歌，隐晦迷离、难于索解，实在看不懂啊！难怪有人留下一句话，摇摇头走了："诗家总爱西昆好，独恨无人作郑笺。"（元好问《论诗三十首·十二》）李商隐这种西昆体的诗是很美，只可惜没有人为他的作品像郑玄注古书那样做出完美的注解。但是，更多人如获至宝，越往下读，就越是深深地陷入，无法自拔。

6

李商隐用文字为后人留下了一座诗歌迷宫，最令人费解又最令人着迷的，就是这首《锦瑟》：

锦瑟

锦瑟无端五十弦，一弦一柱思华年。

庄生晓梦迷蝴蝶，望帝春心托杜鹃。

沧海月明珠有泪，蓝田日暖玉生烟。

此情可待成追忆，只是当时已惘然。

我们仿佛看到一个十七岁的少年，他用怯怯的眼睛打量着这个世界，对未来充满幻想。他的世界曾经阳光灿烂，无奈乌云遮日，他的心——充满忧伤。在他的诗歌里，雨一直下。那是黄昏的凄风冷雨，那是楼台的潇潇细雨，那是巴山的凄凉夜雨，那是心里的绵绵小雨……

咀嚼着他的文字，我们仿佛隐隐约约看到了他敏感、脆弱、玲珑而又透明的一颗玻璃心。我们仿佛看到，李商隐躲在那些文字的背后，静静地朝着我们蹙眉微笑。他的微笑是那样无辜，那样哀伤，又是那样傻傻的单纯。

不知他是否想明白了父亲给他取名和字的真正内涵——李

商隐，字义山。这是要他学习商山隐者的高义啊，"天下有道则见^(xiàn)，无道则隐"（《论语·泰伯篇》）。是啊，治世方才现身，乱世合当隐去，你怎么不明白这个道理呢？你还一定要以一个出世的灵魂，去做一个入世的人，怎么能不被碰得头破血流呢？

在那样一个江河日下、人人自危、世风败坏的时代，你用你至真至纯的一颗心，小心翼翼地呵护着诗歌的美好，为唐代诗歌，也为后人留下了最美丽、最朦胧的一份心情。

还记得你第一次吃到竹笋时写的那句"皇都陆海应无数，忍剪凌云一寸心"吗？无奈你一语成谶^(chèn)，"虚负凌云万丈才，一生襟抱未曾开"。

是的，李商隐并没有做错什么，如果社会不给一个满腹才华、心灵纯净的人一点点出路，那么错的就是那个时代。

当唐朝诗歌随着时代的没落渐渐走向凋零的时候，李商隐又将唐诗推向了一个新的高峰。他的诗歌里有屈原香草美人的寄托，有阮籍归趣难求的意旨，有杜甫沉郁顿挫的情感，有李贺绮丽诡谲的风格……他善熔百家于一炉，又有自己独特的创新，他是中国朦胧诗的鼻祖。

李商隐的诗歌从社会意义上来说，虽不及唐朝三大诗人李白、杜甫、白居易，但这并不影响后人对他的喜爱。蘅塘退士从五万多首唐诗里遴选精华，编成《唐诗三百首》，其中杜甫诗三十八首，王维诗二十九首，李白诗二十七首，而李商隐的诗收录了二十二首，位列第四。可见他的诗受欢迎的程度。

一千多年过去了，有多少人还在念着这个傻孩子的诗，唱着这个傻孩子的诗，又有多少人还在爱着这个傻孩子的诗……

李商隐，明明知道你傻呀，可偏偏还是喜欢你！

此情可待成追忆，只是当时已惘然，已——惘——然——

【延伸阅读】

1. 苏缨，毛晓雯：《多情却被无情恼：李商隐诗传》，湖南文艺出版社，2013 年

2. 余恕诚，陈婷婷选注：《中华传统诗词经典：李商隐诗》，中华书局，2014 年

3. 董乃武：《锦瑟哀弦：李商隐传》，作家出版社，2015 年

4. 王蒙：《诗歌　译诗　论李商隐》，人民文学出版社，2020 年

李煜

我来到这人世间，也许就是个错误

人从出生的那一刻起，就注定了这辈子和"无奈"再也无法分开。没有人问一声你是否愿意，也不管你是否喜欢，你就来到了这个世界。南唐后主李煜，堪称千古最无奈之人。他不想做国主，可他无法选择拒绝；他不想亡国，可他没能保住他的国家；他深恋这滚滚红尘，可最终一杯毒酒夺走了他的生命。

捣练子令

深院静，小庭空，断续寒砧^(zhēn)断续风。无奈夜长人不寐，数声和月到帘栊。

曾经多少个失眠的夜晚，他就是这样在被软禁的汴京城里，听着寒风中的捣衣声，泪眼婆娑地望着南国的方向，望着天上那凄冷的月亮，对自己说："我来到这人世间，也许就是个错误……"

1

是啊，李煜的出生就是个错误。没有出生在伟大的唐朝，没有生长在繁荣的宋朝，偏偏遭遇了战乱频仍、刀光剑影的五代十国。那样一个群雄并起、弱肉强食的时代，怎能容得下一个善良到懦弱的人？他偏偏还出生在一个帝王之家。

说是帝王，那也是他爷爷时代的风光了，江山从父亲李璟手里交到他手里的时候，早已是千疮百孔、风雨飘摇。

爷爷李昪^{（biàn）}，是个传奇人物。他生长在唐末，原本是个孤儿，因为机缘巧合和胆识过人，在南方数十个分裂政权里建立南唐，成为"十国"这一历史时期版图最大、国力最强的国家。

李昪称帝那一年（937年），李煜在七夕节出生了。那时的他还不叫李煜，叫从嘉。从嘉，从心顺意，嘉和万世。这自然寄托了爷爷对他的厚望。他的字叫作重光，原因是他长相奇特，"骈齿重瞳"。门牙是重叠着长出来的，有一只眼睛里居然是两个瞳孔，宛如一个横卧的阿拉伯数字"8"。

这种"一目两眸"的现象叫作重瞳，属于瞳孔发生粘连畸变的现象。但在医学不发达的古代，这种所谓"异相"，被看作圣人的象征，传说中舜帝和项羽也是重瞳。

从嘉幼年时期有过短暂的幸福，那时南唐国力雄厚，拥有三十五州，囊括今江西全省及安徽、江苏、福建、湖北、湖南等省的一部分，人口有五百万人之多。李昪实施"息兵安民"政策，很有希望统一天下。那时，北方群雄还在互相征战，无暇顾及这些江南小国。南唐偏安一隅，是鱼米之乡、烟雨江南，被李昪治理得像是世外桃源一般。

烈祖李昪驾崩前反复交代他的儿子李璟，不要发动战争，能守成就是最大的成功。然而，随着李璟即位，六岁的小从嘉目睹了南唐江河日下的整个过程。

李璟继承了李昪的雄心壮志，却没有继承他的智慧。他不听从父亲的遗嘱，大规模对邻邦用兵，而且识人不明、耳根子软、任用奸邪小人，生活也奢侈无度。李璟很快就把父亲留给他的富庶之国折腾得国力下降，不复昔日强盛。就在此时，李璟遭遇了他的"终结者"——周世宗柴荣。柴荣是后周国君。当时北方有五个次第更迭的政权——后梁、后唐、后晋、后汉、后周，在历史上被称作五代，强大的后周逐渐统一了中原。

958年，李璟抵挡不住柴荣的御驾亲征，加上南唐又遭遇大旱和蝗灾，只好上表自请传位太子，划江为界，把江北之地尽献后周，同时削去帝号，用后周的年号来纪年，把南唐变成了后周的附属国。然后，他实力"坑儿"，把个烂摊子留给儿子，自己躲到南都洪州写他的诗词歌赋去了，为后人留下一句"细雨梦回鸡塞远，小楼吹彻玉笙寒"，之后因病撒手人寰。世人称他为"中主"。

二十五岁的李从嘉阴差阳错地从父亲手里接过了这个烂摊子，同时让这个摊子变得更烂。961年，他登基那天，父亲给他改名李煜。"煜"是照耀的意思。也许李璟希望儿子的异相能像舜帝那样光耀千古，去照亮南唐晦暗的前程吧，但南唐亡国命运已定，岂是改个名字就能挽回的？就这样，南唐历经烈祖、中主，到李煜这里，短短三十九年的时间而已。

多年以后，做了亡国之人的李煜从睡梦中突然醒来，想到梦中如此花好月圆、春风得意，忍不住泪流满面。

望江南

多少恨，昨夜梦魂中。还似旧时游上苑，车如流水马如龙，花月正春风。

李煜，你恨的不是梦中"游上苑"的快乐，你恨的不是"车如流水马如龙"的繁华，你恨的也不是"花月正春风"的美好，你恨的是这个梦啊！梦境越是美好繁华，醒后的悲哀就越是深沉浓重。

望江梅

闲梦远，南国正清秋。千里江山寒色暮，芦花深处泊孤舟，笛在月明楼。

又是一场梦，梦中又是江南，又是一个深秋。千里江山还在，芦花里的小舟还在，月光下的高楼还在，似乎还能感受到丝丝凉意，还能听到缕缕笛声。然而梦醒，一切都已远去，越来越远，越来越远……

南唐后主，这个充满了多少恨和绝望的称呼，就是历史留给李煜的名字。

2

对于无奈的事情，李煜没有选择"与其痛苦承受，不如快乐奋斗"，他的选择是——逃避。就像是青年时期的他在离金陵不远的钟山度过的那段隐居生活一样，他可以逃离宫中的钩心斗角，也不必看父亲郁郁寡欢的脸色。当一个国主是那么痛苦的事情，谁爱当谁当。他只愿与暮鼓晨钟、书山墨海为伴，闲时填词作画、练练书法，这样的生活何其逍遥！

渔父

一棹^(zhào)春风一叶舟，一纶茧缕一轻钩。花满渚^(zhǔ)，酒满瓯^(ōu)，万顷^(qīng)波中得自由。

要是一辈子都能这样泛舟逍遥该有多好，做一个悠然自在的渔翁，没有纷乱的世事，没有沉重的烦恼，一壶酒，一竿身，快活如侬有几人！他给自己取号钟山隐者、莲峰居士，希望一辈子都能住在这里，远离世俗，独自隐居。

况且李煜在诗词书画上的确很有天赋，他擅长行书，以独特的颤笔笔法行文，线条遒劲，好比寒松霜竹，世称"金错刀"。他还以卷帛^(bó)为笔，写非常大的字，人称"撮^(cuō)襟书"。在画作上，他画的竹子，从根到梢都瘦硬，被称为"铁钩锁"。

做一个太平世界的富贵闲人，是多少人的梦想！可惜，李煜没有这样的机会。

当上了国主的李煜，又一次过起了逃避的生活。虽然没有长在"太平世界"，但做一个"富贵闲人"总是可以的吧？对于个人而言，遇事持有逃避态度，也许耽误的是自己；而对一国之主而言，这种逃避，就是在一步步走向亡国。

他从小生于深宫之中，长于妇人之手，对百姓流离失所、民生艰难并无体会，又目睹宫中的奢侈生活，所以当上国主后，他的浪漫和想象力更是得以充分发挥。

他用嵌有金线的红丝罗帐装饰墙壁，以精美豪华的玳瑁为钉，夜晚时则悬一颗大大的夜明珠，让整个宫殿色彩斑斓、豪华无比；

他让人在屋外种满梅花，梅花丛中修建仅能容他和皇后二人赏花对饮的彩画小木亭，而梁栋、窗户、墙壁和台阶上，也都摆满梅花，李煜为它取名"锦洞天"；每年七夕的时候，宫殿里都会铺上几百匹红白两色的丝绸，摆成月宫和天河的样子，李煜就在这人间仙境里吟唱作乐，天明才散去。

他曾经写过一首词，从中我们可以窥见当年的李煜是多么奢靡、恣意和铺张。

浣溪沙

红日已高三丈透，金炉次第添香兽。红锦地衣随步皱。　　佳人舞点金钗溜，酒恶时拈花蕊嗅。别殿遥闻箫鼓奏。

李煜啊李煜，你就是这样来当国君的吗？日上三竿还不罢宴，像这样夜以继日地酣歌曼舞、耽于欢娱，你置国家安危于哪里？是啊，你是富贵闲人，你有金炉可以焚名贵的檀香；你的歌女头上戴的都是金钗；你在这里通宵达旦地歌舞，你的大臣也在别殿上行下效，你不亡国谁亡国？

极尽奢华，末世狂欢，夜夜笙歌，肆意任性，原本不过是为了逃避现实的压力。

有时候，面对无奈，想要真正做回自己，不是你想要做什么就能做什么，而是你不想做什么就能不做什么。无奈，便想要远远地逃避；而逃避，只能带来更深的无奈。

李煜不可能不知道，就在他登基的前一年，赵匡胤^(yìn)已经黄袍加身当了皇帝，建立宋朝。"未离海底千山暗，才到中天万国明。"（宋太祖赵匡胤语）雄心勃勃的赵匡胤，卧榻之旁，岂容他人鼾睡？

他已经消灭了南方的几个小国，对于南唐，他志在必得。李煜这只鸵鸟，还要把头埋在沙子里多久才能清醒过来？

而此时李煜的宫殿里，歌女还在演唱着他填的花间词：

长相思

一重山，两重山。山远天高烟水寒，相思枫叶丹。　　菊花开，菊花残。塞雁高飞人未还，一帘风月闲。

他想不到，他最终会落得一个"塞雁高飞人未还"的结局。那时的南唐百姓，不知道是否会遥望"一重山，两重山"；是否在看到满目"枫叶丹"的时候，想起这首《长相思》；是否能想到，他们的国主也正在流着泪，独自吟唱《望江南》。到那时，怕只能"心事莫将和泪滴，凤笙休向月明吹，肠断更无疑"（《忆江南·多少泪》）。

南唐就是在这样的纸醉金迷中，与强国渐行渐远，与亡国越来越近。

3

出生是错，做国主是错，逃避是错，然而不接受现实天天做梦更是错！他大婚的时候搞了一个大赦天下的仪式，赵匡胤非常恼怒：一个小小的附属国，谁给你权力让你大赦天下？李煜马上上表承认错误，马上进贡金银珠宝，并且自请把南唐国主的称号改为"江南国主"。

他后来还自降礼仪待遇，下的诏书不叫"诏"，而改为王用的"教"；他命人拆下宫廷屋脊两旁象征帝王威严的鸱^{（chī）}吻，那些封了王的弟弟也全部改封为公，他甚至请求赵匡胤对他直呼其名。他幻想用这种低到尘埃里的卑微去打动赵匡胤，希望不给宋发兵的理由，只要南唐不在他手里亡国，他就可以拖一天是一天，至少心理上感觉对得起祖宗和百姓。

但南唐大臣里并不是人人都会陪着他做梦，陪着他当软骨头。当时镇守武昌的名将林仁肇^(zhào)早已敏锐地嗅到了危险的气息。他在赵匡胤出兵攻打南汉的时候，给李煜提出了一个建议，乘着宋的部队千里行军十分疲惫之机，他带几万名精兵打过长江去，收复江北的土地。如果失败，可以把责任都推到他的身上，把自己的家人都抓起来，对外宣称这是林仁肇自己在搞叛乱。

这是何等赤胆忠心啊，我以我血荐轩辕，李煜，有了这样的将士，你难道还不能奋起一搏吗？但是，懦弱的李煜被林仁肇的话吓破了胆，他担心林仁肇真的带兵去收复江北，就把他调到南边的洪州去了，继而李煜又中了赵匡胤的反间计，派人毒死了林仁肇。可怜一腔报国热忱的林仁肇，作为一员武将，不是战死沙场，而是莫名其妙被自己的国君毒死在家中。

可恨！可恨！可恨！

在这样又窝囊又糊涂的人手下做臣子，有血性的人都要活活被气死。有个叫潘佑的臣子，对李煜在国内大力推行佛教的做法提出了严厉的批判，说他不但自己逃避，还要麻痹老百姓和他一起逃避。他还当面骂李煜是昏君，连桀纣都不如。李煜派人去抓潘佑，要和他好好理论一番，谁知潘佑不等他来抓，直接就在家里自杀了。李煜这个老好人，又为这件事后悔得吃不下饭，给潘佑家发了优厚的抚恤金，还专门写文章来悼念他。

还有个叫韩熙载的，李煜很想让他当宰相，不过他早已看透李煜，死了心。他故意做出一副醉生梦死的样子，在家里面养了四十多个歌伎，夜夜笙歌。李煜派人偷偷去调查，有个超人画家顾闳中，凭借着自己敏锐的观察力和惊人的记忆力，居然把韩熙载开宴会的整个过程都画下来了。中国绘画史上十大名画之一《韩熙载夜宴图》，原来是用这样一种做间谍的方式得来的。

就在李煜把国家搞得一团糟的时候，赵匡胤也在紧锣密鼓地为攻打南唐做着准备。狼要吃羊，还怕找不到借口吗？974年，赵匡胤以李煜拒绝来朝为由，联合吴越发兵攻打南唐。南唐，这个在李煜统治下苦苦支撑了十四年的国家，终于走到了生死存亡的最后关头。

李煜，此时终于从"落花狼藉酒阑珊，笙歌醉梦间"（《阮郎归·呈郑王十二弟》）中醒来，决心和这个准备夺走他土地的人决一死战。然而为时已晚，宋朝大军建起了史上第一座长江大桥——浮桥，然后从浮桥上南下，迅速攻到了金陵。

还有什么比梦醒之后发现无路可走更悲哀的事情呢？

可怜！可怜！可怜！

抵抗已经无用，何必连累城中无辜百姓的性命？975年，李煜带领手下四十余名官员肉袒出降，被俘至汴京，封为"违命侯"。违命侯！李煜，听听这个满带侮辱的称号，你可曾想到那些铁骨铮铮的大臣，你可曾在心中泛起一丝对自己无能的憎恨？

教坊离歌响起的那天，金陵的天空飘洒着片片晶莹的雪花。从高高在上的国主沦为阶下之囚，李煜的心中涌出无数苍凉凄惨，他提笔写下了一首词：

破阵子

四十年来家国，三千里地山河。凤阁龙楼连霄汉，玉树琼枝作烟萝。几曾识干戈？　　一旦归为臣虏，沈腰潘鬓消磨。最是仓皇辞庙日，教坊犹奏别离歌。垂泪对宫娥。

"国家不幸诗家幸，赋到沧桑句便工。"（赵翼《题元遗山集》）以这首词为界，此后，李煜词的境界大开，从缠绵悱恻的风花雪月到切入骨髓的凄凉悲壮，眼界陡然开阔，生出许多人生感慨，意境越发深远，形成了独特的词格。然而，这一切都是以亡国为代价的啊！

可叹！可叹！可叹！

4

生既无欢，死又何惧？然而李煜并不想死，他知道他来到这人世间就是个错误，可他仍然眷恋。他眷恋那"云一绹，玉一梭，淡淡衫儿薄薄罗，轻颦双黛螺"（《长相思》）的妻子，他那善歌舞通音律、艳压群芳的大周后；他眷恋他们在一起重修《霓裳羽衣曲》残谱的每一个日日夜夜，眷恋"晚妆初了明肌雪，春殿嫔娥鱼贯列。笙箫吹断水云开，重按霓裳歌遍彻"（《玉楼春》）的快乐时光；他眷恋她"绣床斜凭娇无那^(nuó)。烂嚼红茸，笑向檀郎唾"（《一斛珠》）的娇憨可爱、万种风情。然而，他做了对不起她的事情，在她重病的时候，他还和前来探病的大周后的妹妹偷偷约会：

菩萨蛮

花明月暗笼轻雾，今宵好向郎边去。刬^(chǎn)袜步香阶，手提金缕鞋。　　画堂南畔见，一向偎人颤。奴为出来难，教君恣意怜。

他也说不清楚为什么，他明明是爱着大周后的啊！也许因为妹妹就像当年的姐姐那样青春明媚？也许他不忍看妻子在自己面前死去，而又一次选择了逃避？还是，他原本就是个薄情郎？他又犯错了，他一辈子都在犯错，从来没有正确过，一直在做让自己后悔的事。何必来到这人世间，做这样一个无用的人！

然而这浮尘凡世啊，偏偏又是如此令人眷恋。那满腔愁思，仿佛飘散的落梅花瓣，拂了一身还满。他眷恋他深深爱着的词，"词"就是他的精神寄托。他可以在每一个春意阑珊的雨夜，不用时时被亡国的痛苦啃噬，因为"梦里不知身是客，一晌贪欢"（《浪淘沙令》）；他也可以在不敢独自凭栏远望无限江山的时刻，抒发感慨"流水落花春去也，天上人间"（《浪淘沙令》）。

春已去，国已破，他只是这人世间最不该存在的一个伤心过客。

又是一个不眠的漫漫长夜，他的小周后，那个最爱穿"天水碧"罗衫，最爱化"百花妆"，当年和他偷偷约会的女孩子，被宋太宗赵炅派人带走了。三千里家国江山被人生生夺去，如今连自己的爱人都保护不了，李煜，犹如万箭穿心，他怕，他不敢想。深秋之夜，只有梧桐叶在风中陪伴他哭泣，这个亡国之君，这个苟延残喘的阶下囚，孤身登上西楼，看着一弯凄冷的如钩弯月，他写下了一首词：

相见欢

无言独上西楼，月如钩。寂寞梧桐深院锁清秋。　　剪不断，理还乱，是离愁。别是一般滋味在心头。

那月，经历了多少次的盈盈亏亏，又见证了人世间多少次的悲欢离合？那情，为何如丝般缠绕心头，久久挥之不去？离愁，离愁，是枝叶离开了根的漂泊无依、孤苦伶仃啊！

小周后回来了，她衣冠不整、满脸泪痕。她对着他大哭、大骂，她使劲捶他、咬他，他却一动不动，心如刀割。

他恨，他恨赵匡胤兄弟俩，一个亡了他的国，一个辱了他的妻。他恨，他恨这个世界，他谁也没有招惹，可是为什么偏偏要他来承受这一切！可他更恨自己，为什么这么窝囊，如果国还在，怎么会承受如此的屈辱！他在心里骂了自己无数遍：作为一个男人，你怎么不去死！

一朝帝王如今沦落到如此地步，怎不叫人扼腕叹息。如果他不是生在帝王家，也不至于如此凄惨。可是生命没有如果，只有曾经。

他曾经拥有过多么美好的回忆啊！可是为什么美好的事物总是那样匆匆，太匆匆？还能回到过去吗？不可能了，不可能了，你看那破碎的春、破碎的心、破碎的梦、破碎的山河，自是人生长恨水长东。

他写下这首令人心碎的《乌夜啼》，生命也即将走向终结。

乌夜啼

林花谢了春红，太匆匆。无奈朝来寒雨晚来风。 胭脂泪，留人醉，几时重。自是人生长恨水长东。

978 年的七夕，那天是李煜四十二岁生日，他刚刚填了一首词，

李煜

|
157
|

来抒发他的亡国之恨。国家，他在位时只觉得这个词是个负担，而失去时他又感到了切肤之痛。

《虞美人》的歌声飘荡出来，那痛入心扉的悲哀啊，使人闻之落泪。赵炅听见了，杀心顿起，李煜你还在想你的国家，难道你还想复国不成！他派人送来一杯毒酒，据说这种叫作牵机药的剧毒，服食之后会令人五脏俱裂、痛不欲生。

李煜喝下了这杯毒酒，痛苦使他的头和脚蜷缩在一起，成为一张弓的形状。他在小周后怀里死去的时候，手指着南国的方向。小周后再也无所顾忌、无所留恋，随之殉情而死。

"世事漫随流水，算来一梦浮生。"（《乌夜啼·昨夜风兼雨》）终究还是大梦一场。

5

传说佛典中记载了天上的一种花，它白色而柔软，散发着清幽的香气，只要看到此花的人，心中的恶念自会去除。可是这种花在人间开的时间不对，它是春天开放的最后一种花，名字叫作荼蘼^(tú mí)，花语是——末路之美。

"开到荼蘼花事了，尘烟过，知多少？"（《红楼梦》）当荼蘼努力绽放芬芳的时候，表示春天已经过去，一切美好都无法挽留了。李煜就像是错来到人世间的荼蘼，他是那样单纯、自然、率真、毫不矫饰。读他的词，感觉他毫无保留地把自己整个的心灵世界一下子捧到了世人的面前，无论对与错，都是那样真诚而坦白。

王国维在《人间词话》里这样评价李煜："客观之诗人，不可不多阅世，阅世愈深，则材料愈丰富、愈变化，《水浒传》《红楼梦》之作者是也。主观之诗人，不必多阅世，阅世愈浅，则性情愈真，李后主是也。"

也许有些人就是背负了上天的命运与安排吧，李煜拥有了那样纤尘不染的赤子之心，却遭遇这样的国仇家恨。他来到这人世间，就是要用他的血、他的泪直悟人生苦难无常，所以他的词具有一种强大的感染人的力量。

做个才人真绝代，可怜薄命做君王。这个自认来到人世间是个错误的君主，在词史上做的贡献恐怕连他自己都不会知道有多么巨大。他"变伶工之词为士大夫之词"，在他被俘汴京的时候，整个汴京的文人都在填词。可是之前，很少有人看得上"词"这一文学形式。

恐怕赵匡胤也不会想到，他抓来的一个人，会对他所开创的王朝在文学上产生那样深远的影响。李煜被后人称为"词帝"。

他的文字有一种力量，总会不经意间在我们心中拨动出层层涟漪，那些绮丽婉转的忧伤，原来早已深埋心底。当我们在某一个孤独的夜晚，一遍一遍读着他用血泪写成的文字，总会觉得他似乎从未走远……

虞美人

春花秋月何时了？往事知多少。小楼昨夜又东风，故国不堪回首月明中。　　雕栏玉砌应犹在，只是朱颜改。问君能有几多愁？恰似一江春水向东流。

问君能有几多愁？恰似一江春水，向——东——流——

【延伸阅读】

1. 姚敏:《独自莫凭栏:词话南唐后主李煜》,天津教育出版社,2008 年
2. 李清秋:《落花流水春归去,一种销魂是李郎:悲情词帝李煜传》,中国华侨出版社,2013 年
3. 严晓慧:《悲读李煜,伤读易安》,中国华侨出版社,2014 年
4. 田居俭:《李煜传》,中华书局,2014 年

柳永

生命不过是一场灿烂的烟花

千年以前，福建武夷山鹅子峰下，一位白衣少年仰望头顶苍穹，灿烂银河、满天星光，把温柔的清辉洒向他清秀而忧愁的脸庞。他一直在思考一个问题：我来到这人世间到底是为了什么？

他总觉得自己的前世是一条鱼。他经常做梦，梦到自己在深海里游弋，他的身边有许多水草在海底最深处随着水波荡漾。那些有着曼妙身姿的水草在海底的柔波里轻舞飞扬，它们说，它们的愿望就是到岸上做一朵白天能感受温暖阳光、晚上能看见漫天星斗的花儿。

水草哭了，但是他看不见它们的眼泪。他也哭了，水草也看不见他的眼泪。他们的眼泪混在一起，你中有我，我中有你，分不清谁是谁的。水草说，我们一定要到岸上去，做一朵花。他说，我一定要化作天上最亮的一颗星，照亮你们的笑脸。

而现在，他化身为翩翩公子，而那些水草，他知道，一定散落在人间的各个角落，来实现她们做一朵花的愿望。

1

时光追溯到约 984 年，少年出生了，他的父亲为他取名柳三变。这个名字出自《论语》中子夏的一句话："君子有三变，望之俨然，即之也温，听其言也厉。"一看就知道这是希望他能够做修身、齐家、治国、平天下的君子。

不过，他的愿望不是做君子，他只想像一条鱼一样自由自在地生活。他的祖父和父亲都做过官，也算是官宦世家了，少年在整个家族所有堂兄弟中排第七，也叫柳七，我们就叫他柳七公子吧。

以"奇秀甲于江南"而闻名的武夷山把灵秀之气都赋予了这个少年，他不仅长相俊美，更善于填词。据说他小的时候在家乡武夷山看到过一首词《眉峰碧》，如痴如醉，从此再也无法忘却，连连写下歌颂武夷山美景的词作，被称作"鹅子峰下一支笔"。

他的家人为他骄傲，认为这个孩子将来一定光耀门楣，于是要他进京赶考。

"可是我为什么要进京赶考呢？"他仍然想不明白，他来到这人世间到底是为了什么。他爬上中峰，那里有一座中峰寺。他问寺里的禅师："大师，我来到这人世间到底是为了什么？"禅师拈花微笑，只说了三句话便闭目不语。他迷惑地离开了。

天边晚霞映照满山落叶，他想起了禅师说的第一句话："落叶满空山，何处寻行迹？"这满山落叶，你想要到哪里去寻找呢？禅师的这句话让他更加迷茫，其实他并不知道自己到底要寻找什么，既然家里人要他去赶考，那就去吧。

十九岁的柳七公子从老家武夷山出发，由钱塘入杭州，再经苏州到扬州，最后来到帝都汴京，他居然用了六年的时间。不是路途太遥远，而是他对俗世美景看花了眼。这个初次走出大山的少年，每到一处，都要迷恋那里的湖山美好、都市繁华，沉醉于听歌买笑、勾栏瓦肆之中，就要在那里滞留一段时间。

他要寻找，他究竟要的是什么，是什么最能打动他的心。

首先打动他的，是杭州的美景。这世间居然还有这么美的景色和这么富庶的城市！这不就是传说中的天堂吗？他年轻的心激烈地跳动着，迫不及待地要用文字为这座城市，为这块城中宝玉——西湖，勾画出他内心的画面：

望海潮

> 东南形胜，三吴都会，钱塘自古繁华。烟柳画桥，风帘翠幕，参差十万人家。云树绕堤沙，怒涛卷霜雪，天堑无涯。市列珠玑，户盈罗绮，竞豪奢。　　重湖叠巘(yǎn)清嘉，有三秋桂子，十里荷花。羌管弄晴，菱歌泛夜，嬉嬉钓叟莲娃。千骑拥高牙。乘醉听箫鼓，吟赏烟霞。异日图将好景，归去凤池夸。

你看这如烟的柳树、彩绘的桥梁、高高低低的亭台楼阁、隐隐约约的十万人家，澎湃的潮水卷起霜雪一样白的浪花，宽广的江面一望无涯。再看那琳琅满目的珠宝、家家户户的绫罗绸缎，无不向世人展示着这座城市的无尽奢华。

美丽的西湖和重重叠叠的山岭交相辉映，在这里，秋天时桂花满城飘香，而夏天的湖面，极目所望尽是少女般的荷花在风中摇曳。这里有吹笛子的渔翁、唱菱歌的采莲姑娘、骑着高头大马的王孙，好一幅国泰民安游乐图！我且把自己当作画中人，在醉眼蒙眬中吟诗作词，有朝一日我去朝廷任职，可以好好向同僚夸耀一番。

这首《望海潮》一出，杭州承平气象，形容曲尽。年轻的柳七公子，用他蓬勃的脉动为人世间留下了这热情澎湃的文字。柳七公子，一词名满天下。

传说在一百多年以后的南宋王朝，金主完颜亮看到柳七公子的这首《望海潮》，被他的描述打动，南犯之念顿起，不顾一干王公大臣的反对，提兵侵宋。虽未成功，但柳七公子的这首《望海潮》名气越来越大了。

后来有人这样形容这首词引起的轰动："谁把杭州曲子讴，荷花十里桂三秋。那知卉木无情物，牵动长江万里愁。"（谢驿《杭州》）那句高度凝练的"三秋桂子，十里荷花"也成了杭州的名片。

2

此刻的柳七公子，踌躇满志，他似乎知道了他想要的答案。从小他的父兄就告诉他："熟读圣贤书，货与帝王家。"是的，他要做天上最亮的那颗星，虽然他并不知道那些散落在人间的花儿到底身在何方，但只要能在这繁华的王朝考取功名，他就一定可以在整个大宋发光。

然而，二十五岁的柳七公子还不知道，等待他的命运竟是要落魄一生。

北宋王朝，繁华极盛，日日欢歌，纸醉金迷。歌台楼馆，莺莺燕燕，有梦幻般的哀婉弦歌，还有那轻俏婉转的莺声燕语。

他忽然听到楼里有人在唱他的曲子，不由自主地迈了进去，这一步，他一脚踏进了一个风情万种的世界，他看见了那些变成花朵的姐妹，那些在大海深处摇曳的身影。

是的，她们终究来到了人世间，只为了做一朵花的心愿。为了白天能感受温暖阳光、晚上能看见漫天星斗，即使只是做一个人人不齿、备受欺凌的歌伎。她们不是大家闺秀，可以端庄娴雅地接受来自四面八方的赞美；她们也不是小家碧玉，可以在父母的呵护中求得一世安稳；她们只是这花花世界中一朵朵不知名的小野花，在众人不屑的目光中，在众多肮脏的踩踏里，努力挺直脊背，迎风开放。即使所有的身影挡住了眼前的阳光，她们也可以在每一个自我疗伤的夜晚，向着漫天星斗歌唱。

而如今，他来了。她们的泪，他懂，在他还是一条鱼的时候，他就懂。懂她们，就拿起笔为她们写下赞美的文字吧。她们也是女儿身，也需要有人真心真意地爱护，也需要有人真心真意地疼惜。

世人讴歌牡丹，隐士歌颂菊花，君子独爱莲，世间哪一种花没有人歌唱？为何独独没有人为这苦苦想要绽放芳香的野花写下只言片语呢？即使是再卑微的花朵，她们柔软的心里也有渴望被爱的一抹温情啊！

恍惚中，他像是遗落在北宋王朝的一滴眼泪，在这人世间走一回，他竟觉得如此沉重。于是，他爱她们每一个人，他为每一个他爱过的人写下赞美的歌词。她们惊喜地拿出去唱，唱给每一个人听。

看，这是才子为我写的。

他夸我的歌唱得好："何当夜名入连昌，飞上九天歌一曲。"（《木兰花》）

他夸我舞跳得棒："英英妙舞腰肢软，章台柳、昭阳燕。"（《柳腰轻》）

他夸我会写诗："有美瑶卿能染翰，千里寄、小诗长简。"（《凤衔杯》）

他夸我声音好听："言语似娇莺，一声声堪听。"（《昼夜乐》）

他夸我的眼睛长得漂亮："柳街灯市花好多，尽让美琼娥。万娇千媚，的的在层波。"（《西施》）

一时间，汴京的烟花巷陌，到处在传唱柳七公子的词。自古文人多风流，可没有哪一个像柳七公子这样放肆地用文字向世人宣告，我在这世上经过，只为爱一场。

有人说："真名士自风流。"风流怎么可以说出来呢？在那些家里养了歌伎，妻妾成群的男人眼里，女人不过是衣服，他们甩给了柳七公子两个字——浮靡。

志在必得的柳七公子，自信一定可以"魁甲登高第"的柳七公子，在科举考试中惨败，长长的榜单看下去，居然没有"柳三变"这个名字。皇宫里也在唱柳词了，可是皇帝不能给这样一个浮靡的人功名。

柳七公子内心极其失落：我不过是怜惜她们而已，我不过是说了心里想说的话而已，我有错吗？好吧，既然不能遂你们的意，我又何必去讨好不喜欢我的人？于是，他拿起笔墨，挥毫写下：

鹤冲天

黄金榜上，偶失龙头望。明代暂遗贤，如何向。未遂风云便，争不恣游狂荡，何须论得丧？才子词人，自是白衣卿相。　烟花巷陌，依约丹青屏障。幸有意中人，堪寻访。且恁偎红倚翠，风流事，平生畅。青春都一饷，忍把浮名，换了浅斟低唱！

写罢，他唇角微扬，嘴角挂着一丝淡淡的笑，他白衣飘飘，挥一挥衣袖，吟诵道："空山无人，水流花开。"

"空山无人，水流花开"，这不是禅师告诉他的第二句话吗？是啊，空山有人无人，与我何干？我自开我的花，我自流我的水，我自填我的词，我自参加我的科举，我自偎红倚翠，我自风流狂荡，我做我人生的主角，有何不可？

柳七公子，你真的顿悟了吗？你真的想明白要把这短暂的青春，从此用来浅斟低唱吗？你要做一颗星的愿望，从此真的就放下了吗？你自称是"才子词人"的背后，有着怎样的无奈？你狂傲地宣扬自己就是百姓中的王卿，隐藏着多少的失落？不然，你为何会接连四次参加科举，接连四次都落榜呢？

仁宗皇帝看到他的这首词时，愤然用重重的笔墨在榜单上画去了他的名字："且去浅斟低唱，何要浮名！"

他彻底绝望，拿来一块匾额，在上面龙飞凤舞地写下七个大字："奉旨填词柳三变。"我不求人富贵，人需求我文章，从此，我还是一条自由自在的鱼，何其快活！那时的他也许没有想到："水流花开无人赏，浅斟低唱万古扬。"

3

此时的柳七公子，画檐深处，醉卧花丛，全身心地投入词的创作，开始大量填写慢词。

所谓慢词，就是在原来小令的基础上，曲调变长，字句增加。不要小看调子比以前长了、字数比以前多了这些不起眼的变化，这是宋词朝前发展的一大步！词的节奏放慢了，音乐变化多了，演奏起来更加悠扬动听，而复杂变化、曲折委婉的情感也更适合用慢词来表现。

多情如柳七公子，小令怎能让他酣畅淋漓地抒发他的多愁善感？柳七公子在宋词上的革新，后来的苏东坡、辛弃疾、李清照，哪一个没有受影响？就是当朝那个看不上柳七公子的晏殊，那个写下"无可奈何花落去，似曾相识燕归来"的宰相，也用过柳七公子开创的新调。

柳七公子所用的词调比晏殊多三倍，比欧阳修多两倍。宋词八百八十多个词调，有一百多个都是柳七公子首创。那时的柳七公子，俨然宋词掌门人。教坊乐工，只要有新腔，一定请他填词，才敢拿出来传唱。

然而，花自盛开水自流，一晌贪欢，醒来怅然，红尘滚滚，柳七公子终究还是没有看透。浅斟低唱，不过是一场灿烂烟花，转瞬即逝，而柳七公子要的，仍旧是那难以堪破的"浮名"，他要做亘古不变的星辰。

兰堂夜烛，百万呼庐，画阁春风，抵不过亲人对他鄙视的目光；爱恨离愁，莫不过满目青山空怀远。柳七公子背上行囊，他要"独自个、千山万水，指天涯去"（《引驾行·中吕调》），来一场寂寞的逍遥游。

离别凄惨，注定要在鱼与水草的眼泪中纠缠千年。当红颜知己虫娘追随到江边，面对秋日的凄风冷雨，想到多少年华如梦，曾经万紫千红，随风吹过，柳七公子不禁拉住虫娘的手，滴滴眼泪从腮边滑过，却一句话也说不出来。他想到了唐玄宗入蜀时在雨中听到铃声而想起杨贵妃，命人作曲《雨霖铃》，悲从中来。古往今来，只有把"情"字看得比生命还要重要的人才能体会生离死别的痛苦！

此情此景，月为灯光水为舞台，十里长亭杨柳岸、千里烟波远行舟为背景，而满脸凄楚、泪眼蒙眬的柳七公子和亭亭玉立的虫娘，他们把分离的场景演绎成了千年经典，而他们执手相看泪眼的画面，也成就了柳七公子的万古痴情。

雨霖铃

寒蝉凄切，对长亭晚，骤雨初歇。都门帐饮无绪，留恋处，兰舟催发。执手相看泪眼，竟无语凝噎。念去去，千里烟波，暮霭沉沉楚天阔。　　多情自古伤离别，更那堪，冷落清秋节！今宵酒醒何处？杨柳岸，晓风残月。此去经年，应是良辰好景虚设。便纵有千种风情，更与何人说？

是啊，多情自古伤离别！至此，"雨霖铃"始为词牌。

你不是东坡，你吟诵不出"人有悲欢离合，月有阴晴圆缺，此事古难全"那样豁达的诗句，你只是一条来自深海的鱼，你的眼泪是一世也流不完的。

可是这又有什么关系呢？这人世间有人喜欢东坡的豪放，就会有人喜欢你的婉约；有人喜欢看关西大汉手持铜琶铁板唱"大江东去"，就有人欣赏十七八岁的女孩儿执红牙板唱"杨柳岸，晓风残月"。正如有人喜欢恒久闪耀的星光，就有人喜欢灿烂一瞬的烟花。

千年时光，宋朝的风沙还在红尘中飞扬，而千年以来，有多少人一个一个溺死在他的情海里，不能拯救。他们读着柳七公子，唱着柳七公子，也念着柳七公子。

"凡有井水处，皆能歌柳词。"

柳永《雨霖铃》："寒蝉凄切，对长亭晚，骤雨初歇。都门帐饮无绪，留恋处，兰舟催发。执手相看泪眼，竟无语凝噎。念去去，千里烟波，暮霭沉沉楚天阔。　　多情自古伤离别，更那堪，冷落清秋节！今宵酒醒何处？杨柳岸，晓风残月。此去经年，应是良辰好景虚设。便纵有千种风情，更与何人说？"

4

当五十岁的柳七公子终于换来了"浮名"的时候，不知道他有没有想明白，他来到这人世间，到底是为了什么。

那远离繁华帝都的浙江宁海晓峰盐场里，昔日翩翩少年，如今干瘦老儿，谁还能看出他就是当年那个才华横溢的柳七公子？唯有从他因盐工艰辛而流出来的浊泪中，我们还可以看到他的多愁善感，一丝未减。

他在老百姓中的口碑甚好，被后来的很多县志列为名宦，在宋朝三百年间只有四人入选名宦的元代《昌国州图志》中，柳七公子也占据一席之位。只是他沉默寡言，哪里还有当日"才子词人，自是白衣卿相"的狂傲？他勤勤恳恳、恪尽职守，只是希望能得到一次升迁的机会，而最终，他只是做到了屯田员外郎而已。

久困选调，终于游宦成羁旅的时候，他想到了昔日的红颜知己，不知她们现在是否还好，她们是否也会想到他，愁倚阑干，登高望远，"望故乡渺邈，归思难收"？那如烟似的乡愁、那羁旅他乡的哀怨，还是交给这《八声甘州》来替年老的柳七公子诉说吧！

八声甘州

对潇潇暮雨洒江天，一番洗清秋。渐霜风凄紧，关河冷落，残照当楼。是处红衰翠减，苒苒物华休。惟有长江水，无语东流。　　不忍登高临远，望故乡渺邈，归思难收。叹年来踪迹，何事苦淹留？想佳人，妆楼颙（yóng）望，误几回，天际识归舟。争知我，倚阑干处，正恁凝愁。

"渐霜风凄紧，关河冷落，残照当楼"是苏轼最为欣赏的画面，他虽与柳永不同路，却由衷地为柳永的才华折服。

柳七公子并不知道这一切，他终究还是后悔了，他想到了自己曾经写下"我不求人富贵，人需求我文章"的誓言，想到了"我要做我人生的主角"的豪气冲天，然而，都没有做到。"追思往昔年少，继日恁、把酒听歌，量金买笑。别后暗负，光阴多少。"（《古倾杯·冻水消痕》）追忆往日青春年少的美好时光，有过多少次的连日饮酒听歌，千金买笑啊！离别之后才发现，在不知不觉中辜负了多少美好岁月！

如果能得永久，何必一生三变？他默默地把"柳三变"改为"柳永"，把字"景庄"改为字"耆卿"。如果可以，请让我多活几年，我一定会做到"万古长空，一朝风月"。

他流泪看向茫茫天幕，后悔自己此刻才参透禅师送给他的第三句话："万古长空，一朝风月。"人生何其短暂，只有超越时空，把握当下，才能和天地同在。

他终究没有多活几年，约 1054 年，柳永死去了。

5

我们不知道他具体出生于哪一年，也不知道他具体死于哪一年。他的墓在哪里，现在人们还在争论不休。宋代的《国史》里载满了文人墨客，却容不下旷世才华的柳七公子；多少庸庸碌碌的人在《宋史》里川流不息，却看不到柳七公子一个黯然转身的背影。

只是知道他死的时候孤苦无依、穷困潦倒，是歌伎凑钱安葬了他。也许他自己都不知道，他虽没有得到帝王的垂青，却得到了这些人间卑微女子的真爱，他是人间的"无冕之王"。

让我们来听听歌伎们怎么唱的吧："不愿穿绫罗，愿依柳七哥；不愿君王召，愿得柳七叫；不愿黄金屋，愿得柳七心；不愿神仙见，愿识柳七面。"

还有什么比得到人的真心更难的事情吗？柳七公子，你做到了。当所有人都不把她们当作一个"人"来尊重的时候，你尊重她们；当所有人都把她们当水草一样来藐视的时候，你把她们当作最美的花捧在手心；当所有人无视她们"独倚阑干愁拍碎，惨玉容，泪眼如红雨"（卢祖皋《贺新郎》）时，只有你会痛感"系我一生心，负你千行泪"（《忆帝京》）。

你死了以后，每年的清明时节，阳春三月，歌伎纷纷来为你扫墓、烧纸钱。她们为你流泪，恨不早与你相逢，相逢在有你置身的风景中。不能和你相遇，就和你在同一片天空下呼吸；不能和你在同一片天空下呼吸，就年年清明时节"吊柳七"。此后，居然形成了风俗"吊柳七"。怪不得有人这样说："乐游原上妓如云，尽上风流柳七坟。可笑纷纷缙绅辈，怜才不及众红裙。"（冯梦龙《喻世明言》）

柳七公子，你值得她们为你流下的每一滴眼泪。你是在用生命为她们写词啊，只有你，才是最懂她们的人。

凤栖梧

伫倚危楼风细细。望极春愁，黯黯生天际。草色烟光残照里，无言谁会凭阑意。　　拟把疏狂图一醉。对酒当歌，强乐还无味。衣带渐宽终不悔，为伊消得人憔悴。

好一句"衣带渐宽终不悔，为伊消得人憔悴"！柳七公子，生命不过是一场灿烂烟花，有人看到了，有人欣赏了，有人记住了，谁说它不能天长地久？

千年以前，月白风清下，一位白衣公子迎风而立，翩若惊鸿，酡颜绽放，醉向烟波浩渺的大海。晚风吹拂着他内心的思绪，那思绪如同大海的波浪。他似乎看到一条鱼在水草边游来游去。他听到水草说，我们一定要到岸上去，做一朵花；鱼说，我一定要化作天上最亮的一颗星，照亮你们的笑脸。他望向深蓝色的一弯穹隆，灿烂烟花在头顶绽放。他听到水草说，看到了看到了，真美呀。鱼说，你们喜欢吗？水草说，这么美，怎么不喜欢？要是让我们到岸上去做一朵花，这烟花就算只看一次，也不枉了这一生！他微笑负手而立，风华绝代。

几十年后，被称为"千古第一才女"的李清照，手捧这位白衣卿相的《乐章集》泪水涟涟："有柳屯田永者，变旧声作新声，出《乐章集》，大得声称于世。"她接过柳七公子的衣钵，潜心钻研，终使"词"这一不受文人正眼相看的"诗余"在宋朝站稳了脚跟，并和"苏辛"并肩站立，使"婉约词"和"豪放词"一起在大宋的天空绽放出最绚丽的烟火。

柳永，终成一代词宗。

【延伸阅读】

1. 薛瑞生选注：《柳永词：中华传统诗词经典》，中华书局，2005 年

2. 元坤：《千古第一情种柳永》，中央编译出版社，2010 年

3. 王国维:《人间词话》，中华书局，2012 年

4. 倾蓝紫:《柳永:系我一生心，负尔千行泪》，哈尔滨出版社，2012 年

5. 叶嘉莹:《人间词话七讲》，北京大学出版社，2014 年

晏殊

让你们这些"后浪"瞧瞧，什么叫高情商

人人都知他是"太平宰相"，雍容优雅，风风光光；谁知他专业"背锅"五十年，也曾暴跳如雷，也曾内心凄凉。领导甩的锅，他得^(děi)背；同事甩的锅，他得背；弟子甩的锅，他还得背。九百多年过去了，还有人说他"太圆滑"。他就是"背锅侠"——晏殊。难道这锅要一直背下去吗？

不，今天就要让你们这些后浪瞧瞧，什么叫——高、情、商。

1. 飞机票

如果说人生是旅途，有的人坐车，有的人走路，那么，晏殊一出生就拿到了飞机票。是他出生在高官之家吗？非也。是他家里有矿吗？非也。是他生活在书香门第吗？非也。他的父亲是个警察，每天的工作就是抓贼。（朱熹《宋名臣言行录》："公父本抚州手力节级。"）

那怎么说他拿到了飞机票呢？原因有三。

其一，生活的时代好。什么样的时代是好时代？没有战争，个人通过努力就能改变命运的时代，就是好时代。晏殊出生在北宋初期（991），你知道这之前是什么朝代吗？五代十国，历史上一个大分裂的时代。仅仅过了一百多年（1127），中国就又分裂了，进入南宋时期。晏殊是不是很幸运？

其二，天资聪颖。一个人的天分重要不重要？太重要啦！晏殊从小就被称为"神童"，五岁写诗，七岁作文。私塾先生出上联：圣贤书中求富贵。小晏同学马上对：龙虎榜上争魁豪。瞧瞧，又聪明又爱学习，还胸怀大志，这让别人怎么活？简直比"别人家的孩子"还"别人家的孩子"。

其三，有贵人相助。第一个贵人，李虚己，洪州（今江西南昌）副市长（通判）。他听说有个神童十三岁，立刻把他接到家里，亲自给他当家庭教师。市长？家教？简直是天上掉下个大馅饼啊，怎么会有这么好的事呢？原来，北宋的治国方针就是：与读书人共天下。"朝为田舍郎，暮登天子堂"，只要学习好，一步登天绝不是梦。况且，李虚己有个女儿，也十三岁，嘿嘿。

第二个贵人，张知白，中央财经委员会办公厅主任（直史官，掌管三司开拆司）。他是来洪州出差的，李虚己趁机把晏同学介绍给了他。当时的"童子举"不是定期选拔，而是由各地的官员推荐。晏同学就这样得到了次年考试的机会。

第三个贵人，陈彭年，国务院副总理（参知政事），音韵学家。晏同学脱颖而出，中了进士，还做了个小官，只拿工资不干活。天理啊，天理在哪里？那他做什么？跟着陈导师继续学习呗，带薪硕博连读。李虚己顺理成章地成了他的老丈人。十四岁，家庭事业双丰收！你说他是不是拿到了飞机票？

不仅如此，他还坐上了豪华飞机的头等舱。因为，小晏同学遇到了一个更大的贵人。

2. 大贵人

这个大贵人，就是宋真宗赵恒。他是北宋的第三任皇帝，爱好文学，擅长书法。

"书中自有千钟粟，书中自有黄金屋，书中自有颜如玉。"（《励学篇》）这就是宋真宗给读书人画的饼，所以当时流传着一句话："万般皆下品，唯有读书高。"赵大贵人有多重视读书人呢？看看晏同学的经历你就知道了。当宋真宗看到晏同学的卷子，喜欢得不得了：哦，天哪，满分！

宰相寇准是个地域黑，觉得江南人都是蛮夷。他马上强烈反对，说晏殊是江西临川人。寇准，《杨家将》里的寇老西儿，就是他拥立真宗做的皇帝，也是他力排众议，鼓励真宗御驾亲征辽国。之后两国结束战争，签订"澶^(chán)渊之盟"，从此北宋进入经济繁荣期，史称"咸平之治"。真是个大大的功臣。

现在，真宗对寇老西儿说，反对无效。又把晏同学招来，亲自面试。谁知晏同学看了一眼试题说："皇上，这个题目我做过，您另出一个吧。"这也太诚实了吧。不过，押题水平真挺高。意气风发少年郎，折柳仗剑走四方，这么小的年龄，出道即巅峰，晏殊会不会得意忘形？

有这么几个小故事。

宋真宗听说晏殊的弟弟晏颖，也是个神童，就叫晏殊把他的文章拿来看看。晏颖一听，赶紧拿来最得意的，让哥哥帮忙修改一下。谁知晏殊直接给皇帝递上去了。这是对弟弟太有信心，还是不愿意弄虚作假？不管哪种原因，都是加分项。

北宋官员的业余生活很丰富，经常喝酒聚会，每次晏殊都不去，带着弟弟闭门读书。真宗赞叹，这兄弟俩，太爱学习了！谁知晏殊却老老实实地说，我也想玩，但工资都补贴家用了。真宗立刻决定：升职，加薪！

真宗问晏殊一些问题，会写在一张小字条上。晏殊呢，每次回答完，都把小字条一起还回去。聪明、诚实、自信，还这么严谨低调，难得啊难得！后来，晏殊家里接连遭遇不幸，祖母、父亲、弟弟、妻子、母亲相继去世。晏殊回去守孝，真宗有过两次"夺服"行为。何谓"夺服"？就是在迫不得已的情况下，结束守孝，回来上班。难道发生了什么重大事件，非要晏殊来处理不可？不，真宗给出的理由是两个字——思之，而且还亲自派船去接。真大大，晏同学在您眼里是得有多优秀啊？

那么，背锅是怎么一回事呢？

3. 刘太后的锅

小晏同学升得太快，简直像坐了火箭。二十四岁，很多人还在寒窗前苦读呢，他就被真宗"赐绯衣银鱼"，特许可以穿绯^(fēi)色（深红色）官服，佩银鱼袋，享受五品官员的待遇。他还做了皇子的伴读，这个皇子，就是未来的宋仁宗啊。天哪，这下连抱大腿的劲儿都省了。二十八岁，晏殊做了太子的老师，还有皇帝的首席御用秘书。

乾兴元年（1022），宋真宗驾崩，年仅十二岁的太子即位，皇太后刘娥听政。这之后，晏殊继续坐着火箭往上升——做皇帝的顾问，编纂《真宗实录》，做副宰相（枢密副使），还兼任刑部侍郎，公检法部门全都归他管。三十五岁，晏殊就到达了人生巅峰。

然而两年后的一天，晏殊忽然被贬官了，理由很奇怪——打人。打人？怎么可能！这是真事，晏殊真打人了。他急着上朝，随从却慢吞吞地送来手板，他随手一挥，当即敲掉了随从的几颗牙齿。没想到这还是个多功能手板。

晏殊平时做事不是很严谨、很低调吗？这事另有原因。在打人事件发生之前，刘太后和晏殊因为一件事闹得很不愉快。太后要任命张耆(qí)做枢密使，相当于宰相，晏殊强烈反对。张耆是谁？就是他冒着被宋太宗杀头的危险，把当时的卖艺女刘娥偷偷藏家里，使得少年宋真宗和她偷偷约会了十五年。这个八卦大家都心知肚明。张耆是武将，这个官位的确不适合他，但是谁敢反对？

晏殊心情烦躁，一不小心，就背了个"大臣失仪"的锅。背着这个锅，晏殊来到了应天府。他一到这里，第一件事就是抓教育，重建应天书院，然后扩招。还把当时在家守孝的范仲淹请过来当校长。这个范仲淹，是个要求非常严格的人，一到晚上就去查寝，看谁睡得早就把他拽起来考查功课。

五代以来，教育废弃，但从晏殊开始，兴办教育之火熊熊燃烧，北宋四大书院这才名闻天下。晏殊还在这里和朋友们填词作诗，看看这首：

浣溪沙

一曲新词酒一杯，去年天气旧亭台。夕阳西下几时回？　　无可奈何花落去，似曾相识燕归来。小园香径独徘徊。

这首词一经传出，"无可奈何花落去，似曾相识燕归来"立刻红到火星。这次贬官，还为后来他推荐范仲淹埋下了伏笔。那个

晏殊《浣溪沙》："一曲新词酒一杯，去年天气旧亭台。夕阳西下几时回？　无可奈何花落去，似曾相识燕归来。小园香径独徘徊。"

晏殊

随从，牙掉得真值。

4. 范仲淹的锅

晏殊没有想到，第二次让他背锅的，竟然是范仲淹。事情是这样的：晏殊重回京都开封，当时国家图书馆管理员（秘阁校理）这个位置空着，晏殊推荐了比他大两岁的范仲淹。别看这只是个小官，好多人都眼红着呢，从这里升迁的机会很大。

范仲淹很感激，努力了十三年得到这个机会，可得好好珍惜。然而，刚到京城才一年，他就丢出一个炸弹：太后什么时候还政给皇帝？把晏殊急得呀，刘太后那么好惹吗？所以他一下朝就撑了范仲淹一顿：难道就你知道为国分忧？别人会说你沽名钓誉！（田况《儒林公议》）

范仲淹被噎得说不出来话，回去就自请外放，拍拍屁股，走了。但是，他写了一封给晏殊的公开信（《上资政晏侍郎书》），除了解释，结尾还慷慨激昂地说了一段话：感谢您的知遇之恩，如果您认为推荐我会连累您，那么这封信可以作为呈堂证供。此信一出，所有人都认为晏殊"圆滑"。晏殊这口锅背得，憋屈啊，但他没有解释。与其为自己辩解，越描越黑，不如用行动证明，清者自清。

十年后，范仲淹终于见识到了什么叫作"宰相肚里能撑船"。晏殊，也暗自赞叹范仲淹能力非凡，自己没有看错人。这对亦师亦友的好搭档，终于要联手搞事情了！

这一年，西夏入侵，范仲淹做司令。老范提出要防御，晏宰相力挺。你以为防御就是筑一道城墙这么简单？那也太侮辱老范的智商了。老范用了九个月的时间，竟然神不知鬼不觉地在西夏眼皮子底下修建了一座大顺城！（今甘肃庆阳华池县）这简直就是在西夏人的脖子上架了一把刀啊，太厉害了！晏宰相也没有闲着，他要保证老范一切顺利。不仅操心后勤供给、防着反对声音，还要说服皇帝支持老范。你在前方横冲直撞，我在后方支持周旋。

老范一生刚直，不懂政治斗争的险恶，他曾经把西夏来信给烧了，被别有用心者告到仁宗那里。晏宰相想尽办法，化险为夷。没关系，你刚，我柔。你"长烟落日孤城闭"，我"小园香径独徘徊"。

庆历三年（1043），他们又在全国开展了一场轰轰烈烈的教育大改革，史称"庆历兴学"。

"独愧铸颜恩未报，捧觞为寿献声诗。"（《过陈州上晏相公》）终此一生，范仲淹都毕恭毕敬地称呼晏殊为——老师。

5. 小修同学的锅

天圣八年（1030），晏殊也步入了中年大叔的行列。这一年，他成了天下学子仰慕的主考官。上天会安排一位考生出现，他此生都会和晏殊相爱相杀，直到两人去世，名字也会捆绑在一起。

他就是大名鼎鼎的欧阳修。日后，他会在北宋文坛叱咤风云，他会扭转"太学体"无病呻吟的文风，他会提携一大批文人，在中国文学史上大放

欧阳修画像

光芒。长江后浪推前浪，他也会和晏殊的其他弟子一起，把老师拍死在沙滩上。

现在，他是一名考生，坐在考场上。他已经过五关斩六将，一举拿下了"监元""解^(jiè)元"，如果这次能中"省元"，那就连中三元。近百年里也难有一个"连中三元"的人哪。

卷子一发下来，他傻眼了，题目是"司空掌舆地之图赋"。司空这个官名，周朝和汉朝都有，职权范围不同，这到底要写哪个时期的司空？他立刻前去质问。晏殊暗暗为他竖起大拇指，他故意留的漏洞，只有这个年轻人看出来了。省元，非欧阳修莫属。可惜后来的殿试中，小修同学只拿了个第十四名，没有拿到状元。据说是因为他太狂傲——呵呵，的确是，考试前他连状元袍都预订好了，获奖感言没准儿都在心里背诵一百遍了。

自隋唐起，中榜进士和主考官就默认为师徒。晏老师和小修同学，成了师徒关系。晏殊的"空杯宴"在当时很有名气，来了客人，先上一只空杯，满上酒，再由家人准备水果菜肴。喝酒不是目的，乐趣全在酒后吟诗填词。工作再忙，生活也要充满诗意啊。有什么问题，是写首诗解决不了的？实在不行，那就两首。所以，在晏殊眼中，什么都可以入诗。

可以写美景："高楼目尽欲黄昏，梧桐叶上萧萧雨。"（《踏莎^(suō)行》）

可以写风月："梨花院落溶溶月，柳絮池塘淡淡风。"（《寓意》）

可以写相思："天涯地角有穷时，只有相思无尽处。"（《玉楼春》）

可以写相友情："一曲清歌满樽酒，人生何处不相逢。"（《金柅园》）

小修同学也是座上嘉宾，可是这一次，他突然给晏殊扣了个大锅。哪根筋出问题啦？

6.“后浪”们的锅

庆历元年（1041），大宋和西夏的战事进入白热化阶段。

这一天，下了一场大雪，晏殊照例请大家来家里饮酒作诗。小修同学看不惯了：将士们在前线拼命厮杀，晏老师你身为宰相，还有心情赏雪？吾爱吾师，但吾更爱家国。于是，他大笔一挥，写了一首长诗，最后四句字字扎心：“主人与国共休戚，不惟喜悦将丰登。须怜铁甲冷彻骨，四十余万屯边兵。”

一口“不关心士兵”的大锅立刻扣到了晏老师头上。这就是“西园赋雪事件”。晏老师一口老血差点喷出来。好，有你的，小修。有本事你不要写“庭院深深深几许”啊，你怎么不写“人不寐，将军白发征夫泪”呢？我五十岁的人了，连工作和生活都分不清吗？你好歹也三十多了吧，怎么还这么率直天真？

算了，若是把官场那些虚与委蛇^{（xū yǔ wēi yí）}都学会，文章也写不出可贵的真性情。晏老师憋住内伤，两年后，在他的大力推荐下，小修同学当上了谏官。紧接着，就是范仲淹倡导的“庆历新政”。

这次改革，朝堂分为了两大派别。支持派：范仲淹、欧阳修、富弼、蔡襄、韩琦、余靖、石介等；反对派：吕夷简、夏竦、王拱辰、章得象等。晏殊和哪一派都有千丝万缕的联系。范仲淹、欧阳修不用说了，富弼是范仲淹的爱徒，还在学生时代，晏殊就把女儿嫁给了他。蔡襄是晏殊第二喜欢的学生，后来成为书法家的那个。吕夷简是老同事，虽说此人很狡猾，每次给朝廷推荐人，都是不

欧阳修《蝶恋花》:"庭院深深深几许,杨柳堆烟,帘幕无重数。玉勒雕鞍游冶处,楼高不见章台路。 雨横风狂三月暮,门掩黄昏,无计留春住。泪眼问花花不语,乱红飞过秋千去。"

如他自己的，但是他做事深谋远虑，还帮过自己。原来晏殊曾经给宋仁宗的亲妈李宸妃写墓志铭，不得已隐瞒实情，如果不是吕夷简为自己开脱，后果将不堪设想。

现在，两大派都快打起来了。每天叽叽喳喳，都说自己是君子，对方是小人。官家也很头疼。人性，哪里会是那么简单的非黑即白。不管支持派、反对派，还是酸酸甜甜苹果派，难道国家稳定不是应该放在第一位的吗？

小修这家伙还嫌不乱，竟然写了篇《朋党论》。天哪，你这是想玩死大家吗？难道不知道皇帝最忌讳大臣结党？晏老师决定把小修外放。然而，蔡襄联合孙甫等弟子，一记组合拳，直接把晏殊拉下了马。你作为老师，为什么不维护小修？为什么要和^{（huò）}稀泥？

晏老师顶着"和稀泥"这口大锅整整十年，直到临死前，才回到京城。

7. 无常

关于晏殊这次被贬官，有另一说法。仁宗之所以狠心把老师外放十年，是因为神秘的《推背图》。据说里面有句图谶^{（chèn）}预言：江南若破，百雁来过。"晏"与"雁"谐音。而二百三十年后，蒙元丞相伯颜率军南下，攻破南宋。"百雁"其实就是"伯颜"。

不管什么原因吧，晏殊在外这十年，仁宗对他依然很好，待遇几乎没变。只是被弟子们这样对待，着实寒心。他不由得发出感慨："朱弦悄。知音少。天若有情应老。劝君看取利名场，今古梦茫茫。"（《喜迁莺》）

这些年，发生了太多太多的事情。范仲淹去世了，吕夷简去世了，自己的第二位、第三位夫人也相继去世了。看着亲人朋友一个个离开，晏殊深刻感受到：生命太无常了。

浣溪沙

小阁重帘有燕过。晚花红片落庭莎。曲阑干影入凉波。　一霎好风生翠幕，几回疏雨滴圆荷。酒醒人散得愁多。

最怕暮春，最怕酒醒，最怕看着自己的影子独自落寞："当时共我赏花人，点检如今无一半。"（《木兰花》）经历过才明白，人生一世，最重要的是：怜取眼前人。

浣溪沙

一向年光有限身，等闲离别易销魂，酒筵歌席莫辞频。　满目山河空念远，落花风雨更伤春，不如怜取眼前人。

也许人老了就会容易陷入回忆中吧，他总是想起少年时，那快乐的时光、暖暖的笑容。

破阵子·春景

燕子来时新社，梨花落后清明。池上碧苔三四点，叶底黄鹂一两声。日长飞絮轻。　巧笑东邻女伴，采桑径里逢迎。疑怪昨宵春梦好，元是今朝斗草赢。笑从双脸生。

好在，晏殊早已看开，所到之处，皆能随遇而安。

这期间发生了一件事：欧阳修的母亲去世了。晏殊派人前去吊唁。欧阳修在丧事结束后，特意写信表示感谢。唉，当年的小修，也到了知天命的年纪，因为他的个性，这些年也吃了不少亏。但是，看到他写的《醉翁亭记》，看到他受人诬蔑还能坚持初心，晏殊的心软了——小修，我原谅你了，谁让我是宰相，肚子要有多大，才能装得下你这个舰艇？回想庆历三年，看着自己一手提拔的人会聚一堂、指点江山，那是何等畅快！

至和元年（1054）六月，晏殊病重，回到开封。次年正月二十八在家中病逝，享年六十五岁。就在这时，一口大锅又扣到了他的头上。

8. 再次"背锅"

这事，要怪他的学生欧阳修，名气太大、太有文化。晏殊去世时，欧阳修写了三首挽辞，其中一句是这样的："富贵优游五十年，始终明哲保身全。""明哲保身"啊，这不是在讽刺晏殊圆滑吗？

殊不知，在北宋，这根本不是贬义词。它最早出现在《诗经·大雅·烝（zhēng）民》里："既明且哲，以保其身。"这是一首赞美诗，赞美周朝一个叫作仲山甫的宰相，不仅忠心耿耿、不辞辛劳地操心王事，还能辨别是非善恶，保全自己不受伤害。所以，你知道欧阳修写"明哲保身"什么意思了吧？人家这是在歌颂老师哩！有文化，真可怕。

有些人竟然还以此为论据，说他们师生不合。于是，晏殊就又背了个"明哲保身"的锅。真冤。你猜，如果晏殊还活着，会不会为自己辩解？绝对不会。他估计会用"飞白体"为你写下两句诗，那是他的名片。

"无可奈何花落去，似曾相识燕归来。"这两句太有名了，历来赞美声都不绝于耳：啊，天然奇偶！缠绵含蓄！声韵和谐！其实最重要的，还是它所蕴含的哲理：花落了，燕还会来，美好的事物永远不会消失，生活永远充满希望。

晏殊的去世震动朝野，宋仁宗诏令辍朝两天，生前好友纷纷前来悼念。然而这一切，晏殊都看不到了。他不知道，因为他和小修同学的词风与"花间词"相近，被后世并称为"晏欧"；他不知道，他当年劝诫王安石"能容于物，物亦容矣"，要他随大流、容流俗，多年以后小王同学变法失败，才参透晏老师的话；他不知道，他生前从不为自己的子孙去争什么，而他的儿孙都得到了绝世大好人宋仁宗的照顾；他也不知道，他的小儿子晏几道，成为和他一样有名的词人，父子俩被称为"大晏""小晏"；他更不知道，他会成为江西词派的开山领袖，被人称为"北宋倚声家初祖"，他的《珠玉词》，被人争相传颂。

虽然晏殊不在乎，但他这个"背锅侠"就要一直做下去吗？怎么可能！

9. 情商

下面我们来看看晏殊是怎么实力"甩锅"的。

其一，控制情绪。晏殊年轻时脾气急躁，但他一直在调控自己的情绪，所以后浪们给他背锅也都忍了。否则，哪里还有后来的"庆历新政"？

其二，积极解决问题。刘太后刚刚辅政的时候，两个大臣争宠，都要单独向太后汇报工作。晏殊提出用东汉蔡邕的方法：垂帘听政。这样就避免了天子更迭、主少国疑带来的动荡。

其三，以诚待人。小修在给晏老师写墓志铭的时候这样评价："为人刚简，遇人必以诚。"就是因为"诚"，他获得了领导的信任、同事的支持、后浪的理解。

其四，坚持原则。晏殊的原则是——国家稳定比什么都重要。反对张耆做枢密使、反对刘太后穿皇帝的衣服拜谒太庙，都是因为有可能引起国家动荡。触及原则，哪怕头破血流，亦万死不辞。控制情绪、积极解决问题、以诚待人、坚持原则，都是高情商的表现。

看到了吗，"后浪"们？就凭这情商，那些锅呀，甩了！嘿嘿，下面有请前浪掀个巨浪给你们瞧瞧。看这句"昨夜西风凋碧树，独上高楼，望尽天涯路"（《蝶恋花》），被王国维说是成就大事业的第一境界。第二境界是柳永的"衣带渐宽终不悔，为伊消得人憔悴"。第三境界是辛弃疾的"众里寻他千百度，蓦然回首，那人却在，灯火阑珊处"。

做大事，就是要经历"立志""坚守"和"收获"三个阶段。第一就要立志，立大志！就算是西风凛冽、孤独无人理解，依然要"望尽天涯路"。别人看不到的地方，我必须看到。高度啊，这就是高度。

人生很长，即使一帆风顺如晏殊，也会有逆风的时候。能力越强责任越大，格局不高者走不远，每一个高情商的人背后，都是大格局。无论前浪与后浪，在生活的海洋中去乘风破浪吧！

【延伸阅读】

1. 晏殊，晏几道：《晏殊词集　晏几道词集》，上海古籍出版社，2010 年

2. 邹晓春：《北宋大神晏殊传》，浙江文艺出版社，2020 年

范仲淹

如何把稀巴烂的人生活出"王炸"的感觉

忽然发现不是父亲的亲生孩子是什么感觉？被哥哥嘲讽你不配姓我们家的姓是什么感觉？发现母亲原来是小妾，什么感觉？认祖归宗被认为是来分家产的，又是什么感觉？这都什么乱七八糟的呀，简直稀巴烂。对，这个叫作朱说^(yuè)的少年，一出生就抓到了这么一副烂牌。但是，"硬核"范仲淹，硬生生地把稀巴烂的人生活出了"王炸"的感觉。

1. 朱说的身世

朱说原本姓范，989 年出生在北宋时期的苏州，父亲在他两岁那年去世了。母亲马上被赶出了家门，因为她是妾。

这个二十岁左右的母亲只能选择带着儿子改嫁——生存，才是第一问题。继父是淄州长山县一个下级小官吏，工资不高，要养活好几个孩子。好在他再艰难也要供孩子们念书——这是改变命运的唯一出路。

小朱说很要强，他在一个叫作澧泉寺的庙里读书，那里不提供伙食。他每天煮一锅粟米稠粥，放凉后把凝成块的粥划分为四块，早晚各吃两块，伴些咸菜来填饱肚子。同学见他清苦，给他送来好吃的饭菜，他笑着拒绝了。吃了美食，以后还吃得进冷粥吗？这就是"划粥断斋^(jī)"的故事。

若要改变命运，就要对自己下狠手。你以为忍受贫穷才算对自己狠吗？不，再来看看他是怎么学习的吧。

知道自己的身世后，朱说更加拼命，进了全国四大名校之一应天书院（在今河南商丘，其他三个是嵩阳书院、岳麓书院、白鹿洞书院，并称"北宋四大书院"）。这里升学率很高，学子趋之若鹜。

报不起补习班，他就自己增加功课。没有钱，他就去结交名士，免费跟他们学习本领。为了学习，他五年不曾脱衣服睡觉，困了就用冷水洗洗脸。

这些事情，《宋明臣言行录》里都有记载："范仲淹二岁而孤，母贫无依。再适长山朱氏。既长知其世家感泣其母去之南都入学舍。昼夜苦学，五年未尝解衣就寝。或夜昏怠，辄以水沃面。往往馇^(zhān)粥不充，日昃^(zè)始食。"甚至皇帝到应天府朝拜祖宗，他都忍住了，没有和同学们去看热闹。他说："总有一天皇帝会召见我。"

果然，二十六岁那年，他的愿望实现了——科举高中，见到了皇帝，他终于吁出一口气，这么多年的努力没有白费。他工作后的第一件事，是把母亲接过来享享福。那时继父已经不在了，母亲想念儿子，天天哭，眼睛几乎失明，可惜接过来没多久也去世了。他想把母亲葬到朱家坟地，被拒绝，最后只能葬在洛阳。他想要认祖归宗，却受到百般阻挠。

在那个时代，一个人没有自己的宗族，就好比一棵树没有了根。他说他不要范家一分钱，才得到了一个真正属于自己的姓。

二十九岁，他费尽全力，终于为自己争来了一个光明正大的名字——范仲淹。

2. 赵祯的苦恼

如果有选择，赵祯真不想当这个皇帝，谁爱当谁当去。十二岁，难道不应该是一个男孩子骑着单车迎着阳光吹小口哨的年龄吗？十二岁，难道不应该是一个男孩子穿着运动服在操场上踢球流一身臭汗的年龄吗？就算老师拖堂、作业超多、考试挂科，不是还有"狐朋狗友"可以吐槽吗？然而，这一切对于赵祯而言，都是奢望。

赵祯享受的是一对一的教学服务，老师是全国优选的顶级专家，德高而望重。他学习的内容不是语数外理化生，而是治国之道，如果翻译过来，大概是"管理国家入门""如何做一个好皇帝""历代亡国教训 100 条""大宋基本国策之'抑武崇文'""驾驭大臣及后宫指南"之类。他的作业都是长长的论文，没有同学的可以拿来做"参考"。更可悲的是，那个养他长大、垂帘听政的刘太后，根本不是他的亲生母亲。

父亲宋真宗不是有六个儿子吗？为什么偏偏要让排行老六的他来做这个皇帝？谁让他的几个哥哥都短命呢，皇帝的宝座只能他来坐。

那个皇座像牢笼，锁住了他的少年时代，锁住了他一颗想飞翔的心，也锁住了他的爱情。他的皇后，是刘太后指定的，不管喜欢不喜欢，都必须娶。

他终于明白，这是他的宿命，与其反抗，不如接受。

他可以考虑"如何和辽国以及西夏和平相处"的问题；也可以

考虑"如何避免前朝灭亡的教训，不依赖皇亲国戚、不依赖宦官、不依赖武将，和士大夫共同治理天下"的问题；可以听无聊的课，可以做很多很多很多作业，但是，就是不想再做这个傀儡了。快二十岁的人了，天天别人让你怎么说你就怎么说，让你怎么做你就怎么做，这感觉，太不爽了。但是，他不敢反抗，这是先帝的旨意。

他，就是戏文里有名的"狸猫换太子"的主人公，历史上第一个以"仁"为庙号、两宋在位时间最长的皇帝——宋仁宗。

3. 多管闲事的老范

天圣七年（1029）十一月，宋仁宗率领百官为刘太后祝寿。

中间发生了一件令所有人都瞠^{（chēng）}目结舌的事情。一个皇家图书馆管理员（秘阁校理），竟然在大堂之上直接指责皇帝的做法不合礼仪——皇帝不是应该南面至尊吗？给太后祝寿怎么能在内殿？他就差说那句话了——太后你赶紧还政给皇帝吧！

这个图书管理员，就是刚刚从地方官升职为京官的范仲淹。这也太多管闲事了吧？宰相不说，谏官不说，左看右看，上看下看，这事也轮不到你来说啊！况且你已经四十岁了，怎么就不明白明哲保身的道理呢？

老范啊老范，你不知道京官拿的工资比地方官多得多吗？除了官职收入，还有各种绩效、补贴，两年下来，绝对能在汴京买房子了。做京官晋升机会多，你原来不是说"不为良相就为良医"吗？况且孩子还能在京城上名校。奋斗了十三年，好不容易从地方来到朝廷，做好自己分内的事还不行？唉，真是的。

宋仁宗看着范仲淹，这个范仲淹爱管闲事，他不止一次听说过。他在安徽广德县法院做办事员（司理参军），操的心比法官还

范仲淹

195

多，经常因为审理案件的事和上司吵架，吵就吵吧，还把争吵的内容都记在屏风上。他在江苏泰州做个收盐税的小官员，竟然给市长写信，建议修筑捍海堰。谁知刚一开工就遇见大暴雨，民工纷纷逃跑，他硬是把这件事顶住了。大家记住啊，此时有个和他并肩战斗的兄弟，叫滕子京，后面他还会出现。其间范仲淹的母亲去世，他需要守孝三年，这叫"丁忧"。你知道老范在丁忧的时候做了件什么事吗？他写了几封信，分别寄给宰相、太后、皇帝，陈述自己的政治变革思想。小小的官员吵着说国家需要改革，在其位谋其政，不在其位还要谋其政？

太后过寿之后不久，不等她老人家秋后算账，老范直接申请外放，到河中府（今山西永济）继续做他的小官去了——京城的房子泡汤了。

然而，仁宗记住了这个霸气十足的"硬核"老范。

4. 老范是地球人吗？

老范离开京城前，甩给皇帝两封信——《奏上拾物书》《上执政书》，翻译过来就是《如何培养储备人才和加强官员队伍建设》《论高考制度改革的若干问题》，然后挥一挥衣袖，不带走一片云彩，简直不要太潇洒。

之后，他爱管闲事之心依旧不改。他操的那些心，不仅有水利、司法、教育、卫生、税收，还时时不忘提醒太后要还政给皇帝这件事。

明道二年（1033）三月，刘太后薨了，二十三岁的小皇帝立马提拔了一批新人。自己当家做主的感觉，爽！他当然忘不了老范，于四月就召回老范，担任右司谏，专门给皇帝提建议。

谁知不到一年时间，老范就被贬官了。原因是仁宗非要废掉跋扈的皇后。老范说了一堆反对的话，你以为你是普通老百姓啊，说离婚就离婚？要注意影响！这次管闲事管得太宽了。

不过，谁看了老范去的地方谁羡慕。这真的是被贬官？确定不是来度假的吗？睦州，现在的浙江淳安，那里的鲈鱼味道真鲜美啊！但是，老范吃鱼也不忘写诗关心一下老百姓：

江上渔者

江上往来人，但爱鲈鱼美。

君看一叶舟，出没风波里。

吃鱼的时候，千万不要忘了渔民，你看人家多辛苦，简直是拿命在为你们捕鱼啊！

苏州，这是老范的老家，他还买了一块地准备在这里养老。但是，听说这里的风水能出进士，他立刻把这块地拿来办学校了。

工作间隙，老范时不时地写信给仁宗，提醒他不要忘了改革的事。两年不到，仁宗就想老范了，又把他召回了京城。

四十六岁的老范一回来就吆喝，官僚机构太庞大，光拿工资不干活的人太多，要精简！宰相吕夷简一看，小范这是要搞我呀，我当宰相二十年，哪个部门没有我的人？于是，他找了个机会让老范风风光光去开封府做市长去了。

他怎么会这么好心？其实，开封府市长看着风光，但要把人忙死，估计工作一天回到家，头一挨枕头就能睡着，还有心思想别的？但是，吕夷简太低估老范了——这家伙竟然抽空给仁宗画了一张"思维导图"——《百官图》。谁是通过考试，谁是通过推荐，谁是通过提拔，画得清清楚楚、一目了然。放眼望去，整个朝廷遍布吕夷简的人。

吕夷简快哭了——天哪，精力这么充沛，这是地球人吗？

5. 老范去打仗了

不到一年，老范又被贬官了。吕夷简这个老狐狸，他抓住了仁宗最忌讳的一点，给老范扣了一顶"结党营私"的帽子。谁让他能力那么强呢？简直是专业救火队员，别人搞不定的难题，他都能轻松搞定，在老百姓心中威望太高。

当时京城流传着一首歌谣："朝廷无忧有范君，京城无事有希文。"希文，是范仲淹的字。这可是天子脚下啊，被皇帝听到了，我吕夷简还不得歇菜？

老范被贬官的消息刚一传出来，立刻有一堆人冲出来反对，其中嗓门最大的是欧阳修。他专门写了一篇文章《朋党论》。对，我们就是朋党，我们是君子党！这篇文章一夜之间传遍大街小巷，"君子党"迅速成为热词。

老范一出京城，就写了一篇《灵乌赋》："宁鸣而死，不默而生。"我老范就是一只乌鸦，就算你讨厌我，我也要叫！

吕夷简头都快炸了。别人的贬官叫"怀才不遇"，老范的贬官叫"顺势而为"。

宋仁宗康定元年（1040），老范五十一岁了，忽然接到一道神秘的圣旨，要他去打仗。原来，在大宋国的西北方，有个西夏国，这些年闷声兼并了不少土地。老大元昊贪心不足，对大宋的富庶开始流口水了。

别看宋朝开国皇帝赵匡胤是武将，但他定下来的基本国策是

198

抑武重文。因为他目睹了唐朝是怎么灭亡的，其中藩镇割据、武人跋扈是很重要的一个原因。抑武重文的结果是，北宋军队攻击力和防御力大大下降。

老范一到前线，立刻进行大刀阔斧的改革，并提出"积极防御"的作战方针。

防御？老范哪，你不是很"硬核"吗，怎么不进攻呢？老范也想进攻，可大宋"积贫积弱"太久，"硬核"绝不是冒傻气。

此时，他写了一首非常著名的词：

渔家傲·秋思

塞下秋来风景异，衡阳雁去无留意。四面边声连角起，千嶂里，长烟落日孤城闭。　　浊酒一杯家万里，燕然未勒归无计，羌管悠悠霜满地。人不寐，将军白发征夫泪。

清冷的秋天，一群大雁从天空中飞过。长烟、落日、孤城，伴随着低沉的号角声，这就是边境独特的"异景"。多么想回家啊，但是没有赶走敌人，尚未建功立业，何以家还，只能喝一杯浊酒，听羌笛声声，看霜满大地。

这里没有盛唐诗人"万里不惜死，一朝得成功"的豪迈，有的只是无奈和矛盾。

又是一个失眠的夜。

6. 老范开启"王炸"模式

老范用自己的实际行动，书写了一个"出将入相"的传奇故事。改革军队，说服同事韩琦支持自己、把逃难的百姓重新吸引

范仲淹《渔家傲·秋思》："塞下秋来风景异，衡阳雁去无留意。四面边声连角起，千嶂里，长烟落日孤城闭。　　浊酒一杯家万里，燕然未勒归无计，羌管悠悠霜满地。人不寐，将军白发征夫泪。"

回来、团结周边族群，在边疆开展贸易，甚至把吕夷简变成了自己的坚强后盾……也就是老范这么精力充沛的人，换个人早趴下了。

当时边疆百姓中流传着一句歌谣："军中有一范，西贼闻之惊破胆。"

元昊终于主动和大宋议和了。

庆历三年（1043），吕夷简退休，老范重回京城，做了参知政事，相当于副宰相。这一年，他五十四岁。

老范一回来，宋仁宗就迫不及待地请他谈谈关于改革的想法。老范毫不推辞，拿出纸笔，写下了洋洋洒洒的《答手诏条陈十事》。这标志着轰轰烈烈的"庆历新政"，拉开了序幕。

老范要抛炸弹了！

这次改革，概括起来其实就是两件事：不干活没能力的统统走人，让有能力的人上；让老百姓的钱包赶紧鼓起来。

仁宗这边刚一点头，老范的支持者立刻行动起来。他们目睹老范这些年的成绩，觉得这简直是个手里拿着魔杖的仙人，走到哪里都能化腐朽为神奇。

在老百姓和读书人心里，老范是男神。他种的柏树，游玩过的泉水，老百姓赶紧命名"范公柏""范公泉"；他把喜欢的"青金石"做成砚台，立刻火了，名字就叫"范公台"；他建个亭子，文人们争相赋诗；他办个学校，升学率像坐火箭似的往上升；他推荐哪个人，哪个人就会大有作为；他说不要打架，当地民风立刻改变；他离开一个地方，老百姓就建立祠堂纪念他，不少人干脆不用自己的姓了，改姓范；连西夏的敌军都对他崇拜得不得了。

这样的人领导改革，怎么可能失败？不可思议的是，一年零三个月之后，"庆历新政"最终不了了之了。原因很简单，老范触及了太多人的利益，而宋仁宗耳朵根又太软。在一个人治而不是法治的社会里，改革成功的可能性太小。

庆历四年（1044），老范以边疆不稳为由，离开朝廷，飘然而去。失败又如何？尝试过，努力过，就不后悔。老范为什么心态这么好？为什么能力这么强？秘密都在他写的一篇文章里。

7. 先天下之忧而忧，后天下之乐而乐

这篇文章的名字叫作"岳阳楼记"。那一年，小弟滕子京重新整修了一下岳阳楼，想请范大哥给写个记。老范看完信，略一思索，提笔开始写起来："庆历四年春，滕子京谪守巴陵郡。"

这篇文章似乎不是他临时构思出来的，而是在他的脑子里酝酿了许久许久。你看那些迁客骚人，晴天就"心旷神怡喜洋洋"，阴天就"满目萧然感极而悲"。心情为什么会有如此大的起伏？那是因为他们做不到"不以物喜，不以己悲"。所以你看，老范每次贬官，"不学尔曹向隅泣"，该吃吃该喝喝，有事不往心里搁。

精力充沛的秘诀是什么？是绝不把有限的精力浪费在无聊的内耗上。那么，老范爱多管闲事不是内耗吗？不，"居庙堂之高则忧其民，处江湖之远则忧其君"。在朝廷上做官时，为百姓担忧；处在僻远的地方做官，就为君主担忧。这明明是一颗拳拳报国之心哪！

再听听这句感动中国的宣言："先天下之忧而忧，后天下之乐而乐。"在天下人担忧之前先担忧，在天下人享乐之后才享乐。这境界，世上有几人能及！

离开了京城的老范，再也没有回来过。他依然走到一处地方就在那里办学校，搞改革，依然给朝廷不断推荐人才。

他在杭州的时候，江浙一带闹了很大的水灾。你知道老范是怎么处理的吗？他竟然在那里放纵乡绅举办划船比赛，大建寺庙，还抬高杭州收购的米价……

朝廷来调查的人查清楚原因后，立刻给老范点赞。为啥？因为老范拉动内需，创造了就业机会，让商人主动把粮食运到杭州。这就是市场杠杆原理呀，老范如果只会像三流电视剧里演的那样，一有灾荒就给老百姓喝粥，这能叫"硬核"？

这还不算什么，看了他接下来做的事情，你就知道他为什么能俘获那么多人的心了。

当初阻止他母亲葬在朱家的兄弟，在他的帮助和提携下，都得到了合适的工作；当初认为他来分家产的范家，得到了老范的"家族济贫基金"——老范专门购置良田千亩，设立"义庄"，来帮助家族中的贫困者。这份慈善事业，延续了八百年。

范仲淹一生接济的朋友、学生、贫穷百姓不计其数。他收入很高，却一生清贫，去世时连一件新衣都没有。

以德报怨，严于律己，以天下为己任，不但使他成为北宋时期知识分子的精神领袖，也对他的孩子们产生了深远的影响。范仲淹的儿子范纯仁，官至宰相，成为和他父亲一样的人。

8. 圆满

皇祐四年（1052）五月二十日，范仲淹病逝于徐州，终年六十三岁。

消息传来，百姓痛哭。边远山村的百姓都为他戴孝，边疆的百姓也主动为他举办法事。仁宗流下了眼泪，亲自为他书写墓碑。欧阳修、富弼、王安石、司马光等人纷纷为他写下祭文。大家郑重地把他的谥号定为两个字——文正。文学大家，一生刚正。这两个字高度概括了范仲淹的一生。

三百年后，一个苏州籍的范姓官吏要被处斩，明太祖朱元璋赶紧询问，此人果然是范仲淹后裔。朱元璋一边命人将他释放，一边写下一幅字——先天下之忧而忧，后天下之乐而乐。范仲淹风骨，荫庇后人。

范仲淹用一生努力，把稀巴烂的人生打造出了王炸般的顶级配置。他，获得了人生的圆满。那么他的顶头上司宋仁宗呢？宋仁宗一生都活得憋屈，他性格懦弱、优柔寡断，经常被大臣堵在大殿听他们的建议，包拯的唾沫星子喷到他的脸上，他都能做到擦一擦后继续听。他是最不像皇帝的皇帝。但是在他的治理下，北宋成为世界上第一个人口过亿的大帝国，经济发达、百姓安乐，出现了一大批光耀史册的名字——包拯、晏殊、范仲淹、欧阳修、王安石、司马光、苏洵、苏轼、苏辙、曾巩、韩琦、富弼、狄青……

相对于这些在历史中闪闪发光的名字，宋仁宗的存在感实在太弱。但是他通过实现这些人的价值，收获了一个帝王的圆满。

范仲淹去世十一年后，宋仁宗驾崩。开封罢市，哭声数日不绝，连乞丐都在烧纸钱痛哭不已。讣（fù）告送到辽国，辽道宗抓住使者的手号啕大哭，说："四十二年不识兵革矣。"

如何才能获得人生的圆满？途径有二：对外自我实现，对内自我和解。对于普通人范仲淹如此，对于皇帝宋仁宗也是如此。

再来欣赏一首范仲淹的词吧：

苏幕遮·怀旧

碧云天，黄叶地，秋色连波，波上寒烟翠。山映斜阳天接水，芳草无情，更在斜阳外。　黯乡魂，追旅思，夜夜除非，好梦留人睡。明月楼高休独倚，酒入愁肠，化作相思泪。

这首词，写在一次打仗前。范仲淹还被人告状，说他战前散播消极情绪，最终还是仁宗把这件事压了下来。

你们都想家了吗？我懂。

9. 彩蛋

最后放个两个大彩蛋。

彩蛋一，范仲淹写那篇《岳阳楼记》，其实本人根本就没有去岳阳，而是根据滕子京给他带去的一幅画想象着写出来的。没错，你所熟悉的"予观夫^(fú)巴陵胜状，在洞庭一湖。衔远山，吞长江，浩浩汤^(shāng)汤，横无际涯，朝晖夕阴，气象万千"，全是想象。

而现在，岳阳楼与黄鹤楼、滕王阁、鹳雀楼并称"四大名楼"，成为著名的人文景观。一篇文章，捧红了一座楼。那句"先天下之忧而忧，后天下之乐而乐"，更是流传千古，名垂史册。

彩蛋二，你以为范仲淹心里只有家国天下、社稷众生？不，他心里还有一腔把人心都要化掉的柔情。不信？我们来读一下这首词：

御街行·秋日怀旧

纷纷坠叶飘香砌。夜寂静，寒声碎。真珠帘卷玉楼空，天淡银河垂地。年年今夜，月华如练，长是人千里。　愁肠已断无由醉，酒未到，先成泪。残灯明灭枕头欹，谙尽孤眠滋味。都来此事，眉间心上，无计相回避。

好一句"都来此事，眉间心上，无计相回避"，这世间有哪一位女子能有幸得到这样的人的相思？

手抓烂牌不服命，划粥断齑向前冲。胸怀天下写忧乐，能文能武满柔情。这样的范仲淹，能不爱吗？

【附文】

岳阳楼记

庆历四年春，滕子京谪守巴陵郡。越明年，政通人和，百废具（"具"通"俱"）兴，乃重修岳阳楼，增其旧制，刻唐贤今人诗赋于其上，属予作文以记之。

予观夫巴陵胜状，在洞庭一湖。衔远山，吞长江，浩浩汤汤，横无际涯，朝晖夕阴，气象万千，此则岳阳楼之大观也，前人之述备矣。然则北通巫峡，南极潇湘，迁客骚人，多会于此，览物之情，得无异乎？

若夫淫雨（"淫雨"通"霪雨"）霏霏，连月不开，阴风怒号，浊浪排空，日星隐曜（"隐曜"一作"隐耀"），山岳潜形，商旅不行，樯倾楫摧，薄暮冥冥，虎啸猿啼。登斯楼也，则有去国怀乡，忧谗畏讥，满目萧然，感极而悲者矣。

至若春和景明，波澜不惊，上下天光，一碧万顷，沙鸥翔集，锦鳞游泳，岸芷汀兰，郁郁青青。而或长烟一空，皓月千里，浮光跃金，静影沉璧，渔歌互答，此乐何极！登斯楼也，则有心旷神怡，宠辱偕忘，把酒临风，其喜洋洋者矣。

嗟夫！予尝求古仁人之心，或异二者之为，何哉？不以物喜，不以己悲，居庙堂之高则忧其民，处江湖之远则忧其君。是进亦忧，退亦忧。然则何时而乐耶？其必曰"先天下之忧而忧，后天下之乐而乐"乎！噫！微斯人，吾谁与归？时六年九月十五日。

【延伸阅读】

1. 方健：《范仲淹评传》，南京大学出版社，2011 年
2. 周宗奇：《忧乐天下：范仲淹传》，作家出版社，2015 年
3. 程应镠^(liú)：《范仲淹新传》，上海人民出版社，2016 年

苏轼 ①

用一生把别人的苟且活成潇洒

他的生活状态：不是被贬官，就是奔波在正在被贬官的路上。

他的爱情：一生有三位深爱他的妻子，却都死在了他的前面。

他一生坎坷，颠沛流离，却是北宋文学界第一才子，"粉丝"上自皇上、太后，下至市井百姓，连高丽、辽国、西夏这些国家都有他的粉丝。

他被嫉妒他的小人陷害，屡屡被发配到远离京城的地方，但他所到之处，皆有鲜花为他盛开，有清风为他送来。

他的签名是：我绝不苟且地生活，我要用我的双脚去实现"诗和远方"的梦想。

没错，他就是——苏东坡。

1

宋仁宗景祐元年（1034），在美丽的眉山市，有一个婴儿降生了。没有什么电闪雷鸣，没有什么天降祥瑞，平静得如同我们经历过的每一个平凡的日子。六十四年之后，也就是在他去世后，有人说他出生的那一天是文曲星下凡的日子。此后，这条八卦消息流传了将近千年。

在他的青少年时期，他一生中的重要人物纷纷闪亮登场，却又大部分纷纷黯淡离开，只剩下他的弟弟苏辙苏子由，陪伴他直到他生命的尽头。

他的母亲丝毫不比在儿子背上刺字的岳母逊色，她影响了苏东坡一生的人生观和价值观。她教儿子从小读《范滂传》，在小小的东坡心里种下了一颗善良、正直、勇敢的种子。

他的父亲，也就是《三字经》里"苏老泉，二十七，始发奋，读书籍"的苏洵，更是一个"身教重于言教"的忠实实践者，他和两个儿子一起读书学习，直到把两个儿子包括自己培养成在"唐宋八大家"中占据三席之地。

他的姐姐（历史上没有苏小妹，那是大家喜爱东坡，杜撰了一个和他同样有趣的妹妹出来）非常疼爱东坡，但是出嫁没多久就去世了。

而他的母亲在他们父子三人进京赶考时忽然离世，连他们考中进士的消息都没有等到，这不能不说是苏东坡心里一个巨大的遗憾。好在东坡的妻子和弟弟子由的妻子在家里料理了后事，和他感情甚笃、相知相爱的妻子王弗还为他生下了儿子。

就在苏东坡走上仕途，准备大干一番，实现报国之志的时候，他深爱着的妻子因病去世了。命运似乎是要试试这个年轻人的抗打击能力到底有多强，就在妻子去世一年之后，他人生的导师、精神的领路人、文学的支持者——父亲，也去世了。深受打击的苏东坡，扶着父亲和妻子的灵柩来到眉山，把他们葬在了母亲的坟墓旁边。

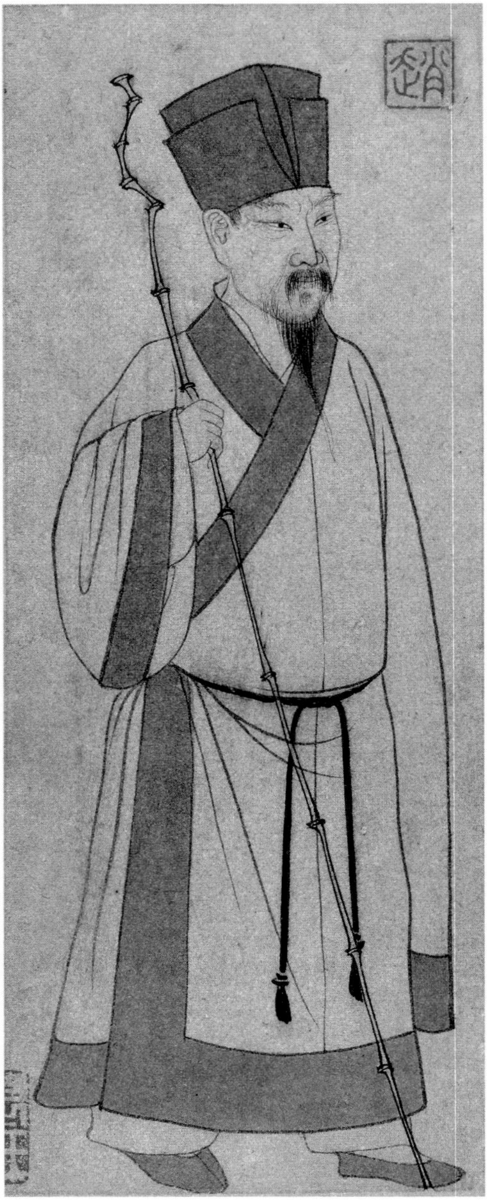

前后赤壁赋卷首东坡像 一元 一赵孟𫖯 一台北故宫博物院藏

有谁会在这样接二连三失去亲人的打击下还能坚强地继续生活？苏东坡吗？不，他只是个凡人，他并不像我们想象中那样乐观，他毕竟是人，不是神。

他当时几近崩溃，几乎连孩子都无法照顾。他在丁忧期间，每天都在埋葬亲人的坟墓旁度过，以泪洗面。整整三年，他没有写过一首诗，却在那座睡着他深爱的人的山上，亲手种下了三万棵松树。

三万棵！我们可以想象当年的这个青年，是怀着怎样的一种心情，在山上一锹一锹地挖土，挖出深坑把松树种进去，然后再一桶一桶的水浇进去。他种下的不是松树，而是深深的悲痛和绵延的思念啊！

直到十年之后，他在一个孤独的夜晚忽然梦到他已离世许久的妻子，起床披衣在月光的清辉下写下了一首词，我们才知道他当年的痛苦有多深。

江城子·乙卯正月二十日夜记梦

十年生死两茫茫。不思量，自难忘。千里孤坟，无处话凄凉。纵使相逢应不识，尘满面，鬓如霜。　　夜来幽梦忽还乡。小轩窗，正梳妆。相顾无言，惟有泪千行。料得年年断肠处，明月夜，短松冈。

他的这首词并没有让他当时的妻子王闰之心里难过。相反，她更加敬重这个情深义重的丈夫，陪他度过了人生中最落魄的时期。他后来的侍妾朝云也对他敬佩有加，成了东坡"满肚子不合时宜"的红颜知己。

就是千百年来我们无数的女粉丝，在读到这首词后，都会流着泪在下面写上一条真诚的评论——来世嫁给苏东坡，哪怕历尽千年劫。

2

如果说在苏东坡的青年时期，他的打击均来自家庭，那么之后他一辈子的坎坷经历，均来自一个人。这个人也是北宋文学界神一样的存在，他的"春风又绿江南岸，明月何时照我还""墙角数枝梅，凌寒独自开"，还有"不畏浮云遮望眼，只缘身在最高层"等诗句，可谓是家喻户晓。

如果你说这个人是嫉妒苏东坡，那么你就错了。他和东坡都在"唐宋八大家"之列，对对方都是真心佩服，可是他们在政治上的见解截然不同。是的，这个人就是王安石。

王安石是个很有理想的人，他在宋神宗的支持下准备变法。变法的事姑且不提，我们能从当时的人给他起的外号"拗相公"上看出，王安石的性格一定很偏，听不进劝。这种缺陷一旦被别有用心的小人利用，后果会很严重。

果然，一些巴结他的小人利用了他性格上的弱点，在推行青苗法、免役法、保甲法等的时候急功近利、夸大成果，结果司马光（对，就是那个砸缸的孩子，

朝云画像

他现在长大了）等一批有良知的知识分子纷纷上书反对变法，纷纷被贬官到边远地区。

苏东坡倒霉的贬官之路就这样拉开了序幕，然而，粉丝们不关心他在政治上取得了什么成就，他们关心的是他今天又写了什么好诗文。东坡没让他们失望，既然我无法施展我的政治抱负，我就转战我的文学阵地吧！

<h1 style="text-align:center">3</h1>

西湖边上，面对着满眼的荷花，东坡交出了他贬官以来的第一个作品《饮湖上，初晴后雨二首》，其中第二首是：

> 水光潋滟晴方好，山色空蒙雨亦奇。
> 欲把西湖比西子，淡妆浓抹总相宜。

粉丝一片惊呼：哇！写得真好啊，赶紧点赞！当地政府官员马上发布内部一号文件，西湖以后别名就叫"西子湖"。

东坡太爱这里了，这里有白娘子的传说，还有美味的"松鼠鱼"，就是西湖的水总是爱发脾气，雨季时总是泛滥，那就建一条大堤吧，挖出的土可以堆在山上。

一条长堤，遍植杨柳，在每一个朝阳初升的晨曦，你都可以看到我们的苏大学士，脖子上搭一条毛巾，在大堤上晨跑。他的身后跟着一大群人和他一起锻炼身体。如果在今天，大家肯定只为在这里自拍一张以苏学士为背景的照片，发到自己的朋友圈里，再故作低调地在旁边配上四个字——苏堤春晓。

或许有些人看着苏东坡的日子过得过于滋润又太过高调，刺痛了他们的内心：你还想你的远方有诗和田野？让你见识一下远方还有什么！远方还有田野，只不过你看到的只是田野上空黑压压的一片蝗虫。

1074 年，三十八岁的东坡迁调密州，当时的密州正在闹蝗灾。东坡亲自加入了捕捉蝗虫的队伍中。看到百姓因天灾而流离失所，他的内心比蝗虫啃噬还要难过，然而让他更难过的，除了天灾，更有人祸，西夏进犯大宋，居然有人建议投降。

东坡悲愤地骑上马，以打猎之名，拈弓搭箭对着西北的方向，大声吟诵出了一首词："老夫聊发少年狂，左牵黄，右擎苍，锦帽貂裘，千骑卷平冈！"

据说这首《江城子·密州出猎》是历史上第一首豪放词，一改以往柳永式的悲悲切切、儿女情长。苏东坡在豪放词写作的道路上一路狂奔，直到他在贬官黄州的时候写下那首流传千古的《念奴娇·赤壁怀古》，成为宋词豪放派的开山鼻祖，他都没有停下他写词的脚步。

《念奴娇·赤壁怀古》这首词太有名气了，它在宋词排行榜上的地位至今无人超越，所以全词附录如下，以便读者再次感受东坡的风采。

念奴娇·赤壁怀古

大江东去，浪淘尽、千古风流人物。故垒西边，人道是、三国周郎赤壁。乱石穿空，惊涛拍岸，卷起千堆雪。江山如画，一时多少豪杰！　遥想公瑾当年，小乔初嫁了，雄姿英发。羽扇纶巾，谈笑间、樯橹灰飞烟灭。故国神游，多情应笑我、早生华发。人生如梦，一樽还酹江月。

苏轼《念奴娇·赤壁怀古》："大江东去，浪淘尽、千古风流人物。故垒西边，人道是、三国周郎赤壁。乱石穿空，惊涛拍岸，卷起千堆雪。江山如画，一时多少豪杰！　遥想公瑾当年，小乔初嫁了，雄姿英发。羽扇纶巾，谈笑间、樯橹灰飞烟灭。故国神游，多情应笑我、早生华发。人生如梦，一樽还酹江月。"

是啊，人生如梦，还有什么比好好活着更重要的事呢？

4

他不愿意向命运低头，也不愿意苟且地活着，然而命运把他的亲人放置在千里之外，苏东坡和他的弟弟，有七年都没有见面了。他在某一年中秋，望着天上的月亮，黯然神伤。就是他的神伤，成就了文学史上写月诗词的巅峰。

就在几个关西大汉拿着铁板唱"大江东去"时，我们这位伟大的诗人、词人，想到了他的弟弟。望着天上的月亮，禁不住感慨："明月几时有，把酒问青天。不知天上宫阙，今夕是何年？"

一千多年后，当歌手用温婉柔美的嗓音把这首词唱出来，我们每一个人在心中唱着祝福"但愿人长久，千里共婵娟"时，东坡，他的精神和气质已经渗入了每一个知识分子甚至每一个老百姓的骨髓。

就是这样一个人，他歌颂爱情，令人忍不住落泪；他赞美亲情，成就千古绝唱。他生活中的一颦一笑、一怒一骂皆可成诗，即使面临灭顶之灾，他都绝不让自己苟且地活着。

像东坡这样的人，他是不会满足于只写写个人的悲欢离合、爱恨情仇的，他的眼里心里更多的想是百姓、想的是社稷。所以他看不惯的事一定要用笔写出来，这就给了那些小人可乘之机，他们终于抓住机会把他投进了监狱，这就是著名的"乌台诗案"。

苏东坡在监狱里被关了四个月二十天，除夕前被放出狱。出了监狱，他深深地呼吸了一口新鲜空气，感觉到微风吹在脸上的快乐，在喜鹊的啼叫声中，看见行人在街上骑马而过。于是，他脱口而出："平生文字为吾累，此去声名不厌低。塞上纵归他日马，苏轼《水调歌头》："明月几时有？把酒问青天。不知天上宫阙，今夕是何年。我欲乘风归去，又恐琼楼玉宇，高处不胜寒。起舞弄清影，何似在人间。　转朱阁，低绮户，照无眠。不应有恨，何事长向别时圆？人有悲欢离合，月有阴晴圆缺，此事古难全。但愿人长久，千里共婵娟。"

城东不斗少年鸡。"(《出狱次前韵二首其一》)吟诵完，他哈哈大笑：我真是不可救药哇！他接着写他的诗文，而且他对生活更加热爱。

他为老百姓祈雨，并给自己的亭子命名"喜雨亭"，作记以记之；他生活困顿，就亲自在家后东面的一片坡地上开荒，并为自己取号"东坡居士"；他到江上捕鱼，雇一小舟，与渔樵为伍，得意地说："竹杖芒鞋轻胜马，谁怕？一蓑烟雨任平生。"

他的书法在"苏黄米蔡"中占据一席之地；他临摹吴道子的壁画使人看不出真伪；他热衷于吃，我们熟知的东坡肉、东坡肘子，都是他发明的做法；他在惠州吃着美味的荔枝笑眯眯地说"日啖荔枝三百颗，不辞长作岭南人"。

他有时也会臭美，戴上他亲手缝制的东坡帽招摇过市，得意扬扬；他被贬官的最远地方是海南岛，那里瘟疫横行，百姓愚昧，他教他们挖井，给他们熬中草药治病。

他的足迹遍布大江南北，他写过的诗在千年时空流转，他在临死前说的那句话让我们今人看来也忍俊不禁："我平生未尝为恶，自信不会进地狱。"

当我们为他的坎坷唏嘘感叹，忍不住要为他流泪时，眼前总会浮现一个微笑的戴着高高帽子的人，他说："人生到处知何似，应似飞鸿踏雪泥。泥上偶然留指爪，鸿飞那复计东西。"(《和子由渑池怀旧》)是啊，人的一生仿佛雪泥鸿爪，你在雪地上留下那几个浅浅的脚印又能如何呢？如果你的梦想在蓝天，那就向上飞；如果你的梦想在远方，那就往前走。

苏东坡，用一生把别人的苟且活成了潇洒。

【延伸阅读】

1. 林语堂：《苏东坡传》，群言出版社，2010 年
2. 王水照，崔铭：《苏轼传》，人民文学出版社，2019 年
3. 朱刚：《苏轼十讲》，上海三联书店，2019 年
4. 李一冰：《苏东坡新传》，四川人民出版社，2020 年

苏轼②

一方砚台讲的故事

如果不是一个十二岁的小男孩儿，我可能永远都是一块石头，一块发着绿光的石头。我永远记得那个阳光暖暖的午后，他把我抱在怀里，惊喜地奔回家的感觉。他的父亲仔细端详了我半天，对小男孩儿说出了一句话：儿子，你得到的是一块天砚啊！

从此，我跟随这个男孩儿，走过了他一生的巅峰和低谷。后来，我们失散了。

一千多年过去了，我被带进了一个叫作"故宫博物院"的地方，跟随着参观的人群，一行大字扑入我的眼帘："千古风流人物——苏轼主题书画特展。"

我激动得浑身发抖，竟然是他！泪眼蒙眬中，我看到了他亲笔写下的六幅作品，顿时，我似乎回忆起了他提起笔，屏气凝思的样子，心中充满了甜蜜、苦涩、温柔、忧伤……

1.《治平帖》

　　轼启：久别思念，不忘远想，体中佳胜，法眷各无恙。佛阁必已成就，焚修不易。数年念经，度得几人徒弟。应师仍在思蒙住院，如何？略望示及。石头桥、珊头两处坟茔，必烦照管。程六小心否，惟频与提举是要。非久求蜀中一郡归去，相见未间，惟保爱之，不宣。轼手启上。治平史院主、徐大师二大士侍者。八月十八日。

　　写这封信的时候，他三十四岁。那时，他的父亲、母亲，还有他青梅竹马的妻子，都已去世。他把他们埋葬在了家乡眉山，并亲手种下了三万棵松树。后来，他到京城做官，无法回乡，于是写信请乡亲帮忙照顾亲人的坟茔。

　　我还记得他写完这封信后，默默地坐了许久，眼角有泪光闪烁。"夜来幽梦忽还乡"，他一定是想念他们了吧？

　　我看见这封书信上有后世收藏者写的字，有两方印，还有明朝人画的东坡小像，规规矩矩地穿着官员的服装。他那时的字，清秀、风流，像极了他思考时微微眯起的眼睛。

　　可是谁能想到，他写完这封信不久，就赶上了王安石变法。他政见与王安石不同，于是自请外放，很快就离开京城，开始了他一生的漂泊。

　　那时的他，也许不会想到，多年后，他再也无法踏上老家的土地，再也不能亲手为他的亲人扫扫墓碑上的尘土了。他只能遥望家乡的方向，吟上一句："此心安处是吾乡。"

轼启久别惠问不至思念

钤中佳胜

法眷各无恙

佛阁必已成就

应师仍在思蒙住院如何遥望

梵修不易数年经度得几人徒弟

示及

石头桥 埲头 南灵墳 莹必颊

监管程子小心否惟频与提举是要

彼久不蜀中一郡归去相见未间惟

佳寝之不宣

轼手启上

治平史院主徐大师二大士 侍者

八月十八日

治平帖｜北宋｜苏轼｜故宫博物院藏

2.《新岁展庆帖、人来得书帖合卷》

看到"新岁展庆帖"几个字，我忍不住想笑。那时他经历了"乌台诗案"，被贬黄州，度过了最难熬的时光。

我记得他那时建了屋子，取名"雪堂"。他在房屋东面的坡地上耕种了几亩地，并为自己取号"东坡"。

他兴奋地把我捧在手里，对我说："天砚啊天砚，想不到我东坡大难不死，四十六岁还能当一回陶渊明，过一把做农夫的瘾。我要写信给季常！"我还记得，他飞快地在我身上磨墨，写字速度也很快，几乎不假思索。

我看到展示柜的后面，他写的那句"公亦以此时来，如何，如何"，就想到他当时脸上带着笑，房子没竣工就迫不及待地邀请朋友来家里做客的场景。

我还看到他有两个字漏了，就那么随意地添在旁边。如果知道一千多年以后，这封信要隆重展出，他还会这么随意吗？当然会，如果不是这样，东坡就不是东坡了。

那么多的印章主人，也都不仅仅是爱他飘逸的书法，也都会被他的潇洒折服吧！

忽然，我看到了《人来得书帖》，这是东坡忽闻季常兄长去世时写的。没有了他说季常妻子"河东狮吼"时的玩笑口吻，有的只是惊愕和无法前去吊唁的惭愧。

看到他篇末写的那四个大字——苦痛，苦痛，我仿佛看到了他写完后把笔扔在一边痛哭的样子。这些行草，保留了千年，每一个字都还原了先生当年的眼泪，几乎要从纸上溢出来。是谁把这两封书信合在一起的？一面潇洒，一面遒劲；一封喜悦，一封悲

苏轼②

—
223
—

伤；一个相聚，一个离别。道尽人生悲欢离合。

"但愿人长久，千里共婵娟。"

3.《题王诜（shēn）诗帖》

看到王诜的名字，我的心情很复杂。这个驸马，如果不是他太喜爱苏轼的作品，非要结集出版，也不会为后来制造"乌台诗案"的小人提供把柄。然而又是他，在苏轼身陷囹圄（líng yǔ）之时，不顾一切四处奔走，营救苏轼，结果受到牵连，被贬武当山，也着实算是义薄云天。

苏轼在《题王诜诗帖》中说："独怪晋卿以贵公子罹此忧患而不失其正，诗词益工，超然有世外之乐。"这不是夸他诗写得多么好，而是夸他"穷而不怨，泰而不骄"，这分明就是两个豁达的人在惺惺相惜嘛！

此时的先生四十九岁，接近知天命的年龄了，很多事都能看得开，字也写得抑扬顿挫，好像没有什么事可以难倒他，一切尽可游刃有余。

我还看到王诜的一幅《渔村小雪图》。远山，白雪覆盖；近岸，疏苇寒塘。山中依稀可见两行人，江边小船上，隐约可见有人在对酌。王诜的诗，王诜的画，王诜的起起伏伏，都和苏轼有着千丝万缕的联系。历经苦难之后，他们最终都选择了与生活和解。

"回首向来萧瑟处，归去，也无风雨也无晴。"

4. 可惜不是可惜，遗憾不是遗憾

我就这么在拥挤的人群中，被第 N 个主人放在口袋里，透过缝隙，透过展示柜，贪婪地凝视他的每一幅作品。从他写的每一个字里，我仿佛又一次感受到了他跳动的脉搏、饱满的情感、蓬勃的生命。

忽然听见有人说："怎么没有看到东坡的《寒食帖》？"

另一个声音传来，我赶紧侧了侧耳朵："是啊，《寒食帖》可是'天下行书第三'呢！"

天下行书第三？我曾听他说过，王羲之的《兰亭序》、颜真卿的《祭侄文稿》，都是用生命写出来的。那么，他的《寒食帖》又何尝不是用生命在书写？

那时的他，刚刚经历一场牢狱之灾，"乌台诗案"后被贬黄州，就像一只离群的孤雁，"拣尽寒枝不肯栖，寂寞沙洲冷"。

只听那两个声音又在对话："唉，《寒食帖》珍藏在台北故宫博物院，今日是难得见到了。"

"还有《李白仙诗卷》呢，现在在日本大阪市立美术馆，真是可惜啊！"

"就是，就是，李白的诗，东坡的书法，一定写得超级漂亮！"

超级漂亮？这叫什么话！这可是他研习了王羲之、颜真卿的字之后独创的写法，岂是"超级漂亮"所能概括的？北宋书法四大家之一，和米芾、蔡襄、黄庭坚齐名，这是闹着玩儿的吗？那叫气势如虹！除了先生，还有谁能把"诗仙"的诗写出那种仙气飘飘的感觉？

那两个人一边说着"可惜啊可惜，遗憾啊遗憾"，一边摇着头走远了。我却忽然想到，我的第一任主人东坡先生，他虽遭受打击排挤，然而为官一任，仍造福一方。任徐州知州时，黄河决堤，他身先士卒，与民共抗洪涛；任杭州知府时，他带领百姓疏通西湖，筑堤防洪；晚年贬谪儋州，他仍将先进耕作技术与文化传播给同

人生烛上花光灭巧妍尽春风
绕树头日与化工进只知雨露贪不
闲寒苦死近我著飞香时嫌见
当涂坟青秀陇祖霞浮的
山下村晚发月魄无复坡
璨兔念此一脱洒氓民常终
岂肯碎著穹昊皇系星斗
偻亏扪

元祐八年七月十日
丹元复传此二诗

朝披夢澤雲笈鈞清泚尋
繹得雙鯉中內有三元辛篆
字劃丹地逸勢如飛翔還家
閟天老奧義不可量金刀割青青竹
靈文爛煌　瓶十三環奄見仙
人房莫跨紫鱗去海氣侵肌
涼龍子善變化作梅花糖贈
我粟珠糜明月光勸我窮
錦鴻　作晨間瑞　子　攜
玄談哭閉遺香

寒食帖｜北宋｜苏轼｜台北故宫博物院藏

祭侄文稿｜唐｜颜真卿｜台北故宫博物院藏

胞，以造福于民为乐。

所以，可惜不是可惜，遗憾不是遗憾，这世上有不如意才是正常的，因为先生说过："人间有味是清欢。"

5. 西园雅集

我继续在展柜搜索，看到了先生恩师欧阳修的《灼艾帖卷》，看到了米芾的《盛制帖页》，看到了黄庭坚的《君宜帖》。

哈哈，此刻我很想大笑两声。这个黄庭坚，喝醉了酒，给朋友写小字条，一上来就说自己"大醉""不能语"，不能说话还能写字？那些字在酒后竟然写得如此摇曳多姿。我看到他的最后一句话居然是"东坡诸书一借"，都醉成这样了，还不忘借东坡的书法。难道这就是书法家的本能？好可爱。

先生喝醉了酒，也经常写信，或者写诗词，还有他的很多朋友，都是如此。真是物以类聚，人以群分。

这时，一幅画闯进我的眼帘——《西园雅集》。我不禁回忆起了那次著名的聚会。驸马王诜家有个大花园，叫作西园。宋神宗元丰初，王诜曾邀先生、苏辙、黄庭坚、米芾、秦观、李公麟，以及日本圆通大师等十六位文人名士在此游园聚会。回去后，李公麟画了《西园雅集图》，而米芾书写了《西园雅集图记》。

这次聚会太有名了，而我有幸被带了进去，目睹了苏轼的朋友圈。这可都是千年难遇的奇才啊，他们聚集在一起，云物草木花竹皆妙绝动人。

今天看到的不是李公麟和米芾的真迹，而是后世书画家描摹的，但又有什么关系呢？

"人生如梦，一樽还酹江月。"

6.《春中帖》《归院帖》《三马图赞》

我还看到了先生的《春中帖》《归院帖》和《三马图赞》，这些书法，都是他晚年时期的作品。

《春中帖》是写给范仲淹第四个儿子范纯粹的，就是一封书信，很纯粹。《归院帖》虽说是做翰林学士时写的公文，然而并不拘谨，带着一贯的潇洒劲儿。倒是这《三马图赞》，写在他被贬惠州之时，那时他已六十二岁了，还在被贬官的途中越走越远。

他把好友李公麟的《三马图》一直带在身边，写这篇赞的时候，他心态很平和，没有年轻时的愤世嫉俗，没有遭遇打击时的愤懑不平，没有狂喜，没有悲伤。他的字看起来有力、整齐，看得出，他的内心很平静。

这时看到一幅《仿李公麟画苏轼像》，我忽然有想要流泪的冲动。

先生被贬官海南的那一年，他去拜访朋友，途中突降大雨，他就向农民借来了斗笠和木屐。大名鼎鼎的苏东坡，就这样被围观的人笑着观看，他自己也笑着，拎起衣服，小心翼翼地不让泥水溅在上面。是的，在他的心里，他就是一个普通人，唯一的不同是，他经历的苦难更多。

参观结束了，顺着流动的人群，我走出了故宫博物院。抬头仰望，天空中的白云看上去像是一群大雁，我不由得又想起了先生的诗："人生到处知何似，应似飞鸿踏雪泥。泥上偶然留指爪，鸿飞那复计东西。"

先生已逝，精神永存。

西园雅集图 | 北宋 | 李公麟（传）| 台北故宫博物院藏

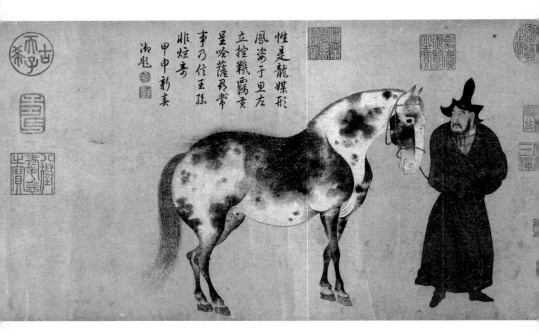

性是龍媒形
鳳姿于里左
立控戰羈貢
呈哈薩晃常
事乃信王孫
非炬奇
甲申新秋
沽題等蘭

摹李公麟人马图 ｜ 元 ｜ 赵雍 ｜ 美国弗利尔美术馆藏

【附记】

本文以天砚为第一视角，乃作文所需。

天砚是东坡最喜欢的一方砚台，为十二岁时所得。那年他在家中闲地上掘土洞玩耍，发现一块淡绿的石头，煞是可爱，有闪闪银星，温润凝莹，试以研墨，极好。其父苏洵也觉好奇，认为此石"是天砚也"，于是凿磨了砚池，交代儿子好好爱护。及至稍长，东坡对此砚更是关爱有加，并且在砚背铭"一受其戒，而不可更，或主于德，或全于形，均是二者，顾余安取，仰唇俯足，世固多有"等语。

神宗元丰二年（1079），东坡身陷囹圄，天砚不见踪迹。五年后偶在书笼中找到，东坡已年老力衰，交代儿子好好保存，不久撒手人间。

明代时，权倾朝野的奸相严嵩为世宗所杀，抄没家产时竟发现了东坡的天砚，以后不知所终。

张先

东坡有个"损友"，自己不求上进，还经常爱给别人出馊主意。然而他人缘极好，在北宋文人朋友圈里，晏殊把他视为知己，欧阳修和他互黑，王安石给他点赞，苏东坡就更不用说了，更是和他吵个不亦乐乎。他呢，时不时爱放个大招，为朋友们茶余饭后的八卦不遗余力，娱乐了别人，快乐了自己。

这个人，就是张先。下面，准备好了吗？老头要发大招了！

1

张氏第一大招：诗词招。

张先在写诗填词方面的名气，现在可能没那么大，但是在北宋，那也是响当当的一号人物。先来欣赏一首他的代表作。

行香子

舞雪歌云，闲谈妆匀。蓝溪水、深染轻裙。酒香醺脸，粉色生春。更巧谈话，美情性，好精神。　　江空无畔，凌波何处。月桥边、青柳朱门。断钟残角，又送黄昏。奈心中事，眼中泪，意中人。

　　这首词其实也没有什么特别之处，上阕写女子的美貌，下阕写女子想念她的心上人。关键在最后一句，在"断钟残角"声中，在月桥青柳的黄昏江畔，女子想着"心中事"，流着"眼中泪"，念着"意中人"。一般写诗词忌讳有重复的字眼，但是这句连着出现了三个"中"字，一下子勾画出了女子想念心上人的画面。

　　张先因此摘得绰号一枚"张三中"。然而，张先对此不屑一顾，自告奋勇给自己又起了个绰号"张三影"。因为张先写"影"的确很有一手，他有三句写"影"的诗，都是他的得意之作："云破月来花弄影"，"娇柔懒起，帘幕卷花影"，"柳径无人，堕絮飞无影"。

　　张先喜欢写影，翻开他的词集，花影、月影、水影、人影、火影，随处可见。先来看看这句最有名的"云破月来花弄影"。

　　那天，有一场盛大的宴会，张先放了鸽子，一整天就在外面溜达，从早晨到夜晚。此时，风儿撕破了白云，月儿探出了头，在如水的月光下，花儿随风轻轻摇摆。"云破月来花弄影"一句，就这么冒了出来。有忧伤，有喜悦，不仅画面唯美，更是把一个人的孤独感完全勾勒出来了。

　　因为这一句，"张三影"不知道收获了多少赞美。王国维在《人间词话》中说："云破月来花弄影，着一'弄'字而境界全出矣。"杨慎在《词品》中说："景物如画，画亦不能至此，绝倒绝倒！"

　　张先还有一句诗很有名，恋爱中的人赶紧记住："天不老，情难绝。心似双丝网，中有千千结。"看看，张先当时能和柳永齐名，不是没有原因的吧？张氏的诗词招，就问你服不服？

2

张氏第二大招：交友招。

说起北宋文人的朋友圈，张先真是神一般的存在。张先是990年出生的人，比柳永小六岁，比晏殊大一岁，比欧阳修大十七岁，他和欧阳修是同年中的进士。比王安石大多少呢？大三十一岁。比苏东坡大多少呢？大四十七岁！但张先和他们玩耍，一点儿违和感都没有。可见，拥有好人缘，首先要忘掉年龄差距。

晏殊是个很清高的人，柳永当年登门拜访，他直接把柳永撵走了。这个不怪他，当时好多人都看不到柳永的价值，认为柳永太"俗"。而晏殊一直把张先当作好哥们儿。

张先考中进士的时候，晏殊已经是主考官了，说他们是师生关系也没问题。没想到这个学生净给老师出馊主意。晏殊有个心爱的小妾，被怒气冲天的夫人卖了，心里很郁闷。张先就写诗安慰他，还帮他偷偷把小妾买了回来，藏在别院里。

欧阳修更不用说了，一听说张先来了，拖着鞋往外跑迎接他，兴奋得不得了。

王安石更过分，喜欢张先，直接把妹妹嫁给了张先的儿子。

有个叫作宋祁的诗人，他的名字没有他的这句诗有名："红杏枝头春意闹。"你若是见到"红杏尚书"这几个字，就是指宋祁。这个"闹"字，和张先的"云破月来花弄影"的"弄"字，都被王国维点名表扬过。

他俩见面应该是这样打招呼的："红杏枝头春意闹尚书来啦？""云破月来花弄影郎中来啦？"文人的世界，原来以给别人

宋祁《木兰花》:"东城渐觉风光好,縠皱波纹迎客棹。绿杨烟外晓寒轻,红杏枝头春意闹。　　浮生长恨欢娱少,肯爱千金轻一笑。为君持酒劝斜阳,且向花间留晚照。"

起绰号为乐。

东坡和张先的友情就不用再详细介绍了吧？张先去世后的悼词，都是东坡写的。

张氏交友招，就问你服不服？

3

张氏第三大招：绘画招。

1995年，发生了一起轰动文物界的事情，有一幅画拍卖了1800万元人民币，买方是故宫博物院。这是张先在八十二岁时画的《十咏图》，为了怀念他的父亲。

说到这里，我们来好好认识一下张先吧。张先出生于乌程，也就是现在的浙江湖州，他的字叫子野，因为在安陆做过知县，也叫张安陆。张先的称呼挺多的，你喜欢称呼什么就称呼什么吧，反正他也不在乎。

父亲张维，小时候家里很穷，辍学回家种地去了，他喜欢读书写诗，平时爱和朋友写诗唱和。他对孩子的要求不是很高，张先到四十岁才考中进士，之后也就是做个知县、判官之类的小官。七十四岁的时候，张先做到了尚书都官郎中的位置，但是那会儿他老爹也看不到了。

张先绝对属于百花园里最晚开花的品种，他爹在教育孩子方面堪称内心强大：我先活得摇曳多姿，你慢慢开，就算一辈子不开花，当个没心没肺的狗尾巴草也挺好。

这幅《十咏图》，来自张维写的十首诗。八十二岁的儿子翻看老爹生前的诗作，看到这么一句诗，下决心要为老爹画一幅画："他日定知传好事，丹青宁羡洛中图。"

十咏图（局部）| 北宋 | 张先 | 故宫博物院藏

于是，我们能从《十咏图》中看到重檐歇山的楼阁、翩翩起舞的白鹤、打鱼的渔夫、织布的妇人、结伴考试的书生，还有和朋友在小亭子里下棋的父亲……已经进入耄耋^(mào dié)之年的张先，不仅是在怀念父亲，更是在怀念他美好的青春年华。

于是，十首诗，十个画面，恬静淡然，甜蜜忧伤，打动了无数人的心。

我们现在能在《十咏图》的画面上看到的，有乾隆手书的"诵芬写妙"，有南宋陈振孙的拖尾，有宋元明清各个收藏者的印章十余方，还有末代皇帝溥仪的三方印。

溥仪从紫禁城到长春的时候，把这幅画偷了出来，后来伪满覆灭，这幅画不知所终，半个多世纪后，一位老农带着它重现江湖。

有人问这幅画现在值多少钱？当然价值连城，但是，有些东西的价值不是价格能衡量的。

张氏绘画招，就问你服不服？

4

张先除了诗词招、交友招、绘画招，还有一招——桃花招。

张先八十岁的时候，娶了一个十八岁的小妾。他邀请朋友们来吃饭，目的是炫耀爱妾的青春与美貌，证明自己老当益壮、魅力四射。他还当场作了一首诗："我年八十卿十八，卿是红颜我白发。与卿颠倒本同庚，只隔中间一花甲。"

大家都拍手叫好，谁知人群里忽然响起一个声音："十八新娘八十郎，苍苍白发对红妆。鸳鸯被里成双夜，一树梨花压海棠。"轰！现场炸了锅，所有人都大笑起来。不用说，这是大宋第一"段子手"苏东坡来了。

张先风流，大家都心知肚明，他少年时喜欢一个小尼姑，还为她写下一句"沉恨细思，不如桃杏，犹解嫁东风"，就是因为这句诗，欧阳修还给张先起了个外号——"桃杏嫁东风君"。

张先以上的所有大招，哪一招都威力无比，但并非接不住。论风流，有几个有才的诗人不风流？论诗词，他的朋友个个都比他名气大。论交友，不用看别人，翻翻苏东坡的朋友圈就够了。论绘画，琴棋书画是读书人的必备技能，《十咏图》虽厉害，但也不能算是绝活。

张先还能放什么大招？嘿嘿，他还真有个超级无敌的大招，放眼整个宋朝，甚至整个古代诗人圈子，没有一个人能接住他这招。这个大招的名字叫作——长寿招。

唐朝贺知章，八十六岁；南宋陆游，八十五岁；张先呢？八十九岁！

你二十岁中进士，六十岁死了，我四十岁中进士，八十九岁死，哪个划算？你写诗好、画画好、官做得大，我活得比你长，其他也没耽误，哪个划算？你赚钱多，我工资也没少拿，我活得比你长，哪个划算？你那么要求上进，把自己累死了，我随遇而安，活得比你长，哪个划算？你焦虑这个焦虑那个，到最后你焦虑的事情大多数都没有发生，还把自己焦虑死了，我不操心那么多事，每天优哉游哉，活得比你长，哪个划算？你已经死了，我还能升官、生孩子、写诗画画，做很多人觉得不可能的事，是不是很牛？

身体健康，才能保证生命的质量；多活几年，才能拥有生命的重量。百味人生须尽欢，一樽江湖醉风月。多一些前半生的随遇而安，就会拥有后半生的天高云淡。

张先放的大招告诉我们，身体健康，多活几年，比什么都重要。

【延伸阅读】

张先著，吴熊和、沈松勤校注：《张先集编年校注》，上海古籍出版社，2012 年

李清照

李清照

女神的朋友圈

如果李清照生活的宋朝有朋友圈，她会发些什么内容呢？下面我们来大胆地想象一下。

1

清照姐尽管快一千岁（生于 1084 年）了，却还保留着一颗十八岁的少女心。

她的生活率性而纯真，她的爱好广泛而有趣。平时看看书、下下棋、作作画、弹弹琴、赏赏花、填填词，和老公斗斗嘴、撒个娇，研究研究金石书法，周末就和闺密逛个街、美个容、发个自拍。

清照姐人美、词妙，她一发朋友圈，都是点赞的、评论的、转发的，直到现在，她都是我们的国民女神，从未有人能够超越。

怎么样，不服气？不服气就来看看亲爱的清照姐都发了什么，为什么到现在仍然人气爆棚。

如梦令

常记溪亭日暮，沉醉不知归路。兴尽晚回舟，误入藕花深处。争渡，争渡，惊起一滩鸥鹭。

这是清照姐少女时代的一件事情了。"常记"，经常想起来这件事，而且一想到就忍不住傻乐。

那是几个同龄的花季少女吧，不知道什么事那么高兴，醉饮而归。泛舟湖中，却早已忘了归路，小舟在粼粼的湖面上穿行，划出一道长长的水痕。几个少女叽叽喳喳、惊恐万分，找不到路了，怎么办？一不小心就把船划到了池塘开满莲花的深处去了，忽然飞起几只鸥鹭。

清照姐连忙拿出手机，连声呼喊："快来看着镜头，一、二、三！"

一群嘟着嘴、脸带稚气的青春美少女，在落日的余晖下，在碧绿的莲叶和粉红的荷花的映衬下，是那样美丽和充满朝气。

当然要发出去让朋友们看看了，关键是这幅水墨画般的背景，要有一个绝妙好词来配才行呀，《如梦令》就这样诞生了。

此时的清照姐是娇憨可爱的，她还是一个迷了路，不知道着急，只顾着玩自拍的小女孩儿，有一个词可以形容她此时脸蛋红红，如晨月般清朗的模样——青涩。

清照姐喜欢喝酒，她的很多词里都有关于酒的文字，才女嘛，喜欢喝酒很正常。

那一次喝多了，第二天睡得迷迷糊糊地起来，一边拿镜子照着自己惺忪的睡眼，一边问前来给自己卷帘的丫头："外面的海棠花开得怎么样啊？"

丫头随口回答:"很好啊!"

清照姐一边整了整睡衣,一边对着相机伸出了两根手指,耶!然后扭头嘻嘻笑着,说:"傻丫头哇,你知道吗?你知道吗?昨天下了雨,还刮了那么大的风,外面的情景,我不看都知道,绿叶要比红花多!"

说完,她给自己修了修图,看起来不像是喝多的样子,然后发了出去,下面还配了一首词:

如梦令

昨夜雨疏风骤,浓睡不消残酒。试问卷帘人,却道海棠依旧。知否,知否?应是绿肥红瘦。

照例是一群人点赞,评论里说得最多的是:"你是怎么想到'绿肥红瘦'这四个字的?哎呀妈,太形象了!"

此刻的清照姐面露得意之色,站在窗边去欣赏一地的海棠花瓣去了。她的心,很快乐。如果我们用一个词来记下这个戳穿了丫头的姑娘,那就是——调皮。

2

少年时光总是如此惹人怀念,宛如许久以前心中那只飞远的纸鸢。

清照姐此时的心事,就像白居易一首小诗里写的那样:"花非花,雾非雾,夜半来,天明去。来如春梦几多时?去似朝云无觅处。"那个她生命中最重要的人走进来,像午后一个淡淡的梦闯进了她的生活。

李清照《如梦令》："昨夜雨疏风骤，浓睡不消残酒。试问卷帘人，却道海棠依旧。知否，知否？应是绿肥红瘦。"

清照姐，正在无忧无虑地荡着秋千，满头大汗，衣服湿透，连鞋都没有穿。发现有个青年走了进来，她匆匆从秋千上逃下来，忽然想起了父亲几天前跟她提过，她已经十八岁了，也该嫁人了。

莫非？她的一颗小心脏扑通扑通地跳着，看到门边的一株青梅，她大喜，连忙停下脚步，侧着身子倚着门，把一颗青梅放在鼻尖下，眼睛飞快地扫了那青年一眼。在那轻轻一嗅中，那个既羞涩又大胆的女孩儿，占尽了整个北宋王朝的夏日风情。

朋友圈里嗅青梅的照片，是她后来嫁给那个青年赵明诚之后补拍的，配的词照例引起了大家的热议：

点绛^(jiàng)唇

蹴^(cù)罢秋千，起来慵整纤^(xiān)纤手。露浓花瘦，薄汗轻衣透。　　见客入来，袜划^(chǎn)金钗溜。和羞走，倚门回首，却把青梅嗅。

大家都在问：你这么深情地嗅一支青梅，是什么意思？她不答，只有她的新婚丈夫，在下面默默写了一条评论——娇羞。

清照姐为什么词写得那么好？

首先是大环境。她生活的少年时代，那是北宋王朝最为煊赫繁华的时期，司马光就是在清照姐出生的这一年将他的史学巨著《资治通鉴》呈给神宗的。此时的词人，可以说几乎集北宋名家之大成，苏轼、秦观、周邦彦、晏几道、贺铸等均在世。

其次是家庭影响。清照姐的父亲李格非颇有文名，其《洛阳名园记》名闻天下，而她的母亲，也不是一般人物，据《宋史》记载："妻王氏，拱辰孙女，亦善文。"拱辰可是科举状元，做到国家人事部部长的位置。李清照是绝对的知识分子家庭出身，怪不得词写得那样好，人家是有这个基因的。

这个青涩调皮而娇羞的少女，上天如此眷顾她，她是理所当然的女神。

我们继续来欣赏她的朋友圈。

减字木兰花

卖花担上，买得一枝春欲放。泪染轻匀，犹带彤霞晓露痕。　　怕郎猜道，奴面不如花面好。云鬓斜簪，徒要教郎比并看。

这张照片，是清照姐在鬓边插了一枝花，微笑着，露出八颗洁白的牙齿，睁大眼睛望着你的样子。而照片旁边，还被清照姐画上了一颗红心，下面有一行小字："花好看还是我好看？"

清照姐，刚新婚宴尔就这么迫不及待地秀恩爱吗？好，大家都沉默，看看你的夫君能否答对这个问题。结果，赵明诚没有发表评论。他私底下对清照姐说："不要什么都往朋友圈里发，你说你戴个花问谁好看，这让大家怎么回答？"

清照姐不回答，只是笑嘻嘻地问："那你回答，是花还看还是我好看？"

赵明诚叹了一口气："你好看你好看，行了吧？"

他嘴上这样说，眼角眉梢却流露着掩饰不住的喜悦：这个媳妇儿，不仅词写得好，而且和自己有着同样的爱好，喜欢研究金石；不仅愿意和自己一起去汴京大相国寺的早市上淘宝贝，还和他一起不睡觉欣赏那些文物；不仅才名在外，"文章落纸，人争传之"，走到哪里都有粉丝，还特别有女人味儿。

如果让赵明诚来评价一下媳妇儿，他一定会摇摇头笑着说，会撒娇。

3

一剪梅

红藕香残玉簟^{（diàn）}秋，轻解罗裳，独上兰舟。云中谁寄锦书来？雁字回时，月满西楼。　　花自飘零水自流，一种相思，两处闲愁。此情无计可消除，才下眉头，却上心头。

这首词是清照姐专门艾特（@）赵明诚的，他们婚后也并不是天天黏在一起。赵明诚比李清照大三岁，他当时在太学上学，只能初一、十五请假回家。

赵明诚的父亲赵挺之当时已经做到三品大员了，而清照姐的父亲也做到了六品，他们当时的生活应该还是可以的，但是这两个爹管家的家风很严，从来不惯小孩子乱花钱的毛病。所以每次赵明诚从太学回来，两个人就跑到当铺去，冬天当夏天的衣服，夏天当冬天的衣服，拿了钱去淘文物。

相爱，已属不易，还能彼此相知、相携，更是难得。分别只是短短的半个月，对于清照姐而言，却像是隔了整整一个世纪。她最深的寂寞不是没有倚靠，而是忽然间找不到那个熟悉的肩膀。

盼不到人，盼不到信，只有让刻骨的相思吞噬着自己的心，"才下眉头，却上心头"。这次，超级自恋的清照姐没有放自己的照片，而是配了一幅图，一弯清冷的月牙挂在空中，孤零零的，令人心碎。

在一个万家团聚的重阳节，清照姐已经很久没有看到出门考古的丈夫了。这次她朋友圈里什么也没有发，而这晚她的丈夫赵明诚发了五十一条朋友圈！

原因是赵明诚看到了清照姐发给他的那首表达思念的词：

醉花阴

薄雾浓云愁永昼，瑞脑销金兽。佳节又重阳，玉枕纱橱，半夜凉初透。　　东篱把酒黄昏后，有暗香盈袖。莫道不消魂，帘卷西风，人比黄花瘦。

看完这首词，他的诗情瞬间被激发出来：我也要写一首好词，绝不能输给媳妇儿！于是，他闭门谢客，废寝忘食地写了五十首词，然后把媳妇儿的这一首也匿名夹在里面，发到朋友圈后，让好朋友陆德夫评论一下。

陆德夫一看，头都大了，耐着性子看完，挑出清照姐写的那首，说道："这首写得最好，尤其是这三句，'莫道不消魂，帘卷西风，人比黄花瘦'，绝了！"

赵明诚哈哈大笑，超级傲娇地在清照姐的那首词下写了一句评论：我媳妇儿写的！不过，他的配图不是菊花，而是一株桂花树。因为他知道，他媳妇儿在所有的花里，最爱桂花。因为她曾经说过："何须浅碧深红色，自是花中第一流。"

清照姐真是有才。

4

命运就像一本难以捉摸的书，前一页还是天堂，翻过一页就是地狱。

此时的北宋朝廷，新党和旧党之间的斗争非常激烈。赵挺之死于政治斗争，赵家开始败落。赵明诚和李清照只好离开汴京，回到故乡山东青州。

那时清照姐给自己取了个号——易安居士，取自陶渊明《归去来兮辞》中的"倚南窗以寄傲，审容膝之易安"，而他们的书房，就叫"归来堂"。

这就是清照姐想要的生活，普普通通，他们追求的是内心丰富的平静。他们相互支持，研文、治学、创作，他们节衣缩食，搜求金石古籍。在青州，他们度过了人生最快乐的十年。唯一的遗憾是，他们没有孩子。

其间，赵明诚大体上完成了《金石录》的写作，之后赵明诚到莱州和淄州做官。

天堂的生活在1127年结束，这一年，金人大举南侵，俘获宋徽宗、宋钦宗父子，史称"靖康之变"。康王赵构在南京应天府即位，南宋王朝开始。命运实在翻转得太快，清照姐这年四十四岁，从此，她的人生走上了悲剧之路。

北方局势越来越糟糕，赵明诚的母亲此时在江宁（今江苏南京）逝世，夫妻俩到南京奔丧，赵明诚起知江宁府，兼江东经制副史。然而，那么多的金石文物怎么能够带走？于是，他们把不好带的文物放在十间屋子里锁好，收拾了十五车书籍、器物，仓皇出走。然而，他们费尽心血收藏的这十间屋子里的宝贝，很快就被劫掠一空。他们就这样在兵荒马乱中到达江宁。

不到两年时间，金兵攻陷江宁，而此时的赵明诚做出了实在令人不齿的事情，弃城而逃了！这也难怪，南宋的皇帝都在拼命逃跑，难道还指望其他官员以死报国吗？

你认为清照姐此刻还能写出那样快乐的诗词吗？她还是那个无忧无虑的女神吗？在乌江楚霸王自刎处，清照姐写下了一首诗：

夏日绝句

生当作人杰，死亦为鬼雄。

至今思项羽，不肯过江东。

写完这二十四个沉重的文字，清照姐拿起手机，拍下江水拍打着江岸的画面，然后，发送。

在民族危亡的关头，这个昔日的小女孩儿、小鸟依人的少妇，却能写出"至今思项羽，不肯过江东"的诗句，表现出了少有的气概，这种气概，我们把它叫作——大义。

命运似乎就是要来为难这个我们心目中的女神，让她接连不断地受到重重打击。她的丈夫赵明诚，在前往湖州赴任的路上生病去世。清照姐来不及让她的悲伤逆流成河，金兵开始南犯。她一路跟着皇上逃亡的路线，带着沉重的书籍、文物，一路逃下去。

清照姐这样一个新寡的弱女子，眼巴巴地追寻着皇帝远去的方向，从建康，经越州、明州、奉化、宁海、台州，一直漂泊到海上，然后又到温州。她自己雇船，求人，投靠亲友，带着她和赵明诚一生收集的书籍文物，就这样苦苦坚持着。

这些文物，是舍命也不能丢的啊！她和她的丈夫，用一辈子心血写的《金石录》还没有完成，这是她的精神寄托。她还要追上皇帝，把这些文物献给朝廷。然而，她始终也没有追上那个拼命逃跑，如丧家之犬一样的皇帝。最后，这些她用命来保护着的文物，遭遇战乱、贼人偷盗，所剩无几了。

她对着那些残破的、零散的文物，苦笑着拍了一张自拍。她没有流泪，因为她知道，当一切都无法逃避时，要学着用笑来哭泣，即使是苦笑，也要笑。

她多么羡慕苏轼说的那句话啊："小舟从此逝，江海寄馀生。"然而，她的小舟，这像蚱蜢一样小的小舟，怎么可以载得动她如此沉甸甸的忧愁呢？

她把那张照片连同这首词一起发到了朋友圈，只是，她无心再看有多少人点赞、多少人评论了。

武陵春·春晚

风住尘香花已尽，日晚倦梳头。物是人非事事休，欲语泪先流。　　闻说双溪春尚好，也拟泛轻舟。只恐双溪舴艋舟，载不动、许多愁。

一样的小舟，再也不会在一个夏日的黄昏惊起一滩鸥鹭了；坐在小舟里的那个人，再也不会倚门回首，却把青梅嗅了；她只有一个人默默地流泪，然后把泪擦干，保护着仅存的文物，咬牙也要把她的《金石录后序》写完。

累了，就哭一会儿接着上路吧。清照姐，在没有一个肩膀让你依靠的时候，你一定要坚持。

5

终于，一个大雁南飞的深秋，小雨滴滴答答地敲打着窗棂，孤独难过的清照姐看着满地的黄花，悲从中来，忍不住伏案痛哭了一场。

她为她后半生的漂泊无依而流泪，为自己遭遇的一个渣男而不值。那个渣男叫张汝舟，他伪装成谦谦君子，和清照姐结婚，只是为了占有她身边尚存的文物。清照姐发现了他的真面目，在婚后三个月提出离婚。张汝舟不仅不同意离婚，还对清照姐实施家暴。

清照姐知道，只有将张汝舟告倒治罪，自己才能脱离苦海。但依照宋朝法律，女人告丈夫，无论对错输赢，都要坐牢两年。坐就坐，那又怎样？清照姐绝不在感情生活上凑合，她宁肯受皮肉之苦，也绝不受精神的奴役。

张汝舟曾经得意地把自己在考试中作弊的事告诉过清照姐，清照姐告发了他。结果是张汝舟被发配到柳州，清照姐也随之入狱。可是，清照姐在当时名气太大了，朝中有友人帮忙，她坐了九天牢便被释放。然而，这件事在她的心灵深处留下了重重的一道伤痕。

她再嫁又离婚的事情，引起了很多人的非议。有人说她淫荡，有人说她少廉寡耻，说什么的都有。清照姐没有理会，只是写了一首词发在朋友圈里，在这字字滴血的《声声慢》旁边，她配了一张最爱的桂花图片，没有自拍，没有美颜，只有凋零的一地桂花。

声声慢

寻寻觅觅，冷冷清清，凄凄惨惨戚戚。乍暖还寒时候，最难将息。三杯两盏淡酒，怎敌他、晚来风急？雁过也，正伤心，却是旧时相识。　　满地黄花堆积，憔悴损，如今有谁堪摘？守着窗儿，独自怎生得黑。梧桐更兼细雨，到黄昏、点点滴滴。这次第，怎一个愁字了得！

那样爱花的一个人，如今也像这破败的桂花一般，凋零了她的人生，啮噬了她的心。她在这张图片旁边，写下了几个小字："我哭，是因为我爱。"

是的，她的眼泪，绝不为那个渣男而流。她一直在爱，爱她身边的人，爱她所喜欢的词，爱那些金石文物，爱所有的花花草草，我们不知道，在那些绝妙华章之后，藏着一颗怎样的玲珑词心。然而，她曾经爱过的，都纷纷离她而去。只剩下她一个人在这人世间，孑然一身，踽踽独行。

6

朋友圈的更新，永远停留在了 1155 年 5 月 12 日这一天。这个婉约派掌门人，留给我们的，只是一个帘卷西风时的婉约背影。她的温柔善良与多情，她的坚强智慧和沧桑，她写下的那些带着温度的语言和文字，惊艳了时光，温柔了岁月。我们明白，点墨，即是她的寸心。

这就是我们的女神，活在我们心里的女神。她自带光芒，走到哪里头上都是光圈，像天使一般降临在这人世间。千百年来，她发的这些朋友圈不断有人在点赞、在评论，在为她的故事唏嘘，说得最多的是这六个字："千古第一才女。"

有人把她发的这些内容编辑成册，起名为"漱玉词"。在这本书里，她经常说的一句话也被记录了下来："词，当别具一家也。"

1987 年，国际天文学会 @ 了李清照，告诉她水星上面的十五座环形山，用十五个世界名人的名字来命名它们，李清照就是其中一座环形山的名字，这是在外太空唯一一个用中国古代女性的名字命名的天体。

女神，也许不只是拥有超高的才华，她也应有身处顺境时的玲珑心和面对变故不改初心的坚强。千古才女李清照，她的娇憨可爱、她的率真无邪、她的慷慨气概、她的绝不妥协，都深深地印在了我们的心里。

此女只应天上有，人间哪得几回闻？这就是我们的国民女神——李清照。

【延伸阅读】

1. 卫淇：《李清照：人生不过一场灿烂花事》，哈尔滨出版社，2010 年

2. 桑妮：《你是我眉心未完的诗：李清照和她的情花词》，同心出版社，2011 年

3. 诸葛忆兵选注：《李清照诗词：中华传统诗词经典》，中华书局，2013 年

岳飞

尽忠报国岳鹏举，岁月不负少年头

绍兴十一年（1141）十二月二十九日。

杭州风波亭。

一个低沉而愤怒的声音冲出亭子，裹挟着血腥的味道，在弥漫着雪花的空气中回旋，瞬间，与冰冷的空气凝结，把这声音的每一个字变成一颗颗坚硬的球，砸下去，砸下去，砸向风波亭的每一块占满了鲜血的砖石——天日昭昭！天日昭昭！

风波亭里，凶狠的狱卒手拿大锤，狠狠地朝一个满身是血的将军的胸口锤下去，一锤，又一锤。将军怒目圆睁，似乎要把眼眶睁裂，旋即，他心肺俱裂，轰然倒地，冰冷的盔甲里，一缕冤魂从他的躯体直冲出来，久久不肯离去。

没有人注意到，狱卒用来让他供认"罪状"而被他撕碎的几片纸，随着一阵风，打着旋儿飞向了天空……

1

重和元年（1118），河北西路相州（今河南安阳）汤阴县永和乡孝悌里村的农民岳和家里，张灯结彩，他们家的大儿子岳飞今天娶媳妇了。

岳飞和新娘子在大家的笑声中入了洞房，他有些羞涩。忽然，他看见最心爱的弓放在床上，赶紧走过去拿开它，发现弓下面压着一张小小的纸片，上面密密麻麻地写满了蝇头小楷。他拿起来看，居然是写给他的一封非常简短的书信："汝名岳飞，字鹏举，生来膂力惊人，师从周同学艺。我大宋九年后遭遇奇耻大辱，望汝宁饿死，勿投军，否则后悔晚矣！若不听吾，切记宗泽是汝之贵人，远离杜充。万勿离开封！汝妻名李娃，明年可得子，善待汝儿！善待汝儿！善待汝儿！"

岳飞有点摸不着头脑，这是谁写的书信呢？他出生的时候，有大鸟在他们家的屋顶飞舞，于是父亲就给他取名岳飞，字鹏举，这个村里的人都知道哇！他的确天生神力，十几岁就能挽弓三百斤，开弩八石，他在师傅周同的教导下，还能左右手开弓、百发百中。那时弓弩是主要兵器，以他的挽弓能力，都能当皇帝的侍卫了。

这个写信的人看来应该认识他，写这些话是为了获取他的信任。但是后面的话真是驴唇不对马嘴，这都什么呀？什么奇耻大辱，什么万勿投军，还有后面那些人名，听都没有听说过。更可笑的是说他的妻子叫"李娃"，妻子明明姓刘嘛！"善待汝儿"，还说三遍，哪个当爹的不疼自己的儿子？这个人要么有病，要么就是谁和他开玩笑的。

岳飞随手把那张小纸片扔了，屋子的角落里似乎传来一声幽幽的叹息……

一年后，刘氏生了个儿子，取名岳雲。虽是喜事，全家人都愁眉苦脸，为了生存，岳和已经把家里的地卖了大半，岳飞只好背井离乡，出外谋生。去投军是他最好的选择，要不是家里实在穷，谁愿意去当兵啊？当兵有饭吃，还可以带家属。再说，岳飞从小就有他心目中的偶像，他要做关羽那样的人！但是人家关羽是东汉时期的人，岳飞这可是在宋朝，宋朝祖宗赵匡胤留下来的规矩，是重文抑武、以文制武。

岳飞遇到的这宋徽宗也真是奇葩。有人说他是南唐李煜转世，赵匡胤夺了他的江山，他就来败他的家。还别说，他败家真是一把好手。他酷爱艺术，为了建造一个理想中的花园，他一路上又是用船运，又是用马车拉，甚至连城门都拆了！如此兴师动众，你能想到就是为了运一块太湖石吗？

他把后花园里从各处搜罗来的石头堆成假山，里面撒满硫黄，一到下雨天，就从嶙峋的假山里往外冒烟，再加上不时有几只麋鹿、仙鹤在旁边走来走去，简直是人间仙境啊！宋徽宗呢？他手拿拂尘，觉得自己一副仙风道骨的样子，自称"有道明君"，他上朝不让群臣称呼"陛下"，要叫"教主"，言必曰："无量天尊！"就是这位"有道名君"，做了一件超级"有道"的事，不仅让自己和整个民族都跟着受辱，还断送了大宋当年在全世界都领先的文明强国地位。

由于他的行为太过扰民，不少地方都爆发了起义，他为了转移国民的注意力，居然引狼入室，打起了金国的主意。宋徽宗想：辽国那些契丹人把女真人给惹恼了吧？现在把辽国打得落花流水，我得赶紧派使者去和金国交好，一起打辽国，然后把原来割让的燕云十六州给要回来！嘿嘿，这下我岂不是要流芳百世？无量天尊！宋徽宗满怀着天真的梦想，屁颠屁颠地派使者去和金国谈判去了，于是签订了改变大宋命运的"海上盟约"。

结果，没等大宋发兵，辽国就灭了。金国从这件事发现了大宋的软弱，还有很要命的一点，大宋在地理位置上其实离自己很近，又那么富庶。对于狼子野心的金国，这可是送到嘴边的一块肉哇，不吃白不吃！于是，中国历史上最屈辱的一幕就出现了。金国的军队掳走了两个皇帝——宋徽宗和他的儿子宋钦宗，还有皇室、妃嫔、朝臣三千多人，一路上愁云惨雾地朝那苦寒之地走去。

北宋至此灭亡。这一年的年号，叫"靖康"（1126 年）。这一年，岳飞二十四岁。

2

岳飞目睹了这一切。极目所见，山河破碎，人民涂炭，地近蓬蒿堆白骨，巷无人迹长苍苔，田野里到处是尸体，良田沃地早已荒芜，颓垣败屋看不到袅袅的炊烟。

岳飞忽然想到了九年前他看到的那封信，看来写信的那个人有预知未来的能力："我大宋九年后遭遇奇耻大辱，望汝宁饿死，勿投军，否则后悔晚矣！"奇耻大辱，奇耻大辱，还有什么比亡国更耻辱！还有什么比皇帝被敌人掳走更耻辱？还有什么比中原遭受如此蹂躏更耻辱？还有什么比做一个亡国奴更耻辱？"宁饿死，勿投军"，这是什么话！就算是让我选择一千次、一万次，我也绝不贪生苟活！我要用仇敌的血来祭奠死难的乡亲，我要用手中的剑去铲除大地的腥秽！

但是他放心不下年过六旬的老母亲。岳母看出了岳飞的犹豫，她虽是普通农妇，可她深明大义，她明白，没有"国"哪有"家"。她在岳飞的背上深深地刺上了四个大字，从此，这四个字一直在激励岳飞，无论他怎样艰难，都时刻牢记这四个字——尽忠报国。

只是岳飞没有想到，生活充满了变数。他的妻子因无法忍受艰苦的生活，改嫁了别人。他更没想到，新上任的皇帝宋高宗居然打算放弃中原，放弃生他养他的土地，放弃成百万上千万的百姓，逃到江南去。这个比岳飞小四岁的皇帝，宋徽宗的第九个儿子赵构，金兵南犯的时候，他因为被守臣宗泽劝阻没有去奉命求和，得以免遭金兵俘虏。他在应天府（今河南商丘）即位，没多久就以"巡幸"扬州为名，逃到南方。

怎么还会有这样的皇帝！父亲和哥哥在金国受着非人的虐待，北方的老百姓还在金兵的铁蹄之下挣扎，万里河山眼看就要失去，他怎么能放弃这一切？！宋高宗当然能，他现在能想到的就是保命，在南方成立南宋，至于北方，就管不了那么多了。拼命阻拦皇帝逃跑的李纲只做了七十五天宰相就被罢免了，所幸还有宗泽。宗泽以他七十岁的高龄镇守开封，他以他的实际行动宣誓：只要有一口气在，绝不议和！

国家灭了，皇帝跑了，可是国都开封还在。只要守住开封，赶跑金军，就有复国的希望，就有洗刷奇耻大辱的希望。

终于，在金国统治下的北方百姓揭竿而起了，星星之火，已成燎原之势。一支支头裹红巾的队伍迅速遍布北方，他们以游击战的方式神出鬼没、偷袭金营，金人开始屠戮无辜的平民以泄愤，让红巾军

宗泽画像

的火焰燃烧得愈加炽烈。

王彦带领的队伍被人称为"八字军",他们的脸上刻着"赤心报国,誓杀金贼",在太行山区把金兵杀得闻风而逃。在东北金国的老巢,几千名被驱掳北上的汉人,以上山砍柴为名置办长柄大斧,他们要劫持金太宗,杀过黄河,惜被叛徒出卖,最终失败。可这就是血性,宁可死,也绝不做亡国奴。

建炎元年(1127)十二月,宗泽的帐前有一个年轻人求见,这个年轻人,就是岳飞。

岳飞给宋高宗写过一封信,指责他"有苟安之渐,无远大之略"而被赶出军营;他因为杀敌心切,擅领队伍迎战金兵,给王彦造成了被动局面而被赶去打游击;他听说很多义军都投靠了宗泽,所以他前来投军,希望给自己上战场杀敌的机会。

宗泽早听说过岳飞英勇善战,而岳飞也没有辜负宗泽对他的期望,在数次战争中证明了自己的实力。可惜宗泽老了,这位历经刀光剑影的老人,前后一连给宋高宗写了二十四封言辞激切、足以感动木石的奏折,恳请他能回来鼓舞士气,主持报国仇、复故疆的大计,都是石沉大海。他再也支撑不下去了,弥留之际,他"连呼过河者三",遗憾地死去了。

他逝世的那一天,悲风回荡,愁云泣雨,整个苍旻都在向这位伟大的忠魂致哀。

岳飞一生受宗泽教诲最深,从此,岳飞接过宗泽的大旗,用一生去实现他"尽忠报国"的誓言。

3

宗泽死后,杜充接任了他的职位。岳飞记得信中有一句话说

"远离杜充"，可他不能走呀，他要实现宗帅"唾手燕云"的矢志，"连接河朔"的远谋。

杜充来了以后，立即终止了宗泽所有北伐部署。两年后，金军发动全面进攻，杜充想到的办法居然是下令开决黄河的大堤，结果，滔滔黄河水没有阻挡住金兵，反而淹死了许多无辜的百姓。没有丝毫愧疚的杜充觉得开封这个地方太危险了，竟然决定弃城逃跑，岳飞气得跑到杜充的营帐里去指责他。

可是，留下来又能做什么？难道还是在深山中打游击？只有当上将帅，才能实现北伐愿望！岳飞做了这个决定以后，心情分外沉重。他和军士眼泪汪汪地五里一徘徊、十里一回首，向被宋高宗和杜充丢弃的故土依依惜别。

岳飞他们渡过波澜壮阔的大江，进驻建康府（今江苏南京）。之后，他多次派人潜入汤阴县，才将母亲和两个儿子接到军营。在这里，他认识了江南女子李娃，和她结婚，李娃孝顺母亲，爱护岳雲和岳雷，她陪伴了岳飞一生。

杜充主持前沿军务之时，宋朝丧失了大约三分之一的土地，宋高宗还为他加官晋爵，甚至拜他为相。可恨的杜充在金兵攻到江南之后，立刻投降了金朝。原本已在临安（今浙江杭州）安顿下来的宋高宗立刻又开始往南逃跑，他退到明州（今浙江宁波），再从明州航海南逃。

朝廷漂洋出海、去向不明，右相杜充投降金军，许多将士原本就是盗匪出身，为了生计，又重新以掳掠为生。军心浮动，人人都不知道下一步该走向何方。

坏消息不断地传来，金兵占领了建康府并开始屠城，金兵拿下了临安并在此纵火三天三夜，金兵"搜山检海抓赵构"没有抓到，杀光了明州的百姓！尸体发臭无人掩埋，已经招致了可怕的瘟疫！惨绝人寰！惨绝人寰！！惨绝人寰！！！

是战，是退？是追随宋高宗的脚步，抑或是留下来召集兵马抗击金兵？岳飞陷入了人生中一次艰难的抉择。一天晚上，他在经常查看地图的几案上发现了一张发黄的小纸片，上面挨挨挤挤地写着："尽忠报国不能两全。朱仙镇不可回头！善待汝儿！善待汝儿！善待汝儿！"

这是在他十六岁时给他写信的那个人，可以看出，这个人想帮自己。他为什么每次都提醒自己要善待儿子？岳飞自言自语："尽忠和报国怎么不能两全？"良久，屋子的角落里传来一声幽幽的叹息。

岳飞决定，尽管降官如毛、溃兵似潮，他仍然要坚守在这里，尽忠报国！金兵打过去了，但是要让他们有来无回！

此时，一个令人振奋的好消息传来：金兵找不到宋高宗，满载财物从黄天荡（今江苏南京长江一段）经过，被韩世忠的部队打得落花流水，堵在那里四十余日，差点全军覆没。可惜的是，一个奸细献策，金兀术挖开一个年久不用的河道，偷偷逃跑了。

韩世忠失败了，但也让不可一世的金兀术如惊弓之鸟，他退守建康府，以图再次南犯。

好消息再次传来：坚守川陕一带的吴玠将军在大散关大败金兵。吴玠将军把四川守得如铜墙铁壁，独立支撑起半壁江山！

岳飞也没有闲着，他降戚方、讨李成、收张用，让那些盗匪闻风丧胆，又屡次阻击进犯的金军，在身经百战中成长为一个成熟的具有领导力的将领。

为军粮发愁的岳飞和军士，这下不用愁了，常州宜兴县的知

岳飞

263

县希望他的部队能进驻宜兴保护百姓，他们的粮食充足，足够一万军人吃十年。

岳飞军纪严明——"冻死不拆屋，饿死不掳掠"，拿百姓一缕麻，都要被杀头。在内祸外患交迫的岁月里，百姓的生命财产朝不保夕，居然进驻了一支与众不同的军队，对民间秋毫无犯，这不能不使宜兴百姓喜出望外。他们为岳飞建造了祠堂，家家挂有岳飞的画像，把他奉若神人，许多外地百姓也争先恐后移居宜兴来避难。

从此，百姓称这支雄师为"岳家军"，这支军队在枪林弹雨中已经成长为江南抗金战场上的中流砥柱。

4

惊魂未定的宋高宗在颠簸的大海上恶心呕吐了四个月，终于回到陆地。他先在越州（今浙江绍兴），后来到临安，西湖的山水令他陶醉，他多么想在这里偏安一隅，不用天天逃命啊！当皇帝的日子真不好过，他在扬州被金兵吓得失去了生育能力，在"苗刘兵变"中差点被逼退位，给金太宗写了卑颜屈膝的求和信也没有回音，只能以战保命，重用这些大将了。

岳飞非常兴奋，他永远记得绍兴元年（1131）宋高宗召见自己的情景。皇帝表示支持他的愿望，迎回二圣，收复失地，洗刷耻辱。

绍兴四年（1134）五月，岳飞终于要开始第一次北伐了！他用了三年的时间平定内乱，收复了被金兵占领的建康府，现在要去攻打金国在北京大名府扶植的傀儡政权伪齐。

七月，岳飞以三万五千人的兵力战胜刘豫三十万大军，夺回襄阳六郡，使南宋有了一块固若金汤的屏障。

岳飞战后给朝廷写信，希望能给他二十万兵力，他要打过长江，打到金国去！宋高宗亲笔为他题写"精忠岳飞"，却没有答应他的要求。他才刚刚开始享受"山外青山楼外楼，西湖歌舞几时休？暖风熏得游人醉，直把杭州作汴州"的幸福生活，岳飞怎么这么愣头青呢？二圣回来，还有我做皇帝的份儿吗？还是秦桧懂我，他提出的"南人归南，北人归北"就是我想说但不能说的话。

　　这就是岳飞要"尽忠"的那个皇帝，可惜的是，在那样一个时代，要岳飞抛弃他的"忠君"思想，怎么可能？

　　一天，岳飞登上鄂州（今湖北鄂州）的一座高楼，雨过天晴，锦绣河山分外明媚。岳飞的心很不平静：收复襄汉何足挂齿，封节度使更如尘土一般不足萦怀。但靖康之耻，何时能雪？大好河山，何时能还？！终于，对敌人的恨和对朝廷的失望化为一曲悲壮的《满江红》，岳飞引吭高歌的声音在长江上空回荡，在整个中国大地回荡，在千百年来每一位中华儿女的心头回荡。

　　令岳飞怒发冲冠的，不只是对敌人的怒，更是对处处掣肘、软弱朝廷的怒。就在岳飞患了严重的眼病，又遭遇母亲病逝的情况下，他克服了一切困难，又发动了第二次、第三次北伐。取得全面胜利之时，宋高宗和秦桧突然提出要和金国议和。

　　金国发现宋金实力已经发生了换位，表示愿意退还宋徽宗的棺椁和宋高宗的生母韦皇后，把黄河以南的土地还给南宋。岳飞一针见血地指出，这是金国的诡计，他们不过是想把宋军引到中原，然后一举歼灭。

　　果然，绍兴十年（1140）五月，金国撕毁和议，如疾风骤雨，分四路南下！

　　"一闻战鼓意气生，犹能为国平燕赵。"（陆游《老马行》）大宋的将士，以最快的速度投入战场。这是一场势均力敌的战斗，这是一场天昏地暗的厮杀。在不足半个月的时间内，岳家军凯歌猛进，席卷京西，与驻扎在开封府西南四十五里朱仙镇的金兵再次相遇。什么铁浮屠、什么拐子马，在岳家军面前，就没有打不赢的仗！

金兀术绝望地说："撼山易，撼岳家军难。"

终于等来了这一天啊，开封，开封，你是多少人心头的痛！十二年前，被迫随杜充撤离的情景还历历在目，如今，隐约可见远方高大的城垣、宏伟的宫殿。宗帅，你等着，北方的乡亲们，你们等着，我们一定要打回开封，他们当年夺走的土地，要一寸寸地还回来！

岳飞按捺住内心的激动，高声说："今次杀金人，直捣黄龙府（今吉林农安），与诸君痛饮耳！"

可是，接下来发生的事情，令岳飞每一个细胞都要愤怒地燃烧！宋高宗听信秦桧的佞言，怕岳飞拥兵自重，用十二道金牌传他火速班师回朝。所有人都哭了，他们大喊："岳帅，造反吧，我们跟着你！"岳飞狠狠地攥着拳头，几乎要把牙齿咬碎，男儿有泪不轻弹，可是望着近在咫尺的开封，他号啕大哭。十年之功啊，毁于一旦！从今以后，回到开封，永远只是心中最痛的一个梦。

"忠君"就不能"爱国"，"爱国"就不能"忠君"。

回到杭州，岳飞收到了一封信，上面只有几个字："吾与汝同在！速速送汝儿到庐山！"

岳飞看着熟悉的字体，忽然想明白了：写信的人，就是他自己。他一直想改变自己必死的命运，可是他也知道，即使一千个机会、一万个机会摆在自己的面前，他也不会改变自己的选择。

六黃舒州界聞卿見苦寒欶乃
者覽奏再三嘉歎無歝以卿素
能勉為朕行國爾忠身誰如卿
志殄羣兇常苦諸軍難合今朿與
諸頭領畫在廬州撘連南壖張後
楊沂中劉錡等共力攻破其營退
卻百里之外韓世忠已至濠上出銳
師要其歸路劉光世惡其兵力委
李顯忠吳錫張琦等回老小等
萬若浮卿出自舒州與韓世張
俊等相應可望如卿素志惟貴神
速恐彼已為道計一失機會後省
時之悔江西漕臣至江州與王良存應
副錢糧已如所請委趙伯牛以伯牛據
嘗守官湖外與卿一軍相諳委此春
深寒喧不常卿宜慎疾以濟國事
付此親札卿須體悉十九日二更

付岳飛

赐岳飞批劄卷　｜　南宋　｜　赵构　｜　台北兰千山馆藏

他还来不及送走儿子，就被抓起来了。"飞鸟尽，良弓藏；狡兔死，走狗烹。"可是现在飞鸟未尽，狡兔未死，赵构，你就如此迫不及待吗？

天日昭昭！天日昭昭！

5

岳飞死了，他死的时候年仅三十九岁。很多人都在研究岳飞的死因，有的说都怪秦桧那个大奸臣，有的说宋高宗赵构太不是东西，不知道从什么时候起，居然有人说岳飞情商太低，不会揣摩皇帝的心思。

情商太低？说这话的人知道岳飞为了"还我河山"的梦想经历了多少艰难吗？他为了北伐，甚至提出把母亲、妻子和儿子作为人质抵押在朝廷！岳飞为了谁？为了"还我河山"！

他的一个曾经共患难的战友，趁岳飞去收复建康，让他留守宜兴的时候，居然想谋杀岳飞的妻母，吞并他的军队，幸亏发现及时，那人没有得逞。岳飞为了谁？为了"还我河山"！

在讨伐巨寇曹成的时候，岳飞的弟弟不幸被杀，凶手杨再兴是杨家将之后，岳飞爱才，把他留在身边委以重任。可怜岳母老年丧子，几乎要哭死过去。岳飞为了谁？为了"还我河山"！

岳飞当上节度使之后，原本可以像其他大将那样，不用那么拼命，拿着优厚的俸禄享受生活。他很喜欢江州（今江西九江）这个地方，就等着统一之后到这里颐养天年，可惜庐山的白云和瀑布没有等来这位百姓爱戴的将军。岳飞为了谁？为了"还我河山"！

岳飞曾经以眼病复发为由愤而辞职，因为宋高宗出尔反尔，把原本答应给他的刘光世的部队又划分了出去，他难道不知道每个皇帝都会猜疑手握重兵的大将吗？岳飞知道！他为了谁？为了"还我河山"！

岳飞傻乎乎地不顾个人安危劝宋高宗立储，因为他识破了金人准备拿宋钦宗做傀儡皇帝的阴谋。他不知道他犯了宋高宗的大忌吗？他不知道宋高宗的儿子夭折无嗣是他的一块心病吗？岳飞知道！他为了谁？为了"还我河山"！

岳飞带领将士提着头缺衣少食地拼杀在战场上，要饿死的时候，甚至割食过敌人的尸体！岳飞为了谁？为了"还我河山"！

岳飞的爱将杨再兴在小商桥遭遇金兵，率三百名勇士与金方大军殊死搏斗，最后全部壮烈牺牲。杨再兴及将士们的尸体焚烧后，光箭镞就有两升之多！他们又是为了谁？为了"还我河山"！

还是来听听这首《满江红》吧，听听岳飞内心深处的声音：

满江红

> 怒发冲冠，凭栏处，潇潇雨歇。抬望眼，仰天长啸，壮怀激烈。三十功名尘与土，八千里路云和月。莫等闲，白了少年头，空悲切！　　靖康耻，犹未雪；臣子恨，何时灭？驾长车踏破，贺兰山缺。壮志饥餐胡虏肉，笑谈渴饮匈奴血。待从头，收拾旧山河，朝天阙！

这，就是岳飞的情商。他不会去揣摩皇帝的心思，他甚至当着宋高宗的面说：文官不爱财，武将不惜命，则天下太平。他是死了，但他永远活着。会揣摩皇帝心思的那个人呢？他的铜像现在跪在西湖岳飞庙里，千百年来接受着人们的唾骂！

"青山有幸埋忠骨，白铁无辜铸佞臣。"和所有的武将一样，岳飞也爱喝酒，可是因为醉酒后打了将领，他后悔不已，从此再没碰过一滴酒。他唯一的愿望就是"直捣黄龙，与诸君痛饮耳"，可怜他没有等来庆功酒，等来的却是"莫须有"的罪名！

岳飞从来没有后悔过，唯一后悔的是生前没有给过儿子一丝温情。儿子在战场上拼命厮杀，他仅仅给他报过一次战功，最后因为受自己牵连，儿子被腰斩于市。

同胞们！抬起头看看星空，看看那满天繁星，生活不只是脚下的蝇营狗苟，一个民族有一群仰望星空的人，才会有希望。岳飞之死的真相只有一个，那就是——爱国不惜命！

你可以说岳飞傻，你也可以说他死了以后留个名有什么用，但中华民族正是因为有埋头苦干的人，有拼命硬干的人，有为民请命的人，有舍身求法的人，才能够生生不息、绵延不绝。他们，才是民族的脊梁！

哲学家尼采说："每一个不曾起舞的日子，都是对生命的辜负。"岳飞，捧着他一颗"尽忠报国"之心，在每一个枕戈待旦、奋勇拼杀的日子里，不退缩、不回避，把他的生命，舞成了历史舞台上最美的姿态。他，就是生命的舞者！

尽忠报国岳鹏举，岁月不负少年头。

6

八百多年过去了，岳飞曾经写下的这首抒发孤独苦闷的词和《满江红》一起，被人们传诵着：

小重山

昨夜寒蛩^(qióng)不住鸣，惊回千里梦，已三更。起来独自绕阶行，人悄悄，帘外月胧明。　　白首为功名，旧山松竹老，阻归程。欲将心事付瑶琴，知音少，弦断有谁听？

"知音少，弦断有谁听？"你，听到了吗？

【延伸阅读】

1. 王曾瑜：《大家说历史：王曾瑜说辽宋夏金》，上海科学技术文献出版社，2009 年

2. 王曾瑜：《宋高宗传》，中国书籍出版社，2016 年

3. 王曾瑜：《岳飞新传》，中国书籍出版社，2016 年

陆

游 陆游

相濡以沫，不如相忘于江湖

都说母亲的性格影响孩子，陆游也不例外。他性子里的倔强，爱就爱个轰轰烈烈、恨就恨个彻彻底底，源自他的母亲唐氏，那个北宋宰相唐介的孙女。陆母年轻的时候也追星，她是"苏门四学士"中秦观的"铁杆粉丝"。秦观，字少游，所以她干脆把秦观的名和字颠倒了一下，给自己的儿子取名叫陆游，字务观。

陆游的父亲陆宰没有提出什么意见，他博览群书，自然知道《列子·仲尼》中有"务外游不如务内观"一语，不然在老家山阴（今浙江绍兴），他"江南藏书世家"的大名岂不被人笑话？

秦观的"两情若是长久时，又岂在朝朝暮暮"令陆母倾心不已，她是如此向往这样如胶似漆的爱情，可是在儿子的婚事里，她扮演了棒打鸳鸯的那个狠心人。

陆游拥有过一段"愿得一心人，白首不相离"的爱情，无奈"执子之手"，却无法"与子偕老"。

1

陆游二十岁的时候结婚，他的妻子就是他的表妹，唐琬。他们是姑舅亲，那时还没有近亲不能结婚的说法。

"夜月一帘幽梦，春风十里柔情。"（《八六子·倚危亭》）在那个牵了手就是一辈子的年代，他能有幸娶到像唐琬这样温柔多情、美丽贤惠，而又和他琴瑟和鸣的妻子，真是幸运。婚后两人恩恩爱爱、如漆似胶，真可谓神仙伴侣。

可是他们甜蜜的梦很快就被陆母的无情棒打破，表面的理由是唐琬没有生育，这在"不孝有三，无后为大"的时代是可以作为离婚理由提出来的，然而真正的原因是，爱情耽误了儿子参加科举考试。这在南宋刘克庄的《诗话续集》中有所透露："放翁少时，二亲督教甚严。初婚某氏，伉俪相得，二亲恐其惰于学也，数遣放翁，（放翁）不敢逆尊者意，与妇诀。"陆游十六岁和十九岁时参加过两次科举考试，只是去见识一下考场的氛围，眼看现在时机已经成熟，可他耽于温柔乡中，儿女情长、英雄气短，这怎么可以？

陆游为此哭过、求过，然而他的母亲可不是见不得眼泪的人，一切的哀求，都抵不过两个字——前途。

再说陆游的祖父陆佃，他可是王安石的学生，官至尚书右丞；他的父亲陆宰，也是当过转运副使（相当于副省长）的人；再往上数，曾祖父陆珪，不仅官至一品，和欧阳修还是亲戚；就是曾外祖父，那也是堂堂的前朝宰相。

陆游，无论你左数右数，都是名副其实的官宦后代，可是现在天天不思进取，每天沉溺于温柔乡里，这可怎么了得？无奈，母命不可违，陆游只好在休书上签字，当他看到上面写着"一别两宽，各生欢喜"这八个大字时，不禁苦笑了。怎么可能欢喜！

唐琬走后，他望着他们俩一起做的菊花枕，悲恸欲绝。

这对菊花枕，他一直保留着。四十多年后的一个秋天，他看到菊花开了，意兴阑珊地采了几朵，那时唐琬早已不在人世，他翻出菊花枕，似乎还能闻到丝丝清香，还能听到唐琬咯咯的笑声，枕囊里还塞着他年轻时和唐琬一起写的菊花诗残稿，里面布满了蜘蛛丝。

那缠缠绕绕的蛛丝，一如他烦乱的心。他无限伤感地记下了这件事：

余年二十时尝作菊枕诗颇传於人今秋偶复采菊（其二）

少日曾题菊枕诗，囊编残稿锁蛛丝。

人间万事消磨尽，只有清香似旧时。

然而，命运和陆游开了个大大的玩笑，唐琬的离开并没有让他取得功名。

2

其实陆游是考上了状元的，但因为与当朝宰相秦桧的孙子秦埙^(xūn)同场考试，被秦桧嫉恨。秦桧画掉了他的名字，还传出话，在自己有生之年，陆游都不会被录取。

心情郁闷的陆游，看不见窗外灿烂的春光。无法取得功名，也许就是上天的安排吧，可是为什么要让我的琬儿来承受这样的惩罚呢？当初到底是谁的错？

他信步来到沈园，这里是他和唐琬以前常来春游的地方，这里春光融融，院子里有个小凉亭，曾经他俩在这里举杯小酌。他百无聊赖地走在石子小路上，仿佛看到了唐琬浅笑盈盈、眉眼如画、袅袅娜娜，正在向他款款走来。

忽然他擦了擦眼睛，不对！不是错觉，真的是唐琬！十年过去了，此时的他已过而立之年，可是心中最柔软、最隐秘、最深处的角落一直都在为她留着，他从不敢去触碰，连每次回忆到她的时候，他都是充满了甜蜜和痛苦。而现在，她居然就在他的面前！

她还是那样美丽，只是为什么她是这样消瘦，好像一阵轻风就可以把她轻易吹倒？为什么她的笑容里带着一丝丝的哀愁，好像她的心如这一池春水被风吹皱？旁边那个陪着她的儒雅俊逸、玉树临风般的青年，应该就是她现在的丈夫赵士程了吧？他俩看起来是如此般配，可惜，那个人不是我。

他停下脚步，怔怔地看着她。此刻，低头走着的唐琬一抬头，忽然看到了他，立刻，她的眼眸变幻了怀疑、惊喜、痛苦、不安和忧愁。

这是陆游吗？那个她日思夜想，在心里喊了千千万万遍名字的人？那个她为他写了无数封信又烧了无数封信的人？那个她期望一觉醒来就可以忘掉，从此不必再忍受相思之苦的人？是的，是他。十年了，也许十年的时间可以带走很多，可是唯有对他的思念，一成不变。

他的丈夫赵士程，家境良好，对她体贴入微，如果时光让她第一个遇到他该多好。她一样可以享受到甜美的爱情，而不必忍受椎心之痛。可是，曾经沧海难为水呀，她不舍，那样，她就会错过陆游了，那是她生命中的缘，也是她生命中的劫，她根本就不愿意躲开的劫。

此刻，他看着她，她也看着他。十年的漫长时光，十年的刻骨相思，就在这短短几秒钟的目光交汇中，擦肩而过，从此，两人不再有任何交集。

他看着她慢慢走远，看着她和她现在的丈夫走向那所留下他俩甜蜜回忆的小亭子，看着她依旧红润的手举杯向着她的丈夫，却再没有向他看上一眼，忍不住心如刀绞、泪如雨下。他命人拿来笔墨，提笔在沈园的墙上写下了一首《钗头凤》：

> 红酥手，黄滕酒，满城春色宫墙柳。东风恶，欢情薄，一怀愁绪，几年离索。错！错！错！　　春如旧，人空瘦，泪痕红浥鲛绡透。桃花落，闲池阁，山盟虽在，锦书难托。莫！莫！莫！

这世上最痛苦的事情，不是"十年生死两茫茫，不思量，自难忘"，而是十年之后，明明你爱着的人就在你的面前，你却无法再多看她一眼。

唐琬的丈夫怎能没有看出来呢？他是那样爱自己的妻子啊！他甚至宽容地提议妻子给陆游送些酒菜过去，唐琬拒绝了。她不可以这样做，她不能辜负这个拼命来抚平她心里伤口的丈夫。她甚至觉得，她对陆游的每一分情不自禁，都是对赵士程的不公。但她还是无法控制自己的这份思念，几天后，她独自来到沈园，看到了陆游题在墙壁上的那首词。

她曾经极力不去触碰的内心伤口轰然裂开，她所有对往事的委屈、对陆游的牵念、对丈夫的自责，一齐迸发出来，她再也经受不住这份感情的折磨，于当年那个肃杀的秋天，死去了。

唐琬,这个温婉美丽而又多情的女子,在沈园的墙上,也留下了一曲《钗头凤》:

> 世情薄,人情恶,雨送黄昏花易落。晓风干,泪痕残,欲笺心事,独语斜阑。难!难!难! 人成各,今非昨,病魂长似秋千索。角声寒,夜阑珊,怕人询问,咽泪装欢。瞒!瞒!瞒!

从此,你再不必将这份思念辛苦地深藏,你也再不必在人前咽泪装欢,爱情对于你而言,是人生一道难以跨越的沟壑,你的离开,也许是最无奈的归宿。陆游心里那个痛苦而甜蜜的角落,从此空了,无人可以替代。

3

好多年过去了,七十五岁的陆游,再一次来到沈园,看着墙上那依稀的字迹,忍不住又一次泪如雨下,他一口气写了两首《沈园》:

其一

城上斜阳画角哀,沈园非复旧池台。

伤心桥下春波绿,曾是惊鸿照影来。

其二

梦断香消四十年,沈园柳老不吹绵。

此身行作稽山土,犹吊遗踪一泫然。

别人都在羡慕陆游寿命长，可他从来不希望自己可以如此长寿，死者已逝，生者要独自承受多少寂寞和痛苦！

陆游临死前一年，八十四岁，经历了一生坎坷的他，回忆起自己美好的爱情，这位白发苍苍的老人，又一次提笔写下了他对唐琬的思念：

春游

沈家园里花如锦，半是当年识放翁。

也信美人终作土，不堪幽梦太匆匆。

在唐琬香消玉殒之后，她的一颦一笑，还久久地盘旋在陆游晚年的诗句里。如此刻骨铭心，如此绵延不绝，如此令人肝肠寸断的爱情，魂断沈园。既然爱上了一个人，那么就"唤回四十三年梦，灯暗无人说断肠"（《余年二十时尝作菊枕诗颇传於人今秋偶复采菊·其一》）。

看到这里，读者也许会提出一个疑问：在这段感情里，一共涉及四个人，始终没有露面的那位陆游夫人，她怎么样呢？这位夫人王氏，出身名门，是"蜀郡晋安澧州刺史王赠字竭之之女"，和陆游共同生活了半个多世纪，生育有五子一女。难道陆游对她就没有一点儿感情吗？

在《剑南诗稿校注》这本书里，一共收录了陆游九千三百四十四首诗歌。陆游写作涉及面很广，除了爱国诗、田园诗、修身诗、赠别诗、读书诗，还有大量的示儿诗，王氏的身影大多和孩子出现在一起。

陆游与王氏虽然不是爱情，但从中可以看到他对妻子为他生儿育女的感激，看到她陪着他颠沛流离的风雨同舟，看到他在她死后为她扶棺号啕大哭的亲情，看到他对待家庭应尽的一份责任。

比如，在《闲意》一诗里，他这样写道：

学经妻问生疏字，尝酒儿斟激滟杯。

安得小园宽半亩，黄梅绿李一时栽。

夫妻闲聊，儿女绕膝，多么温馨的生活画面啊！

比如，乾道八年时，陆游独自赴南郑，就写过《离家示妻子》一诗："明日当北征，竟夕起复眠。悲虫号我傍，青灯照我前。妇忧衣裳薄，纫线重敷绵。儿为检药笼，桂姜手炮煎……"妻子担心天气寒冷，给他的衣服里再添一些棉花，孩子也给他把药箱都准备好。对于陆游而言，有家人的陪伴和关爱，这是多么大的慰藉啊，他在诗里对妻儿的挂念跃然纸上。

还有这句，担心之情简直要溢出诗外："妻孥八月离夔州，寄书未到今何处？"（《木瓜铺短歌》）还有《芳草曲》里的这句"家在江南妻子病，离乡半岁无消息"。

他在诗歌里提到妻子，都是生活中的琐事。可是生活，不就是柴米油盐酱醋茶吗？不就是磕磕绊绊、相互扶持吗？如果把陆游对唐琬的感情比作熊熊燃烧的火焰，那么他对王氏，就是波澜不惊的小溪，无风无浪，细水长流。

4

"心似双丝网，中有千千结。"爱情，自古以来都是生命中和文学上亘古不变的主题。

爱，有时候就是那样无奈。明明不爱的，偏偏要在一个屋檐下"怨憎会"，别别扭扭，羁绊一辈子；明明相爱的，偏偏要经历"爱别离"，生不能相守，死不能同穴；明明爱得刻骨铭心的，就是要让你"求不得"，经历日思夜想、寤寐思服之苦……

爱，有时候不能评判。被爱总是幸福的吧？可唐琬呢，两个人都爱她爱得那么深沉，一个对她牵挂了一辈子，一个在她去世后终身未娶，战死沙场。可是她爱的要分离，她不爱的会辜负。在爱里，她陷入了两难。

在爱情里，学会"放下"是一种幸福。可是，要想放下谈何容易啊，陆游放不下，唐琬放不下，赵士程也放不下，它化成了一缕执念，在心上缠绕一圈又一圈，令人肝肠寸断。古往今来，有多少痴情人就这样被一个"情"字困住，无法解脱。

有的人，一生可以经历多次爱情；有的人，一辈子只能爱一次。这没有什么好坏对错，在爱情的世界里，原本就是如人饮水、冷暖自知。

陆游，本就是一个执着的人。对爱情如此，对他爱的诗歌如此，对国家的统一大业更是如此。他爱充满理趣的宋诗，"六十年间万首诗"，成为留存诗歌最多的诗人；他盼望国家统一，一生没有实现他"上马击狂胡，下马草军书"的愿望，却连睡觉都在"铁马冰河入梦来"，甚至临死前一刻，还要告诉儿子"王师北定中原日，家祭无忘告乃翁"。

爱也要爱个天昏地暗，在那样一个"不孝有三，无后为大"的时代，他无法违背自己的母亲，但他选择了把自己深爱的人放在心里。但是陆游，你有没有想过，如果没有你在墙上题的那首诗，她可能就会一辈子平静地生活下去？

时光啊时光，如果你能让他重新选择，他还会在墙上题诗吗？答案也许是不会。因为他知道自己的冲动型性格，做了不少令他后悔的事，从他自号"放翁"就可以看出他的放荡不羁。对于唐琬这件事，应该是他最为后悔的吧？

可是，"爱"又何尝不是一种幸福呢？有的人，也许一生都不知"爱"为何物，把婚姻当成了条件的交换，把"爱情"当作物品，称斤论两地来贩卖。这样的理智，多么冷漠，多么可怕！爱，也是一种能力。也许爱的过程会在甜蜜中伴随着痛苦，但一生能拥有一次像山顶小溪一样清澈纯真的爱，无论结果如何，就不枉此生。人生，因爱而明媚；爱，因淡然而静美。

祝愿身在幸福中的好好享受幸福，正在经历"怨憎会"的、"爱别离"的、"求不得"的，皆能放下执念，早日获得精神上的自由，早日逍遥自在。相濡以沫，不如相忘于江湖。放下别人，更放下自己。

5

爱情，原本是美好的，但若一个人一生都为情网所困，不得不说，这也是一场悲剧。那么该如何解脱呢？

庄子是公认的逍遥自在之人，他曾经讲过三条鱼的故事，也许会对我们有所启发。

第一条鱼是"北冥之鱼"，出自《庄子·逍遥游》。

这条在"北冥"生活的鱼，北海那么大，它还不满足，它的梦想是到南冥去。它化作了一只大鹏鸟，准备乘着六月的风，飞到南冥。一条可以随意变化的鱼，能从大海遨游于九天，已经可以说很逍遥自在了吧？庄子却说不不不，它只是"局部自在"，因为它还要依靠风才能飞起来，一旦没有了风，它就只能从高空坠落。

所以，北冥之鱼所谓的"逍遥"，还要依靠外物。正如一个人，当他（她）需要靠外在的财富、名声，或者外在的某一个人来获得内心的满足，这就不是真正的自在。

第二条鱼是"濠梁之鱼"，出自《庄子·秋水》。

庄子有个好朋友叫惠子，他俩经常以抬杠为乐。这天，他们路过濠水的桥上，看到一群鲦(tiáo)鱼在水里游来游去，庄子随口说："你看这些鱼多快乐呀！"惠子马上接话："子非鱼，安知鱼之乐？"你又不是鱼，怎么知道鱼快不快乐？庄子也马上反驳回去："子非我，安知我不知鱼之乐？"你又不是我，怎么知道我不知道鱼的快乐呢？估计等他们抬完杠，那群鱼早就游走了，谁听他俩在这里聒噪。

但这个故事给了我们不一样的思考角度：生活就像一出戏，我们不在别人的曲目里，怎么能知道别人的悲欢？鱼的快乐是自由嬉戏在水中，人的快乐是能够自然生长在世间。我们不需要迎合别人改变自己，无论在什么样的关系里，做自己就好。如果绞尽脑汁活成别人喜欢的样子，那就和"自在"背道而驰。

庄子讲的第三条鱼，是"江湖之鱼"，出自《庄子·大宗师》。

讲的是庄子有一次经过一块干涸的池塘，两条小鱼暴露在陆地上，它们互相吐唾沫湿润对方的身体，以维持生命。于是就有了个成语，叫作"相濡以沫"，现在经常用来比喻一同在困难的处境里，用微薄的力量互相帮助，不离不弃。

我们现在看到这个成语，会觉得这份感情很是难得，可是庄子才不这么认为，他对着小鱼说："相濡以沫，不如相忘于江湖。"你俩别在这里互相煎熬自我感动了，赶紧趁着一场大雨，到江湖里去自由自在地生活吧！

庄子真是人间清醒。这样"相濡以沫"地活着，其实是违背自然规律的，鱼离开水就会死亡，与其这样苟延残喘，不如顺应自然法则，回归到该去的地方。我们现在经常把"相忘于江湖"当作分手时的常用语，殊不知，"忘"不是忘记，而是"放下"。

握紧拳头，你的手是空的，而伸开手掌，你就会拥有全世界。向内求，做自己，顺自然，就是庄子说的求得"解脱"、获得"自在"的法宝。

6

"人生天地之间，若白驹之过隙，忽然而已。"这句话也出自《庄子》。一个人生活在天地之间，就好像一匹白色的骏马跨越一条细小的缝隙，一眨眼就过去了。然而，就是这短短的一生，还要经历种种的困难和挫折——大到家国天下，小至学业事业、亲情友情，哪一样不需要耗费心力？

人生就是一场修行，所有你经历的事，都是生命中的一部分，所有你遇见的人，也都是此生应该思考的课题。爱情纵是令人牵绊，终究不是全部。修行的终点，就是两个字：自在。那么如何不被爱所困，达到"自在"的境界呢？

佛家说："一切恩爱会，无常难得久。生世多畏惧，命危于晨露。由爱故生忧，由爱故生怖，若离于爱者，无忧亦无怖。"（《妙色王求法偈》）一切恩情爱恋皆是因缘际会，"无常"才是生命中的常态。人生在世，当然会有恐惧，而生命的短暂就如早晨的露水一般转瞬即逝。因为心有所爱，就会产生忧愁；因为心有所爱，就会产生恐惧。假如一个人能够心无所爱，就不会再有忧愁和恐惧了。可生而为人,又有几人能够做到"离于爱"呢?所以追求"无忧无怖"的高度实在太不容易了。

其实,这首偈^(jì)子的重点根本不是"离",而是"会"。什么是"会"?就是人世间所有的相遇。你要明白所有相遇都是"无常"的,都是因缘和合而生、因缘和合而灭而已。正如一朵云遇到另一朵云,不过是因为恰巧有一阵风儿吹过。风走了,你们终究也会分开,各自到天涯尽头,去奔赴一场名为"自在"的约会。

正如庄子所言:"知其不可奈何而安之若命",有些事情既然无法改变,念念不忘也没有回响,就选择接纳,选择随缘,顺应自然。

放下吧,放下吧,放下吧,时来天地皆同力,运去英雄不自由,不要身在人世间游走,心在牢笼里煎熬。一缕执念心在狱,一朝放下天地宽。

庄子这个大清醒还说过"至乐无乐",人生最大的幸福,其实就是从最平淡中寻来的。过好当下,让自己的心放平,云来山更佳,云去山如画,把世间万物看淡,我们必定会活得舒畅,活得自然,活得自在。

最后,祝愿身在幸福中的,好好享受幸福;正在经历"怨憎会"的、"爱别离"的、"求不得"的,皆能放下执念,早日获得精神上的自由,早日逍遥自在。相濡以沫,不如相忘于江湖。放下别人,更放下自己。

【延伸阅读】

1. 张亚新:《人格的独立:从屈原到陆游》,济南出版社,2008 年

2. 严修：《国学大讲堂：陆游诗词导读》，中国国际广播出版社，2009 年

3. 金开诚：《铁马秋风：陆游》，吉林文史出版社，2011 年

4. 李开周：《大名人小故事：陆游的英雄梦》，中华书局，2015 年

辛弃疾

辛弃疾

铁血男儿告诉你，什么叫兄弟

女人有闺密，男人有兄弟。你可以给"兄弟"下一千个定义，可是在人称"词中之龙"的辛弃疾眼里，兄弟，就是你独自喝闷酒的时候，一定也为他准备一个杯子放在那里的那个人。

此刻，1207 年，十月夜空，繁星点点。江西上饶铅(yán)山的瓢泉山庄，辛弃疾在独自喝着酒，他的对面就放了一个空杯子，像是在等谁。

他老啦，已经六十八岁了，年轻时建功立业、报国杀贼的梦想，终其一生也没有实现。他感到心里一阵难受，忽然起身，抓起挂在墙壁上的那把陪伴了他多年的宝剑，挑亮那在微风中摇曳的烛火，细细端详。醉眼蒙眬中，他仿佛看到苍穹之下，一袭白衣的自己手舞宝剑，时光仿佛又带他回到了少年时代，带他回到了那段金戈铁马的峥嵘岁月。

往事就像是电影里的蒙太奇，一幕幕从眼前滑过，那些年，那些事，那些人……还有兄弟。

1

第一个从辛弃疾眼前闪现的这个兄弟，叫党怀英。

我们知道辛弃疾和苏轼是豪放词派的组合，叫"苏辛"；我们还知道辛弃疾和李清照是山东济南的老乡组合，叫"济南二安"——辛弃疾字幼安，李清照字易安。他们一个豪放派掌门，一个婉约派代表，是济南人民的骄傲。

但我们很少听说辛弃疾和党怀英也是一个组合，叫"辛党"。党怀英是泰安人，他和辛弃疾一同求师于安徽亳^(bó)州名士刘瞻。他们都出生在金朝。1127 年"靖康之变"，北宋灭亡，宋高宗赵构即位，南宋王朝建立，女真人统治了黄河以北地区。

辛弃疾，1140 年 5 月 28 日出生，他很小的时候就没有了父亲，爷爷为他取名"辛弃疾"，有仿照"霍去病"将军之意。在爷爷的影响下，辛弃疾从小就练剑，才十六岁就已经长到了一米八多，从小习武的他一身健硕的肌肉，浑身散发出一种阳刚之气。

据说刘瞻最喜欢的学生就是党怀英和辛弃疾，认为这两个人将来一定会在文学上有成就。事实证明，刘老师的眼光不错。

无奈这两个学生虽然都很优秀，志向却完全不同。党怀英希望将来自己像孔子教导的那样"学而优则仕"。

刘老师其实更看重辛弃疾，因为这个学生很善于填词，他填词总感觉像是顺手拈来，一些俚语甚至"之乎者也"之类的虚词都敢随意填到词中，而且读起来丝毫没有违和感。刘老师觉得这个孩子很有可能是苏东坡第二，可是辛弃疾说他的志向就八个字——建功立业，报国杀贼！刘老师觉得很遗憾。

脾气火暴的辛弃疾骂党怀英"软骨头"，文质彬彬的党怀英急了，他骂辛弃疾是"傻蛋"。他们狠狠地打了一架，结果二十二岁的党怀英输给了十六岁的辛弃疾。

之后党怀英擦着嘴角的血，瞪着辛弃疾说："你就等着走岳飞的老路吧！"一提起岳飞，两个人不打架了，抱头痛哭了一场。

谁都知道岳飞当年带领岳家军打过了黄河，眼看收复中原有望，却被昏庸的宋高宗用十二道金牌召回，回去后就被奸相秦桧害死在风波亭。岳飞临死前在供状上写下了八个字："天日昭昭，天日昭昭！"

那一年，辛弃疾刚刚两岁。如果辛弃疾投奔南宋，不还是投奔了窝囊的宋高宗和阴险的秦桧吗？

党怀英说："一切要顺其自然，这是老庄教给我们的。上天既然要宋朝分裂，那么我只做好我该做的事情。"后来，党怀英果然成为金朝时期的文坛领袖，在文学、史学、书法上都颇有建树。

辛弃疾不，他说梦想就是用来实现的，实现不了，至少他也为此而折腾过，绝不会后悔。之后辛弃疾投奔南宋，一生郁郁不得志。没有完成他报国杀贼的梦想，却无心插柳柳成荫，在填词方面可谓南宋第一，无意中实现了老师的愿望。

辛弃疾和党怀英，他们旗鼓相当却有着不同的方向，一起经历了一场遍体鳞伤的青葱岁月，然后互道珍重，此后的人生不再有任何交集。

辛弃疾曾经写过一首词《贺新郎·同父见和再用韵答之》，里面有两句流传甚广："男儿到死心如铁，看试手，补天裂！"这就是辛弃疾，即使到死，他都永不后悔。哪怕是补天这样的事情，难度再大，也一定要坚持到底。

辛弃疾知道，党怀英一定会理解他的选择，因为他是兄弟。当年天真的声音又出现在回忆里，而如今变成了最遥远的距离，他们虽渐行渐远，却仍然是彼此心中的好兄弟。

铁血男儿辛弃疾告诉你：兄弟，是虽然和你意见不一致、和你吵得面红耳赤甚至大打出手，却依然会尊重你选择的那个人。

2

回忆到这里，辛弃疾叹了一口气，他抚摸着那把已经生锈的剑，忍不住大声吟诵起他写的一首词：

鹧鸪天·有客慨然谈功名因追念少年时事戏作

壮岁旌旗拥万夫，锦襜^(chān)突骑渡江初。燕兵夜娖^(chuò)银胡䩮，汉箭朝飞金仆姑。　　追往事，叹今吾，春风不染白髭^(zī)须。却将万字平戎策，换得东家种树书。

"壮岁旌旗拥万夫"，那时的他，血气方刚，无所畏惧，才刚刚二十二岁就拉起了一支两千余人的反金队伍。

辛弃疾没有想到，他会和一个大老粗做兄弟。那人是个农民，五大三粗大嗓门，就是大字不识一个，还差点杀了自己。然而就是他，让自己甘愿为他把性命交出来都在所不惜。这个人，叫耿京。

那时海陵王完颜亮，刚刚推翻了金熙宗，自己做了皇帝，听说临安风景秀丽，野心勃勃地打算打过江去，他打的如意算盘是："提兵百万西湖上，立马吴山第一峰。"（完颜亮《题临安山水》）

早就对金朝的各种苛捐杂税、民族歧视不满的汉人此时纷纷起兵造反，耿京就是众多造反队伍中的一个，他三十多岁正当年，很短的时间内就聚集了二十多万人，于是辛弃疾投奔他而去。

北方男人多孔武，山东男子更重义。他们一见面就惺惺相惜，耿京佩服辛弃疾的文韬武略，辛弃疾佩服耿京的敢做敢闯，于是辛弃疾就在他手下做了秘书。他们日日在一起研究带兵打仗，培养了深厚的友情。

谁知这时辛弃疾推荐来的和尚义端，偷了辛弃疾保管的义军大印跑了，把耿京急得拿起刀要杀辛弃疾，但是辛弃疾立马请缨，追到义端杀了他，拿回大印。之后，他和耿京彼此间的共同信任，验证了这句话，"与你相遇，多少风雨，风雨之后的彩虹更加美丽"。

他们决定带着起义军渡过黄河，去投奔南宋，这在外面流浪，就像没娘的孩子一样，滋味不好受哇！

辛弃疾前往临安，不辱使命，奉表归宋。不料他完成任务北还时，听说叛徒张安国为了一顶济州知州的乌纱帽暗杀了耿京，投降了金人。

"锦襜突骑渡江初"，指的就是他为耿京报仇的事情。那时他带着内心沸腾着的愤怒、一定要为兄弟报仇的热血，带领五十人冲进五万人的队伍，锦衣快马，活捉张安国，日夜兼程南奔，明正国法。

二十三岁，辛弃疾为了曾经披星戴月的日子，为了那刀头舐血（shì xuè）的兄弟，不绝望，不犹豫，在广阔天地里杀出一条血路，背负着两个人共同的梦想，朝着梦中的朝阳，踏步向前，永不回头。

铁血男儿辛弃疾告诉你，"兄弟"这两个字，不是用嘴巴来说说而已的，他是一个男人的诺言，是心跳多久就要彼此肝胆相照多久的纯爷们儿。

3

投奔宋高宗、杀了张安国的辛弃疾，虽然在久已疲软的南宋引起一阵轰动，但并没有受到重用，他还有着一个尴尬的身份——归正人。

辛弃疾并不在乎大家怎么看他，也不在乎宋高宗只是给了他一个江阴签判的小官来做，反正他才二十多岁，有着大把的青春可以让他支撑他的梦想。一辈子还长着呢，总有一天可以实现愿望的，他天真地想。

机会来了，曾经被金人打到海上漂泊都不敢回击的宋高宗退位了！新上任的宋孝宗表现出了雄心勃勃、想要恢复失地、报仇雪耻的锐气，甚至为岳飞平反。

血气方刚的辛弃疾，马上提笔写了《美芹十论》《九议》等有关抗金北伐的建议，论内容，放现在这些文章简直可以获得军事论文一等奖。但是，辛弃疾不懂官场潜规则，不懂依靠攀附那些能在皇帝面前说得上话的人，他的满腔热血被人认为锋芒毕露、狂妄自大。于是，他不但没有进入统治集团的核心，反而先后被派到江西、湖北、湖南等地担任转运使、安抚使一类重要的地方官职，去治理荒政、整顿治安。

辛弃疾干得很出色，一度朝廷只要有了棘手的事摆平不了，都找这个山东大汉来解决。只要辛弃疾出马，立即分分钟搞定。就这样，他曾经拥有的大把青春就像是握在手里的沙子，一点一点地流逝了，蹉跎岁月中，他走到了中年。

很多人变了，很多事变了，然而他"建功立业，报国杀贼"的梦想没有变；故乡离开了，年华逝去了，然而他"刚拙自信，不为所容"的脾气没有改。也许是太了解自己容易得罪人的性格不好改变了吧，也许是内心觉得北伐无望了吧，辛弃疾开始考虑在江南定居。

1181 年，四十一岁的辛弃疾在江西做知府时，他看上了上饶的带湖，根据带湖四周的地形地势，亲自设计了"高处建舍，低处辟田"的庄园格局，并对家人说："人生在勤，当以力以田为先。"因此，他把带湖庄园取名为"稼轩"，并为自己取号"稼轩居士"。

辛弃疾的预感是对的，他当年冬天就遭到弹劾，于是他来到带湖新居，开始了他长达二十年的闲居生活。这就意味着他四十一岁就退休了，有房有车有钱有闲，这是多少人梦寐以求的生活！

那么就来填填词吧，没有了俗务的干扰，年少时的业余爱好也该拾起来了。

可以说说自己的和睦家庭："大儿锄豆溪东，中儿正织鸡笼。最喜小儿无赖，溪头卧剥莲蓬。"（《清平乐·村居》）

可以写写醉酒后的憨态："昨夜松边醉倒，问松'我醉何如'，只疑松动要来扶，以手推松曰：去！"（《西江月·遣兴》）

再自嘲一下自己的狂态："不恨古人吾不见，恨古人不见吾狂耳。知我者，二三子。"（《贺新郎·甚矣吾衰矣》）

也可以写写爱情："众里寻他千百度，蓦然回首，那人却在，灯火阑珊处。"（《青玉案·元夕》）

偶尔卖卖萌："我见青山多妩媚，料青山，见我应如是。情与貌，略相似。"（《贺新郎·甚矣吾衰矣》）

青山啊青山，在我眼里你是那样妩媚，在你的眼里，我是不是也很妩媚呢？我看在情感和外貌上，咱俩挺像。好，就这么定了，咱俩最像！妩媚？你能想象这个词居然出自一个山东大汉之口？吃惯了煎饼大葱的辛弃疾来到这温婉的江南，也变得如此妩媚了呢！

当然，最可爱的还是这首：

西江月·夜行黄沙道中

明月别枝惊鹊，清风半夜鸣蝉。稻花香里说丰年，听取蛙声一片。　　七八个星天外，两三点雨山前。旧时茅店社林边，路转溪桥忽见^{（xiàn）}。

忽然遭遇说来就来的雨点，想找个地方躲一躲，可是明明记得原来社林边有个茅店的，怎么找不到了呢？结果过了这座小桥，转个了弯，哈哈，原来你在这里！

满脸胡子的大男人，你还是拿把剑吧，这样感觉人生才是真实的。

如果，日子就这样一直过下去，不也挺幸福的吗？可是对于一个有梦想的人而言，他表面幸福快乐，可是内心很痛苦。不知我者谓我喜乐悠闲，知我者谓我心似油煎。

终于，知己出现了。

4

当辛弃疾写下"休去倚危栏，斜阳正在，烟柳断肠处"（《摸鱼儿·更能消几番风雨》），对南宋朝廷表示不满的时候，这个人写下了"遗民泪尽胡尘里，南望王师又一年"（《秋夜将晓出篱门迎凉有感》）。

当辛弃疾写下"把吴钩看了，栏杆拍遍，无人会，登临意"

（《水龙吟·登建康赏心亭》）来表达他报国无路、壮志难酬的悲愤时，这个人写下了"夜视太白收光芒，报国欲死无战场"（《陇头水》）。

当辛弃疾回忆着"想当年，金戈铁马，气吞万里如虎"（《永遇乐·京口北固亭怀古》）的豪迈，这个人写下了"夜阑卧听风吹雨，铁马冰河入梦来"（《十一月四日风雨大作》）。

当辛弃疾借古讽今，只好把心放在古人那里，写下"天下英雄谁敌手？曹刘。生子当如孙仲谋"（《南乡子·登京口北固亭有怀》），这个人写下了"出师一表真名世，千载谁堪伯仲间"（《书愤》）。

甚至辛弃疾迷路了，"旧时茅店社林边，路转溪桥忽见"（《西江月·夜行黄沙道中》），这个人也变成路痴，说"山重水复疑无路，柳暗花明又一村"（《游山西村》）。

当辛弃疾发愁，"少年不识愁滋味，爱上层楼。爱上层楼，为赋新词强说愁。而今识尽愁滋味，欲说还休。欲说还休，却道天凉好个秋"（《丑奴儿》），这个人也"闲愁如飞雪，入酒即消融。好花如故人，一笑杯自空"（《对酒》）……

这个人，就是南宋著名爱国诗人——陆游。

如果是你，你远离家乡在外漂泊，你内心苦闷无人理解，你所做的一切都被别人当笑话来看，你会如何？那么，当你知道有一个人，他和你做着同样的事，有着一样的梦想，写着主题相似的文字，你又会如何？

是的，我不是一个人在战斗。泪湿双眸，才发现，原来自己并不那么孤单。

可是，命运给他们开了个大大的玩笑，让这两位互为知己的人在 1203 年才相遇。那一年，浙江绍兴山阴一所破旧的草堂边，两位白发苍苍、精神矍铄的老人相遇了，当时辛弃疾六十三岁，而陆游七十八岁。

感谢苍天，终于让这两位同样伟大的诗人相遇了。就像李白和杜甫在唐朝相遇一样，如果南宋的历史上陆游和辛弃疾没有见过面，那将是怎样的一种遗憾？

陆游文采飞扬，辛弃疾才情出众，此时相见，真是欲说还休，相见恨晚。"金风玉露一相逢，便胜却人间无数。"此刻，他们紧紧握着彼此的手，同时喊了一声"兄弟"，然后泪流满面。

是的，兄弟。他们不仅经历相似，而且性情相同，他们都不顾自己可能会受到牵连的后果，去参加了被朝廷斥之为"伪学魁首"的朱熹的葬礼。朱熹，这个南宋著名的理学家、哲学家，为我们留下了"问渠那得清如许？为有源头活水来"(《观书有感》)，"百学须先立志"等精神财富的人，在去世之后，连他的学生都怕受到牵连，不敢去为他送葬。

朱熹说过："朋友，以义合者。"

辛弃疾看着陆游，问他："廉颇老矣，尚能饭否？"(《永遇乐·京口北固亭怀古》)

陆游叹了一口气，回答他："此生谁料，心在天山，身老沧洲。"(《诉衷情》)

什么叫心意相投、惺惺相惜？什么叫岁月峥嵘、热血沸腾？什么叫千杯不醉、万语嫌少？这一切，在他六十三岁那一年，他明白了。铁血男儿辛弃疾告诉你，兄弟就像是月亮旁边的那颗星星，有时不一定看得到，但他始终在默默地关注着你，不离不弃。

5

还有一个"有事一起扛，无事一起狂"的兄弟，他叫陈亮，字同甫。物以类聚、人以群分，此话一点儿都不假。这个人超级豪迈、超级有才华、超级喜欢谈兵。

1187 年冬天，太上皇宋高宗终于驾崩，这让很多人看到了北伐的希望，仰慕辛弃疾的陈亮，约上朱熹，日夜兼程八百里来见他，要和他商讨光复大计。但是朱熹没有来，急性子的陈亮不等他了，自己去找辛弃疾。

那时辛弃疾的带湖山庄着火了，他新建了一所瓢泉山庄，到那里陈亮要经过一座小桥，可是他骑的那匹马到桥上不走了，陈亮"驾驾驾"喊了好几次，它都不动。你们猜陈亮接下来做了什么？他抽出刀来，砍下马头，看也不看一眼，自己过桥去了。

这让站在桥那头等他的辛弃疾惊呆了。陈亮看着辛弃疾张大的嘴，说："别看了，剽悍的人生不需要解释。朱熹那个老头儿不来正好，咱俩好好谈谈！"

正生着病的辛弃疾瞬间被陈亮的热情点燃了，他全程陪着陈亮"憩鹅湖之清阴，酌瓢泉而共饮，长歌相答，极论世事"（《祭陈同甫文》）。这两个人纵论时局、谋划兵事、慷慨纵横，好像他们就是手握千军万马的将军，明天就可以挂帅出征一样。说到激昂处，这两个热血男儿禁不住放声高歌，连楼头的积雪也被震落了。幸亏辛弃疾住的是独立山庄，不会扰民。

陈亮住了十几天后告辞，这次不是陈亮疯狂，而是轮到辛弃疾抓狂。他舍不得陈亮走，思来想去又追了出去，无奈一场大雪阻住了他的脚步。

辛弃疾，从来没有想过他会为一个男人如此牵挂，也没有想过他会为一个如此疯狂的男人一口气写下五首《贺新郎》。一场鹅湖会，五首贺新郎，"男儿到死心如铁""男儿何用伤离别"，写尽了好男儿的英雄本色和忠肝义胆。

陈亮回去没多久，遭遇一件倒霉事，被人诬陷入狱。辛弃疾知道后，和朱熹等多位朋友营救他出狱。1194年，陈亮去世，享年五十二岁。

伯牙弦绝，一语成谶。"铸就而今相思错，料当初、费尽人间铁。长夜笛，莫吹裂。"（《贺新郎·把酒长亭说》）英雄气、才子情，若把相思熔尽，人间铁岂能足够。曾经的金戈铁马，如今的闲居乡野，笛已裂，从此，弦断无人听。

铁血男儿辛弃疾告诉你，兄弟，是英雄与英雄间的惺惺相惜，是自身气质的互相吸引，是"今生兄弟两个姓，来世兄弟一个娘"的至亲至爱。

6

辛弃疾抚摸着手里的宝剑，忽然起身携剑来到屋外。

十月的夜空，繁星点点，苍穹之下，一袭白衣的辛弃疾一边舞剑，一边大声吟诵着在他心里酝酿了很久的一首词：

破阵子·为陈同甫赋壮词以寄之

醉里挑灯看剑，梦回吹角连营。八百里分麾下炙，五十弦翻塞外声，沙场秋点兵。　　马作的卢飞快，弓如霹雳弦惊。了却君王天下事，赢得生前身后名，可怜白发生！

吟罢，他将对面的那个空杯子倒满酒，举起手中的酒杯说声"干"，然后一饮而尽。接着他举起手中的宝剑，大喊三声："杀贼！杀贼！杀贼！"之后，他倒地身亡。

在辛弃疾辞世后不到三年，1210年春天，八十五岁的诗人陆游，追随他的好兄弟而去，留下了不朽的千古绝唱：

示儿

死去元知万事空，但悲不见九州同。

王师北定中原日，家祭无忘告乃翁。

辛弃疾死后不到百年，1279年，南宋灭亡。辛弃疾，终其一生也没有看到国家一统，不知道他在临死前大喊"杀贼"的时候，内心是怎样的一种伤痛。

他最终没有实现他的梦想，但是他并没有在这世上白来一遭，在这广阔的天地里，他有一群肝胆相照的兄弟和他共同演绎了南宋王朝的英雄本色。这辈子，值了。

【延伸阅读】

1. 叶嘉莹：《南宋名家词选讲》，北京大学出版社，2007年

2. 布衣：《众里寻他千百度：辛弃疾传》，中国华侨出版社，2014年

3. 吴晶：《铁血名将·辛弃疾》，浙江大学出版社，2014年

4. 辛更儒选注：《辛弃疾词：中华传统诗词经典》，中华书局，2018年

文天祥

中国人应该牢牢记住的两个字

一般情况下，主角^{（jué）}出场较早，配角出场较晚，否则容易喧宾夺主。但今天，我们让配角先出来亮亮相，了解一下文天祥生活的大背景。这些配角分别是：

蒙古人：成吉思汗（铁木真）、忽必烈。

武将：孟珙^{（gǒng）}、张世杰。

皇帝：宋理宗、宋度宗。

宰相：贾似道、陆秀夫。

次配角：拖雷、金哀宗、王应麟、张弘范、留梦炎。

1

第一个出场的是"一代天骄"成吉思汗，他可不是"只识弯弓射大雕"。他的美好愿景是，我要让所有青草覆盖的地方都成为我的牧马之地。他成功地让欧亚两大洲的人民，都闻到了浓浓的马奶酒以及手抓羊肉的味道。

文天祥出生的时候，他已经死了十年，和我们的主人公没半毛钱关系，可他去世前留下的那三条神秘的锦囊妙计，却和文天祥有着千丝万缕的羁绊。

第一条是：死后秘不发丧，让西夏国按计划投降。

这样一来，中国的版图上就剩下三个政权——北方的蒙古、南方的南宋、中间的金国。刚好像个肉夹馍，金国就是中间的那块肉。

请大家牢记一个时间——1234 年。这一年发生了什么事呢？金国灭亡。靖康之耻、岳飞之死，这些像乌云一样压在中原人心头的耻辱，都是拜金人所赐。现在金国终于灭亡了，不记住这个年代是不是天理难容？更何况这个数字又这么好记。

金国的灭亡要感谢成吉思汗的第二条锦囊妙计。

当时金国的精锐部队在潼关，"峰峦如聚，波涛如怒，山河表里潼关路"（张养浩《山坡羊·潼关怀古》），众所周知，潼关易守难攻。

成吉思汗说，要想灭金，一定要从宋借道过去攻打潼关，宋金是世仇，宋一定会帮我们。于是，他的第四个儿子拖雷，就是《射雕英雄传》里和郭靖拜把子的那个哥们儿，他要从宝鸡借道攻打金国。

可能有人要问了：难道南宋就不明白"唇亡齿寒"的道理吗？怎么能不明白！你心里什么都明白，但你就是没有发言权，因为你弱。南宋当时守边的将领直接把拖雷派来的使者剁了，拖雷是一路打过来的。借也得借，不借也得借。于是，宋蒙结盟。

正月初十这天，金哀宗——只要是末代皇帝，连庙号都充满了满满的丧气——被追到蔡州（今河南汝南），上吊死了。他交代手下把自己的尸体火化，不要落入敌军之手。结果，他的尸体还没被火化完，就被大将孟珙发现，被分成两半，蒙古人和南宋人各拿一半。

宋人回去开了个盛大的庆祝会。"靖康耻，犹未雪；臣子恨，何时灭？"如今终于报仇雪恨了！顺便补充一句，孟珙的祖父是岳家军的一员。兜兜转转，金国还是灭在岳家军手里。岳飞，你可以瞑目了。

　　再来看 1234 年，南宋这一年改了个奇怪的年号——端平元年。元年，一般是皇帝即位的第一年才改年号称"元年"，难道换皇帝啦？不，宰相死了，皇帝心里太高兴。

　　这个皇帝，就是宋理宗，他被宰相压制了二十六年，心里憋屈得慌。他刚一改年号，金国就灭了，他觉得这是上天的安排，要让他做个中兴皇帝，青史留名。他要"抚定中原、收复三京"。

　　于是，1234 年，还发生了一个历史大事件——端平入洛。

　　那时，蒙古撤兵，南宋一举收复了北宋时期四京中的"三京"——东京开封府（今河南开封）、西京河南府（今河南洛阳）、南京应天府（今河南商丘），就差北京大名府（今河北大名）了。简直像做梦一样。从北宋灭亡的 1127 年到现在一百多年里，有多少人梦回中原，含恨而终？南宋就这么一直过着"暖风熏得游人醉，直把杭州作汴州"的自欺欺人的生活。

　　而现在——开封！开封！开封！就在眼前！

　　然而，这还是当年富庶繁华的那个汴京吗？《清明上河图》中的叫卖声、吆喝声、欢笑声在哪里？原来超过百万人口的国际大都市，现在只剩下居民一千多家。

　　南宋人把都城杭州叫作"行在"，因为他们始终坚信，有一天他们还会回去，回到真正的家——汴京。现在，汴京就在他们面前，断壁残垣、杂草丛生、白骨森森、杳无人烟，这就是南宋人盼了一百多年的家。

然而，他们还没有来得及再多看一眼，蒙古人就迫不及待地掘开了黄河，宋蒙之战正式爆发。

下面不得不说说成吉思汗的第三条锦囊妙计。

2

其实，根本没有什么锦囊。《元史》是这么记载成吉思汗的临终遗言的：

> 金精兵在潼关，南据连山，北限大河，难以遽（jù）（迅速的意思）破。若假道于宋，宋、金世仇，必能许我，则下兵唐、邓，直捣大梁。金急，必征兵潼关。然以数万之众，千里赴援，人马疲敝，虽至弗能战，破之必矣。

看到没有，成吉思汗隐含的策略，就是灭了金以后，返回头再来吃掉南宋。所谓锦囊，那是小说家的笔法而已。

好了，下面再来记住一个年份——1279 年。这一年发生了什么事情呢？南宋灭亡。如果觉得这个数字不好记，没关系，用 1234 加上 45 就好了。因为宋蒙之战打了 45 年。

读这段历史，让人感觉呼吸极不顺畅。南宋没有汉朝"明犯强汉者，虽远必诛"的硬气，也没有唐朝"但使龙城飞将在，不教胡马度阴山"的决心，现在刚把战线北推至黄河，还没有实现岳飞"直捣黄龙，与诸君痛饮耳"的愿望，"哧溜"一下又缩回到长江南面了。

朝廷虽弱，好在，我们还有硬骨头的名将和老百姓。

现在，全国都是战场，分为三大战区。西边，四川战区，到处都是山，进来吧，只要你敢进来就把你绕晕，然后歼灭；中间，京湖战区，这里有兵家必争之地襄阳，只要你过不了襄阳，一切都是枉然；东边，两淮战区，守江必守淮，你蒙古军不是会骑马吗？有本事来呀，骑着马飞过淮河，再飞过长江！

这45年若是拍成电影，估计观众的嘴巴要三天三夜合不上，太出人意料了！

马背上的蒙古人竟然训练出了水军，而南宋人也有了自己的骑兵队伍；以水军为傲的南宋人竟然把船连在一起，上演了南宋版的"火烧赤壁"。

两边的军事家们一停下来就埋头搞科研，他们改善了冷兵器，开始使用热兵器，"四大发明"之一的火药在军事舞台上威风凛凛。

你有长枪爱戳人？我有带钩的双枪把你从马背上拉下来。

你有短刀近不了身？我有环刀专抹你的脖子。

你有强弓和强弩？我十几个人拉一把更强的弓，而且射出去的是带火带毒的箭。

你有抛石机把石头抛得满天飞？我坐在可以移动的串楼上和你"躲猫猫"。

你身穿十层牛皮做的厚甲把脸都遮住？我用特制迷你小箭专射你的眼睛。

你会用火铳^(chòng)"嗵嗵嗵"？我就用大火铳"嗵嗵嗵嗵嗵"！

我们的主角，终于要在这炮火连天，石头弓箭满天飞，到处都是惨叫和哀鸣的时刻，出场了。

3

文天祥，出生于 1236 年，去世于 1283 年。宋蒙战争（1234—

1279 年）开始两年，他出生了，战争结束四年，他去世了。战争打了四十五年，他活了四十七岁。他的一生，和宋蒙战争几乎完美重合。

历史上有多少人生活在战争年代，终其一生都不知"和平"为何物？一部历史，就是一部战争史。能生活在和平时期，那是天大的幸运。

如果生在别的朝代，文天祥也可以很幸运。他出生于江西吉州庐陵，这个毕业于"江西四大名校"之一白鹭洲书院的高才生，二十岁就考了个全国第一。宋理宗一眼看上了文天祥的文章，马上拍板，状元就是他了！卷子一拆封，瞄一眼名字——天祥，龙颜大喜，说了一句话："此天之祥，乃宋之瑞也！"于是，文天祥的字就叫宋瑞了。

再一看人，"体貌丰伟，美皙如玉，秀眉而长目，顾盼烨然"（《元史》）。

主考官王应麟也很高兴，马上恭喜宋理宗得了个人才。这个王应麟，别看在这里是个小配角，在历史上名气大得很。《三字经》都知道吧？作者就是王应麟。

宋朝官员的俸禄很高，文天祥在老家娶了一妻二妾，生了两个儿子、六个女儿，再加上仆人管家什么的，他一个人的工资养活一大家子，还有余钱和朋友愉快玩耍。而且，他不上班也有工资。还有这么好的事？别急，这可不是文天祥自愿的，实在是因为他忍受不了宰相贾似道。

这位宰相的肚子像老鼠，一点儿也撑不了船。顺着他的意思，他就加官晋爵；不顺着他的意思，他就直接迫害。他被人称为"蟋蟀宰相"，上朝的时候还带着蟋蟀，蟋蟀都爬到宋理宗的胡子上了，皇帝也不生气。

没有原则的人都有一个特点，耳朵根子超软。还记得前文提到的名将孟珙吗？一个有勇有谋又有仁义的将军。他一个人统御南宋三分之二战线上的战事，人称"史上最强机动防御大师"。知道他是怎么死的吗？宋理宗听信谗言，怕孟珙拥兵自重，这让孟珙郁闷而死，享年五十二岁。

宋理宗没有儿子，就传位给他的侄子——一个没被打胎药打掉的智障儿，就是宋度宗。宋度宗什么都依赖宰相贾似道。贾似道爱玩"辞职"游戏，一言不合就要辞职，宋度宗就哭着抱大腿不让他辞。摊上这样懦弱的皇帝、一手遮天的宰相，文天祥干脆辞官回家。贾似道一会儿给他封官，一会儿又要贬官，就像猫玩老鼠似的故意逗文天祥。

贾似道隐瞒战事不报，让皇帝以为天下太平，于是宋度宗唯一愿意做的事就是宠幸妃子，一晚上宠幸三十个。结果三十五岁时就把自己作死了，只留下三个幼子——七岁的赵昰^(shì)、四岁的赵显、三岁的赵昺^(bǐng)。

那时，成吉思汗的孙子忽必烈在大都建立了元朝，"元"取自《易经》"大哉乾元"。忽必烈取这个名字，认为他顺应了天意，中国应该由他来统一。结果半路杀出个文天祥，让他心里很不爽。

4

1279 年，在这个很重要的年份里，有个伟大的人写了一首伟大的诗：

过零丁洋

辛苦遭逢起一经，干戈寥落四周星。

山河破碎风飘絮，身世浮沉雨打萍。

惶恐滩头说惶恐，零丁洋里叹零丁。

人生自古谁无死，留取丹心照汗青。

这首诗，有许多值得细细品味的词句，我们先来看这个词——辛苦。你以为只是官场上起起伏伏的辛苦？不，这个"辛苦"更有内心对软弱朝廷不满的痛苦。

忽必烈指挥部下攻破了襄阳，挥师南下。贾似道前往督师，不战而败，在被贬官的路上，押送的人把他杀死在路边一个茅厕里。他臭烘烘地活着，又臭烘烘地死了。小皇帝赵显和太后赶紧发布通知，号召大家来勤王。结果只有两个人响应了这对孤儿寡母——文天祥、张世杰。

文天祥变卖所有家产，带着招募来的士兵积极战斗。结果援军来了，不但不救人，还砍断那些落水士兵扒在船沿的手指，致使他们被淹而死。元军直逼临安，文天祥就这样做了宰相，前往敌营谈判，直接被扣押。就在文天祥抵制住了一轮又一轮的招降时，投降派无孔不入，掌握了朝政大权，竟然派人送来了降表！

文天祥万念俱灰。

有些人，只要苟且地活着就满足了；而有些人，只要活着就不想苟且。文天祥写好家书，安排好后事，打算以死殉国。就在这时，敌军决定带着他和小皇帝去大都（今北京），把降表呈给元世祖忽必烈。

文天祥改变了主意，他决定在路上出逃。不是还有两个小皇子吗？只要这两个小皇子在，国家就有希望。

文天祥开始了他惊心动魄的大逃亡。他带着十二个人，从元军的层层封锁下全身逃脱，谁知元军使用反间计，说他们放了南宋一个宰相回去做卧底。谁都不相信文天祥真的会这么幸运，他只好在自己人的围追堵截中继续逃。真是"辛苦"。

文天祥在《指南录·后序》里回顾了这段经历，一连用了二十余个"死"字来记录他的死里逃生。为什么要叫"指南录"呢？因为他要为这个"山河破碎风飘絮"的国家鞠躬尽瘁、死而后已。"臣心一片磁针石，不指南方不肯休！"（《扬子江》）

他终于得到了令他振奋的消息，武将张世杰和文官陆秀夫保护着新立的小皇帝赵昰一边打，一边往南边逃。文天祥、张世杰、陆秀夫，"宋末三杰"就是在这样一个悲壮的背景下集体亮相的。

文天祥和其他爱国义士，在福建和江西又掀起了一阵抗元大潮，他们要力挽狂澜于大厦将倾之中！

此时，赵昰忽然病死了。

5

1279年，二月初六。左丞相陆秀夫，枢密副使张世杰，和南宋最后一个小皇帝，已经被逼到了这个三面环江、南向临海的洲岛——崖山。

那时文天祥已经被俘，被俘时他正在广东海丰县的五坡岭吃饭，一伙打扮成乡人的元军突然杀了上来。文天祥仓促之间从怀里掏出早已准备好的龙脑香塞入口中，用手捧了泥坑里的浊水吞下，就被抓走了。后来才知道，龙脑香要和热酒同饮才会致死，他这次求死不成，反而意外治好了眼疾。

文天祥已经绝望。他路上数次要跳海，都被拦住，他绝食，被元军拿竹子撬开嘴巴强行灌粥，他的嘴巴全烂了。元将张弘范想尽办法要让文天祥投降，结果都没有用。

这天，船至珠江口的零丁洋，张弘范再次劝文天祥投降，文天祥什么都没有说，只是写了一首诗给他，就是那首《过零丁洋》。

山河破碎如风中柳絮，身世浮沉如水中浮萍。活着，还有什么意义！

当张弘范看到最后那句"人生自古谁无死，留取丹心照汗青"，知道再劝无用，从心底对文天祥起了敬佩之心，此后再也不劝他投降了，甚至后来回到大都，病死之前还请求忽必烈不要杀文天祥，此乃后话。

张世杰把大船用铁索连在一起，船外涂上了厚厚一层胶泥以防火箭，还在舱壁上悬挂了好多水桶。他下令把在崖山修建的皇帝行宫和军舍都烧了，令军队排成一字阵，决心死战到底。

张弘范派人从崖山北面的水道绕到宋军身后，把宋军夹在了中间，崖山之战终于爆发。

那一天，崖山的上空都是飞舞的弓箭、石头。

那一天，号角声、敲鼓声、喊杀声、呐喊声、号叫声不绝于耳。

那一天，乌云密布、血流成河，天地间只剩下了发紫的红和压抑的黑。

那一天，陆秀夫逼家人跳了崖，自己背着八岁的小皇帝赵昺，纵身跳下奔腾的大海。

那一天，张世杰指挥着宋军，用战船去撞元军的战船，进行自杀式反击，最后也纵身一跃，毅然蹈海。

那一天，哭声响彻了九层云霄，十万大军连同臣僚、军属，在燃烧的大火之中，跳入已经变成红色的大海里。

那一天，文天祥眼睁睁地看着这一切，他捶胸顿足，痛哭失声，他不顾一切地冲向船头，却一次又一次被死死看住他的元军拦下。

他晕倒在地。醒来之后，所有的声音都停止了，天地一片宁静祥和。他拍了拍疼痛的脑袋，希望自己只是做了一个噩梦。然而，海上漂浮着的尸体告诉他，一切都是真实的。

他像木偶似的被押往大都。

一路上，文天祥用他的眼睛，看到了一个完整的国家，不分南北，没有分裂，然而，已经不再是汉人的世界。终究，还是亡国了。

6

来到大都，文天祥决定，他不死了，他要活着。活着，比死难多了。只要他活着，他就可以把他的经历写成文字，他要把这段历史记载下来留给后人；只要他活着，他就可以阻碍很多向元朝弯曲的膝盖，让那些投降者不能心安理得；只要他活着，他就可以浇灭忽必烈的痴心妄想，让他们死了收服汉人的那条心。

死，也要让敌人亲手杀死自己，绝不默默自杀！"我惟欲得五事，曰剐，曰斩，曰锯，曰烹，曰投于大水中，惟不自杀耳！"

所以，在潮湿阴暗的地牢，他浑身长满了疥疮，他忍了；牢房被烈日暴晒，身旁到处是苍蝇和蚊子，他忍了；下暴雨的时候，牢房里进了水，水淹到他的脖子，眼前漂着老鼠的尸体，他忍了。敌人的甜言蜜语，他扛住了；敌人的威逼利诱，他抗住了；敌人的严刑拷打，他扛住了。他不吃敌人的饭菜，所有食物均为他的朋友做好送来。他油盐不进、软硬不吃、死活不降。

然而，当他收到女儿的来信时，他哭了。他知道他的亲人现在只剩下了他的妻子和两个女儿，其他的全都死了。他流着泪给女儿写了回信："痴儿莫问今生计，还种来生未了因。"（《得儿女消息》）孩子啊，这辈子我们无福团聚，希望下辈子，我们再做一家人。

文天祥把他写的《集杜诗》一卷、《指南录》四卷，还有记载自己一生经历的《纪年录》以及他的一束头发，打成包裹，托人带给他的弟弟。

他预感自己快要死了，因为他听说投降的宰相留梦炎对犹豫不决的忽必烈说了一句话：不杀文天祥，他一定会再次起兵和元对抗。

呵呵，这个软骨头，说得没错。

有一件事他百思不得其解，为什么他死里逃生了那么多回都能成功，自杀了那么多回阎王爷都不收，受了那么多折磨还死不了，总像是有神相助？忽然，孟子的一句话像一道闪电在他脑海闪现："吾善养吾浩然之气。"原来不是命运之神偏爱，而是因为他拥有着一身正气啊！

1283 年 1 月 9 日，文天祥被押往刑场。被囚大都三年之后，当年"体貌丰伟，美皙如玉，修眉而长目，顾盼烨然"的美男子，如今形销骨立、白发疏落，然而，他的眼神从容不迫，透射出士可杀不可辱的凛然正气。

他求仁得仁，终于死在了敌人之手。他死之后，人们在他的衣带上发现了一首诗："孔曰成仁，孟曰取义。唯其义尽，所以仁至。读圣贤书，所学何事？而今而后，庶几无愧！"

公有"炯炯一心在，天水相与永"。文天祥为什么能拥有这样的决心和勇气？你也许可以从这首《正气歌》中找到答案："天地有正气，杂然赋流形。下则为河岳，上则为日星。"因为他拥有日月星辰与山川河岳的精气，因为他拥有充塞天地之间的浩然正气，因为他解开了中华民族生生不息绵延不绝的秘密。

那就是每一个中国人，都应该牢牢记住的两个字——气节。

7

七百多年过去了，广东省珠江口外，有一个喇叭形的河口湾，这里，就是零丁洋。在临近零丁洋的深圳市蛇口赤湾山，有一座海拔只有二百多米高的小山，山脚下，一面巨大的石墙横立面前，上面写着七个红色的大字——文天祥纪念公园。拾^(shè)级而上，可以依次看到介绍文天祥一生的"读书报国""宦海沉浮""积极抗元""英勇就义"四个主题空间。

登上山顶，高达六米的文天祥铜像就伫立在那里。他身穿宋代官服，左手拿一书卷，右手握拳，眉头微蹙，眼睛望向的地方正是零丁洋，那个他当年写下《过零丁洋》的地方。而铜像的底座，就镌刻着那流传千古的十四个大字——人生自古谁无死，留取丹心照汗青。

其实，纪念文天祥的公园不止深圳这一处，江西吉安、广东汕尾、香港新界，都有文天祥公园。像这样纪念忠义之士的公园，真希望多建一些。正是因为有了这些名留史册或在历史中湮没了姓名的人，代代传承、生生不息，中国才能在每一个生死存亡的关头挺过来，才能在世界面前一次次跌倒，再咬牙爬起，才能继续书写延续了几千年文明的传奇。

从《诗经》的"岂曰无衣，与子同袍"，到屈原的"路曼曼其修远兮，吾将上下而求索"。

从曹植的"捐躯赴国难，视死忽如归"，到杨炯的"宁为百夫长，胜作一书生"。

从苏武的"生当复来归，死当长相思"，到写诸葛亮的"出师未捷身先死，长使英雄泪满襟"。

从杜甫的"国破山河在，城春草木深"，到王昌龄的"但使龙城飞将在，不教胡马度阴山"。

从苏轼的"会挽雕弓如满月，西北望，射天狼"，到范仲淹的"先天下之忧而忧，后天下之乐而乐"。

从李清照的"生当作人杰，死亦为鬼雄"，到岳飞的"壮志饥餐胡虏肉，笑谈渴饮匈奴血"。

从陆游的"死去元知万事空，但悲不见九州同"，到辛弃疾的"醉里挑灯看剑，梦回吹角连营"。

从夏完淳^(chún)的"无限山河泪，谁言天地宽"，到龚自珍的"我劝天公重抖擞，不拘一格降人才"。

从林则徐的"苟利国家生死以，岂因祸福避趋之"，到谭嗣同的"我自横刀向天笑，去留肝胆两昆仑"。

从秋瑾的"拼将十万头颅血，须把乾坤力挽回"，到夏明翰的"砍头不要紧，只要主义真"。

从李大钊的"鹏鸟将图南，扶摇始张翼"，到鲁迅的"寄意寒星荃不察，我以我血荐轩辕"。

从毛泽东的"为有牺牲多壮志，敢教日月换新天"，到千千万万个"挽狂澜于既倒，扶大厦之将倾"的中国老百姓。

中国人，自古以来就有刻入血液和骨髓的爱国情怀，就有"经纶弥天壤，忠义贯日月"的民族气节，就像那蓬勃生长的小草一样，"野火烧不尽，春风吹又生"……

【延伸阅读】

1. 李颖：《丹心血泪：文天祥传》，北京燕山出版社，2000 年

2. 郭晓晔：《长歌正气：文天祥传》，作家出版社，2015 年

3. 刘鄂公：《说南宋：151 年的偏安之痛》，中国大百科全书出版社，2019 年

4. 李楠：《南宋王朝》，中国文史出版社，2021 年

后记：把生命交付出去的阅读

　　这本书即将出版前，有个叫崔湘的读者邀请我到广州的一所学校给学生做个讲座，我欣然答应了。没想到，这一去，竟然改变了我头脑里一个根深蒂固的想法，我连夜联系编辑，把校对稿要了回来，对其中的几篇文章又做了改动，原来的后记删掉，重新写了这一篇。

　　原因是讲座做完后，崔湘要我"务必"到从化"天人山水大地艺术园"去游玩，说我不来一定会后悔。我来了以后，发现这里很多建筑是按照陶渊明的诗来命名的：日夕廊、靖节苑、心远居、相与堂、忘言谷、真意轩……

　　"还记得你写的那篇陶渊明吗？"崔湘说，"当灵魂失去庙宇，雨水便会滴在心上。这里就是灵魂的庙宇，一块精心打造的现代人精神的栖息地。"

　　因为她第二天还要去参加一个论坛，把我交给刘老师后就离开了。崔湘只告诉我说刘老师是个诗人、书法家、画家，说"他带你游玩最合适，你们一定有很多共同话题"，其他也没有多说什么。

　　刘老师是个中年人，他个头不高，脸上带着孩子气的笑，一见我就说："你就是大老振吧？这名字，好记。哈哈哈，我给你写了一幅字，一会儿进山里拿给你看。"刘老师会吟诵、爱吟诵，去的路上他就吟诵了苏东坡的《定风波》，第二天吃早餐的时候他吟诵了李白的《峨眉山月歌》，去真意轩的路上，他又吟诵了周敦颐的《爱莲说》。他吟诵的时候状态特别好，非常投入，我在旁边配着他的节奏跟着朗诵。总之，这次"天人山水"之游，从一开始就非常愉快。

下午在琴瑟茶室喝茶，话题聊到了我的笔名和我写的书上。

"大老振哪，你说你一介女子，为什么叫这个名字呢？"刘老师笑着问。我哈哈大笑起来，这个名字，不知道有多少人产生过疑惑了。

"这是我小名，从小就这么叫，老爹起的。大名李振华，振兴中华，老爹希望我长大了、老了，都不要忘记振兴中华。我后来在公众号上写作，想想起名字太费脑细胞，干脆就叫'大老振读经典'吧。"如果我是在微信上聊天说这些话，一定会配上个捂脸的小黄人表情包，可现在没有表情包，我还是捂上了脸。

"这个名字好，容易记，也很有意义，说明令尊大人很有家国情怀呀。"刘老师也眯起眼睛笑起来，"我看完了你写的那本《古诗词里的快意人生》，能感觉到你对诗人很热爱，你有很强大的共情力，看出来你也很想把这份对诗词的热爱传播出去。你当初为什么要写作呢？"

"这个呀，我是想写给学生看的，也算是我自己读书的一个总结。因为我喜欢诗词，上课讲诗词的时候总给学生讲诗人的故事，讲这首诗是诗人在什么情况下写的，知人论世嘛。后来翻阅的资料多，想整理出来，就产生了'通过写一篇文章让学生了解一个诗人一生'的想法。希望有更多的孩子爱上我们的诗词、爱上我们的汉语，从而爱上我们的传统文化。"我认真地解释道。

刘老师笑着说："嗯，看来我们是想到一块去了。虽然我们素未谋面，可我给你写的那副联还是道出了你的初心的。"

刘老师送给我的那幅字：经授犹金声玉振，文驰总揽^(yàn)藻摛^(chī)华。说的就是希望我通过自己的文字，传播我们的传统文化，还把我的名字巧妙地嵌了进去。他解释说，这里运用了楹联作法的"凤尾格"。

"不过，你是不是自己不写诗？"刘老师问道。

我点点头，的确，我不写古诗，有时候私底下写些现代诗。我认为一个时代有一个时代的文学形式，好的诗词早已被古人写完了，现代人写不出那样能流传千古的诗句。那些诗歌能深深地打动我，并影响我的灵魂，我读诗、读诗人、写诗人就够了。另外，我见过一些人，要么附庸风雅，要么以"诗和远方"为借口，逃避生活的责任，这些人把"诗词"当作面具，来掩饰内心的虚荣和软弱，对此我十分厌恶。

"可是，你不写诗，怎么能深入了解诗人的内心呢？你要还原他写诗时的心理呀。他为什么要用这样的字，为什么要用这个韵，为什么要选择绝句或者律诗再或者是古诗，

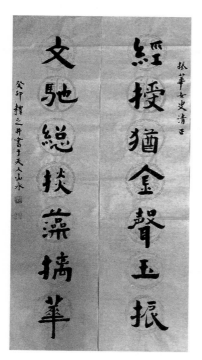

刘释之先生赠作者的书法作品

你只有写诗才能进入诗人的状态呀。"刘老师急切地想要开导我。

我有些疑惑。我读诗，会把自己想象成诗人，会极力还原诗人的心理，也不一定必须写诗才能走进诗人的内心吧？

"是的，我们读诗，我认为粗略可分为四种读法，其中之一便是文献的读法，就是一首诗，你要去考证它在各个时代的不同版本、产生流传讹变的原因，等等。这个属于比较专业的阅读方式，一般流行于学者圈子里。比如李白的《静夜思》，宋版书里它是长这个样子的：'床前看月光，疑是地上霜。举头望山月，低头思故乡。'第一句和第三句都与现在流行版本不同。我们知道，宋代离唐代近，加上宋人对唐代诗人还是比较崇拜，不会随意篡改前人的句子，所以可以认为这个版本应该比较接近李白原作风貌。我们现在的版本是清康熙年间蘅塘退士编写的《唐诗三百首》，当时属于流行教材，官私塾都用它，久而久之，大家都以这个版本为正宗了。"刘老师举例道。

"这个版本我听说过，也看过一些人的解读，现在流行的版本里出现两个'明月'，似乎不太合乎写诗的规律。但用字重复的诗也不是没有呀，'烟笼寒水月笼沙'里就有两个'笼'字，'昔人已乘黄鹤去，此地空余黄鹤楼'也有两个黄鹤。"我说了说我的看法。

刘老师听了我的话，点了点头说："嗯，不错。至于蘅塘退士为什么要改这首诗，现在我们很难去揣摩他。但若稍微把通行本与宋刻本比较一下，还是有很多好玩的发现的。床，有解释为窗、胡床、井栏的，你认为解释为哪个更好一些？"

我想了想说："解释为井栏更好一些吧，中国人最早建村落就是因为有了井，有了水源，不用再到处奔波了，它更能代表家乡的意涵，所以一个人离开家乡会说'背井离乡'。"

刘老师点点头："那么你知道山月和明月的区别在哪里吗？"不等我回答，他就接着说，"明月，只是告诉你天上的月亮很明亮，可能有盼望和家人团圆的心愿，但是没有层次感。你看我们中国人是很讲究层次感的，庭院里一般都会有影壁，为什么？你若是一眼望到里面，还有什么层次？还有什么美感可言？"

说着，他喝了一口茶，轻声说："那时的李白，离开家乡很久了，一个人在异地他乡，又生了病。他站在院子里，院子里有井栏，井栏外有院墙，院墙外有山，山的上面是月亮，而月光照耀的那头，就是他心心念念的家乡啊。只有这种层次，才能表现出他绵密的对家乡一寸一寸的思念在不断向远方延伸。"

我吃了一惊，原来还可以这样解读《静夜思》！刘老师似乎看出了我的吃惊，解释说："刚才我解读《静夜思》，用到了文化的读法，读诗一定要把它放在大的文化背景下去解读，诗歌就像是鱼，而我们的传统文化就像大海，任何离开文化解读诗歌的方法都像是鱼儿离开了大海。"

我想到蒋勋老师曾经说过："我常常觉得单纯在文学上努力是不够的，还要关注文化，只有整个文化格局发展到一定程度，文学才能应运而生。"我读诗人，会努力做到把诗人放在历史背景下去解读，但是如此细致地和文化相联系，我做得还远远不够。

刘老师忽然说："稍等一下啊，我出去打个招呼。"透过玻璃窗，我看到他和几个人在说什么，没有在意，我的思绪还停留在那个"山月"上。过了一会儿，刘老师和一个又高又壮的男子走了进来。

"大老振哪，我给你介绍一下，这位是方小聪方总，很厉害的音乐制作人哦！"刘老师热情介绍道。我还没来得及说话，方小聪就开口了："大老振？咱俩是不是应该换换名字呀！你看我——"他指了指自己，"不是应该叫大老振吗？再看你，一个小女子，不是应该叫小聪吗？"说完哈哈大笑。他的笑声里有一种力量，能让人一下子拉近距离。

刘老师说："方总前段时间在做南粤古驿道的音乐监制工作，南粤古驿道，那可是咱们海上丝绸之路的起点哪。"方小聪中气十足地大笑道："这可是咱们老祖宗留下来的文化，为了复活古驿道，我们一个团队用了几年的时间，去研究驿道古音、民歌民调、方言土话，里面还有一张黑胶唱片哩！对了，我在茶室还寄存了几套'中国南粤古驿道'的珍藏版档案，送你一套。"

我开心地说："谢谢小聪哥！我回去把我的书给您寄一本过来。""小聪哥？这个称呼好，哈哈！"方小聪似乎很喜欢，开怀大笑。

我们坐着聊了一会儿，方小聪起身去别的地方逛去了，送走他，我打开珍藏版档案，里面有一本精美的画册和一张唱片。我翻开画册，一首《驿道谣》的歌词吸引了我：

驿道长长　流水泱泱

白云飞越山岗

我们的先人背井离乡

路的那头连着诗连着远方

驿道长长　野花香香

炊烟飘过荷塘

我们的往圣　迎风踏浪

路的这头铺满歌声铺满力量

雁叫声声断了寸肠

杨柳拂堤可曾遗忘

迎着一轮朝阳

把来时的路记心上

记心上

刘老师看了一眼我翻开的画册："怎么？喜欢这首歌的歌词？"我点点头："这首歌的歌词使我联想到了先秦的歌谣《白云谣》，'白云在天，丘陵自出。道里悠远，山川间之。将子无死，尚复能来'，意境好美。"

刘老师说："这样的歌词很容易一下子把人的感情打开，因为它押'ang'韵，这是开口韵，适合表达向上昂扬的感情。你再看它用的意象——驿道、白云、炊烟、荷塘、大雁、杨柳、拂堤，都是我们古诗词里常用的，它们都是我们中国人的文化密码呀！"

说完他站起来："走，我带你到靖节苑看看去。"走出茶室，他边走边说："你知道你喊方总小聪哥他为什么那么开心吗？因为他都快七十岁了。"

"啊？"我大吃一惊，"看来音乐就是使人年轻。""不，应该说我们的文化就是使人年轻。"刘老师接口道。刘老师也比他实际年龄看起来年轻很多，是不是经常吟诵的缘故？

来到靖节苑，他指着门口那块石头，神秘地问我："你猜这块石头哪里来的？"因为之前听说在北回归线标志旁的那排石头是从内蒙古赤峰拉来的一亿五千万年前的石头，我已经有心理准备了："难道是从陶渊明的老家江西九江拉来的？"他点点头："正是。"

进到院子里，刘老师给我解释道："其实我们古人认为石头是有生命的，你看四大名著里，有三部都和石头有关。孙悟空从石头里蹦出来，就有生命起源的含义，之前你看到的那排石头，每根上面都系着麻绳，这代表了结绳记事，人类文明就从这里开始了。"

原来还有这么多的讲究，看来不只是读诗歌，我们的建筑、音乐、绘画，哪一样能离得开传统文化呢？这才是我们的文化自信啊！

刘老师说完，随即开心地说："我要用客家话给你吟诵陶渊明的《饮酒（其五）》。"我说："稍等，我要给你录像。"等我示意可以开始了，刘老师陶醉地唱了起来：

结庐在人境，而无车马喧。
问君何能尔？心远地自偏。
采菊东篱下，悠然见南山。
山气日夕佳，飞鸟相与还。
此中有真意，欲辨已忘言。

我当然听不懂客家话，可是刘老师的一派天真烂漫感染了我，我想，陶渊明当时是不是也这样乐陶陶地吟诵这首诗的？

"陶渊明为什么回归田园这么开心呢？后世为什么有这么多人喜欢陶渊明？"刘老师吟诵完问我。

"和咱们的文化有关吧？"我等着刘老师揭示答案。"是的，我们的文明是从农业文明开始的，老百姓日出而作、日入而息，他们的生活节奏非常慢，而且这种文明延续的时间很长。所以中国人的哲学就是一个字——静。"

我想到之前看过的一篇新闻报道，说一群来自中国的老人在耶鲁大学的一处荒地上种起了韭菜、香菜等蔬菜，并最终发展成一块块菜园，还引起了美国媒体的关注。中国人走到哪里都能把菜种到哪里。这难道就是深深刻在我们中国人心里的基因密码吗？

这时进来了一群人，其中一个高个子男子热情地和刘老师打招呼，刘老师和他寒暄了几句后向我介绍道："这是张老师，他很了不起呀。他早年留学英国，发现英国人很讲究礼仪，他想到我们中国一直都是礼仪之邦，但现在我们在礼仪方面做得实在不够，于是他回国，专门学习中国礼仪并传播我们的礼仪文化。"

我赶紧双手合十向张老师表示敬意，他也微笑着双手合十向我回礼："刘老师谬赞了，恢复我们的传统文化，让中国人在世界面前更有文化自信，这是我们中国人应该做的事。今天和朋友们约好出来游玩，他们本来说要去泡温泉，我说泡什么温泉呀，泡温泉是洗身，我们到天人山水洗心去。"

洗心？这个词使我心中怦然一动。

天色渐晚，刘老师说要请我去吃农家菜。我们来到一所农家小院，菜渐次上来，小院里的客人也渐渐多了。我估计刘老师又要吟诵哪首诗了，果不其然，他说："大老振，我给你吟诵一下我的老乡张九龄的《望月怀远》吧。你听我说，要走进一个诗人，不仅要把他的作品放进我们的文化背景下，还要了解诗歌的声律，你知道吗？声音是有魔力的，你要学写诗，还要学吟诵。"

我笑着打开手机准备录像："刘老师，看来到现在你都不放弃让我学写诗的想法。"他站起身来，旁若无人地唱了起来。有客人往我们这边看了几眼，继续说说笑笑，估计是这里经常举行各种文化交流活动，来的各类文化人也比较多，大家都已经习惯了吧。

刘老师声情并茂地唱了起来，"海上生明月，天涯共此时"，我抬头看了一眼天空，刚好马上要农历十五了，月亮差一点点就是满月了。他唱完第一遍，我拍手为他叫好，似乎他觉得意犹未尽，又唱了第二遍，想着歌词，我脑子里开始出现了画面，当他唱到最后一句"不堪盈手赠，还寝梦佳期"时，不知怎么，我突然间泪崩了。

这首诗我不是第一次读，关于吟诵，我也曾学过一点，但从来没有像此刻这样，听着吟诵，一下子被拽到了张九龄的身边，似乎我钻进了他的心里，读懂了他内心的那份痛楚并产生了共鸣。

也许是这一整天都在聊诗词，整个人都被浸泡在诗里吧；也许是刘老师的吟诵太投入，这就是他所说的声音的魅力吧。

刘老师见我哭了，没有打扰我，只是默默地给我递纸巾，等我由哗哗流泪转为小声抽泣，他说了一句话："我们阅读诗人，是要把生命交付出去的阅读啊！"

我一下子被这句话震撼到了。我一直以为，我是一座桥梁，我阅读诗人，就把自己想象成他，去感受他的情感，然后再把这份情感用我的文字描述出来，能给我们现代的人一些启发，我这应该属于把情感交付出去的阅读吧。

清代散文家梅曾亮说："夫观书者，用目之一官而已；诵之则入于耳，益一官矣。且出于口，成于声，而畅于气。夫气者，吾身之至精者也；以吾身之至精，御古人之至精，是故浑合而无间矣。"（《与孙芝房书》）大致意思是，吟诵是动用人的全部力量与古人实现心灵的沟通。看无声的文字，其声调、节奏不能直接体会到，而作品的情感主要包含在声调、节奏中，故只有吟诵，才能深切地体会作者的情感，走进作者的心灵世界。朱自清也说过："吟诵与了解极有关系，是欣赏必经的步骤。吟诵时对于写在纸上死的语言可以从声音里得其意味，变成活的语气。"怪不得语言学家俞敏先生说："文字永远是一种失真的记录工具。"（《俞敏语言学论文集》）刘老师，是真正做到了与古人"浑合而无间"啊！

我眼泪汪汪地看着刘老师，说："你把我惹哭了，所以你必须答应我两件事。"刘老师张大了嘴："啊？你这是什么逻辑？说吧，什么事？"

我说："第一，给我的新书写序；第二，要教我写诗。"他长出了一口气："行，我答应，但你要行拜师礼哦。"

我重重地点了一下头："没问题，我给你敬茶。不过刘老师，我还有个疑问。"他充满疑问地望着我："但问无妨。"我想了想，说道："今天你解读《静夜思》的时候说，读诗有四种读法，你只说了文献读法和文化读法，还有两种是什么？"

刘老师深吸了一口气，拍了拍胸脯笑道："我以为你又要说我把你惹哭了，给我出什么难题呢！我给你总结一下吧：其一，文献的读法，是指通过查阅文献资料来阅读，这是最常见的；其二，是接受的读法，是指你要博览群书，先接受大家的观点，然后慢慢消化吸收，不要急着反对，急着输出自己的观点；其三，就是文化的读法，也是我今天一直和你强调的……"

"知道知道，任何离开文化解读诗歌的方法都像是鱼儿离开了大海。"我吸了一下鼻子笑着说。

"哎呀，这么大个人了，一会儿哭一会儿笑的。"刘老师摇了摇头，嘴角翘了起来，"你情感这么丰富，的确是块学诗的好材料。这第四种阅读的方法嘛，就是创作的读法。我今天一直跟你说要写诗，就是因为我非常推崇这种读法。你想啊，你跟他的思想在一个频道上，他为什么要用这个字？他下一句要写什么？你是不是就一清二楚啦？"

"哦，明白了，学写诗就是当诗人肚子里的蛔虫。"我接口道。

刘老师白了我一眼，估计对他这个未来的徒弟有点无语："你只有走进他的创作模式，才能知道他的言下义、言内义，还有言外之意。言内意，就是我们直接翻译过来的意思；言下意，就是表面讲的东西不一定是他的真正想法；言外意，是指还有更深层次的意思，只有通过情感、声音才能揣摩出来。所以读诗是需要细细去揣摩的呀！"

"哎呀，那我以前读诗岂不是误人子弟吗？"我跳了起来，不安地叫道。

"怎么会？你读诗完全把自己代入了诗人的情感中，我说过，你的共情力很强大的。还差那么一点点火候，这个只有自己会写诗才能体会到。所以我从你的文字里能看出来你不写诗。"刘老师说完这些话，把身体向后一靠，双手放在后脑勺上，又唱了一句："不堪盈手赠，还寝梦佳期呀！"唱完大笑起来。我知道他在嘲笑我，但我没理他，专心吃刚端上来的那盆鸡去了，哭了半天，太消耗能量。

此时崔湘的电话打了进来："大老振，你玩得怎么样？是不是不虚此行？"我刚好正在擤鼻涕，她紧张地问："怎么了？怎么了？"我对着屏幕大喊："崔湘，我要感谢你把刘老师带到我身边！我要跟他学写诗！"崔湘笑了："刘释之老师可是很知名的文艺评论家呢，好好跟他学吧。"

写到这里，我要对读者朋友们说声抱歉。虽然我一直追求"深入浅出"的写作风格，但我并未做到与诗人"浑合而无间"，理解还是不够深入，后面我也要学学写诗，学学吟诵，以弥补自己深度上的不足。

我虽然目的是写给孩子看的，可是也不能因此就降低了对自己的要求。刘老师说得对，现在国家提倡继承和弘扬中华民族优秀传统文化，增强文化自信，这已然成为一股洪流。在咱们中华民族伟大复兴的大海里，我只是一滴小小的水珠，然而我也很想尽我的一份力量，用我的笔在孩子们心中种下一颗小小的种子，使他们从心底里热爱我们的传统文化。

这本《古诗词里的快意人生2》，有一部分是把原来出版过的老文章拿来改动了一下，有一部分是没有出版过的，都拿来给现代出版社出版。一来和现代出版社合作非常愉快，二来后面还想继续把没有写完的诗人写下去，都放在这里出个合集。

注音的那些字，有一些是易读错的字，还有一些是生僻字，注上音方便大家。所有的文章，都源自传记作品和诗人的诗集，书目列在文章后面，读者朋友看了哪篇文章特别有感触，可以去看看那些书，这和看一篇文章得到的收获大不一样。

写作时我补充了一些细节，重要的史实皆出自我列的书目，除了《杜甫与李龟年：与你重逢在江南》这一篇。本书有部分细节和历史资料不符，请在意者勿喷。当然，资料之间也会存在相互矛盾。我认为，读经典，不是为了考证历史，而是为了从中汲取精神营养。历史，不可能绝对的真实；而真实，有时不那么重要。

有的诗人，一篇文章根本写不够，我会分成不同的角度来写。李白、杜甫、白居易、苏轼、陆游，这些诗人我写的都不止一篇，后面"李白的酒""杜甫的情""苏轼的吃"，肯定还要继续出新的文章。

我不是专门做学问的学者，没有深厚的专业知识，每写一篇文章都要啃好几本书，写作也有促进自己学习的目的。我也不是专业作家，没有"文如万斛^(hú)泉源，不择地皆可出，在平地滔滔汩汩，虽一日千里无难"的才思，所以写一篇文章除了角度、选材、语言等的考虑，还想着用什么样的写作方法更容易使人接受。

不过，现在读我文字的读者早已不仅仅是学生了，还有很多热爱诗词的朋友，也有原来不喜欢诗词通过我的文章喜欢上的。他们的年龄，通过留言反馈得知，跨越了从八岁到九十八岁的年龄段，这使我震惊且感动。感谢你们，我亲爱的读者朋友，你们的反馈给了我巨大的动力。

感谢互联网，感谢编辑，感谢我的家人，感谢崔湘，感谢刘老师，感谢天人山水，感谢现在的和平时代。一个人的力量永远是薄弱的，然而时代的力量是巨大的。

感谢这些诗人，感谢他们把生命中的每一个特殊时刻写成了诗词，快乐的、悲伤的、无奈的、彷徨的，这些文字穿越时空的河流，把我们带到一个光怪陆离而又丰裕充盈的精神世界。现在在我们可以欣欣然地从他们打开的窗口里，小心伸手进去捧出一个个法宝来，两眼放光，如饥似渴地去阅读了。

我们不一定人人都要做到"把生命交付出去的阅读"，只要用心去感受了就可以。孔子他老人家说过："朝闻道，夕死可矣。"如果你今天读了一首小诗，看了一段经典，又或者你尝试把你的心情和看法用文字记录下来，你就可以"手之舞之足之蹈之"，仰天大笑心满意足地睡觉去了。

一万年太久，只争朝夕，我们不一定要"焚膏油以继晷，恒兀兀以穷年"，哪怕只是一点点的时间，就可以"闲坐小窗读经典，不知春去几多时"，就可以和我们的古人先贤进行心灵对话了。

朋友们，纸短情长，马上要说再见了，最后把张九龄的这首小诗放在下面我们一起共读吧：

望月怀远
海上生明月，天涯共此时。

情人怨遥夜，竟夕起相思。

灭烛怜光满，披衣觉露滋。

不堪盈手赠，还寝梦佳期。

这是我们共同拥有的月亮，这是我们中国人共同的文化密码，也是整个人类共同的语言密码。亿万年来，就是这轮明月，陪伴我们人类走过了远古时期、走过了农业文明、走过了工业文明，它看着人类在地球上劳作，看着人类在地球上发动战争，看着人类上了天入了海，它还将会那么默默地挂在那里，看着我们每一个人。

"海上生明月，天涯共此时"，它是我们的朋友、我们的亲人、我们的爱人、我们的故乡、我们内心彼此绵延不绝的思恋。人生难得是欢聚，唯有别离多，正如月有阴晴圆缺。朋友们，假如你看完这本书，假如书里的某一句话触动了你，那么就抬头看看月亮吧，"不堪盈手赠，还寝梦佳期"，我们，也许会在梦中相遇。

不，我们一定还会再相逢。如果说我的共情能力强算是我的天赋，如果说我能把我读到的、感受到的可以用文字表述出来算是一种才华，那么，上天赋予我这份能力，就是要我来这个世界做事的，我不可以浪费。时不我待，我要抓紧时间，还有那么多诗人没写完呢！

拉钩，我一定会再回来的。